Connie Palmen

Die Freundschaft

Roman

Aus dem Niederländischen
von Hanni Ehlers

Diogenes

Titel der 1995 bei Prometheus, Amsterdam,
erschienenen Originalausgabe:
›De Vriendschap‹

Der Verlag dankt dem Nederlands Literair
Produktie- en Vertalingenfonds
für die Übersetzungsförderung
Umschlagillustration: ›Die Beziehung der Planeten
zu den Tierkreiszeichen‹
Illustration einer französischen Handschrift
des 15. Jahrhunderts
(Ausschnitt)
Bibliothèque nationale, Paris

200/96/8/1
ISBN 3 257 06122 6

Suppe auf dem Feuer
ist
wie
ein guter Freund im Haus
besonders gute Suppe
ist
wie eine neue Familie

Ischa Meijer
1943–1995

Wörter und Dinge

I

Der Schulhof war mit einer niedrigen Steinmauer eingefaßt, und an dieser Mauer lehnte sie. Es war ein außergewöhnlich warmer Frühsommer, wenige Wochen vor Ende des Schuljahres 1965/66, und wir waren zappelig und aufgekratzt wegen des schönen Wetters und weil die großen Ferien bevorstanden. Als um Viertel vor elf ein Mädchen aus der sechsten Klasse die Pause einläutete und ich nach draußen rannte, sah ich sie. Sie trug einen dicken, schwarzen Wintermantel, der ihr bis zu den Knöcheln reichte. Und das bei Temperaturen um die zwanzig Grad.

Sie stand da, wie ich noch nie jemanden hatte dastehen sehen, mit souveräner Lässigkeit: herausfordernd, stolz und unbeteiligt. Der Schulhof war noch so gut wie leer, und sie herrschte über diese Leere. Ich blieb stehen, um sie ansehen zu können und weil ich es plötzlich kindisch fand, mit den anderen aus meiner Klasse zu spielen.

Eigentlich ist die Mauer Treffpunkt der Transusen. Da stehen immer ein paar aus der fünften und sechsten, und aus meiner Klasse gehört zum Beispiel Josien Driessen dazu.

Keiner würde sie freiwillig in seine Mannschaft wählen, wenn wir Völkerball oder Prellball spielen. Wenn man sie dabeihat, verliert man unter Garantie, denn sie ist so ungelenkig, daß sie über die eigenen Füße stolpert. Sie kann weder schnell laufen noch vernünftig werfen, schon gar nicht hart und gezielt. In der Turnstunde muß man sie manchmal nehmen, wohl oder übel, denn wenn sie als einzige übrigbleibt, kommt sie automatisch in die Mannschaft, die zuletzt wählt. Die Chancen, Josien abzukriegen, stehen also fifty-fifty, außer wenn Margriet Seuren mit Wählen dran ist, da kann man die Hoffnungen gleich begraben. Die will in den Himmel kommen, glaub ich, jedenfalls wählt sie Josien praktisch als erste, was ich furchtbar scheinheilig finde, denn wenn man nicht gewinnen will, braucht man gar nicht erst zu spielen, warum also absichtlich eine Spielverderberin wählen?

Also, Josien ist eine von denen , die in der großen Pause immer an der Mauer herumhängen. Sonst ist keine aus meiner Klasse dabei, abgesehen von Diny van Helden, aber die trifft sich da immer mit zwei Mädchen aus der fünften. Sie ist voriges Jahr sitzengeblieben und da erst in meine Klasse gekommen, sie gehört noch nicht so richtig zu uns. Ist aber ihre eigene Schuld. Sie tut, als wenn wir mindestens zwanzig Jahre jünger wären als sie, sie spielt sich als die große Dame auf. Die aus der fünften, mit denen sie befreundet ist, tun alle so reif und erwachsen. Neulich hatte eine von ihnen Nylonstrümpfe an statt dicker Wollstrumpfhosen wie wir. Das sah unmöglich aus, und es gehört wohl auch zu den Dingen, die meine Mutter meint, wenn sie etwas als ordinär bezeichnet, glaube ich, ein Kind mit Nylonstrümpfen. Was mir leid tut, ist, daß Mies Luyten in letzter Zeit so viel mit dieser Diny zusammen ist, denn Mies ist viel zu schade dafür. Sie ist sehr schüchtern, und das kommt meiner Meinung nach daher, daß sie so groß ist, wirklich abartig groß. Ich weiß nie, was ich mit ihr reden soll, aber sie hebt mich ganz oft hoch, und das ist für mich das Schönste, was es gibt. Ich bin die Kleinste in der Klasse, aber das finde ich nicht schlimm, denn die größeren Mädchen können einen dann leicht hochheben und herumwirbeln, und weil praktisch die ganze Schule größer ist als ich, habe ich eine riesige Auswahl. Nicht alle mögen es, wenn man an ihnen hochspringt, aber bei Mies bin ich immer an der richtigen Adresse. Sie läßt es sich sogar gefallen, wenn ich ihr aus heiterem Himmel auf den Rücken springe oder ohne Vorwarnung mit einem Affentempo auf sie losstürme, so daß sie mich einfach auffangen muß, wenn ich an ihr hochspringe. Dann lacht sie.

Mies ist in Ordnung, wirklich.

Die Fremde gehörte nicht dort an die Mauer, das wußte ich, während ich sie aus einiger Entfernung beobachtete, doch sie hatte diese vom ersten Moment an zu ihrem Revier erklärt und würde deren Bedeutung für mich von Grund auf verändern. Obwohl ihre Haltung eine gewisse Behäbigkeit vermittelte, hatte das nichts mit der Tranigkeit der Mauermädchen gemein. Was bei den anderen albernes Erwachsenengetue war, eine Art Schminke, war bei ihr echt.

Sie war bereits eine Frau, ja, sie war nie etwas anderes gewesen, sie war als Frau zur Welt gekommen.

Auch ihr langer Wintermantel vermochte dies nicht zu verbergen. Unter ihm zeichnete sich nur um so deutlicher ihr mächtiger, an die zwei Meter großer Körper ab. Über dessen augenscheinlich ebenmäßiger, fast statuenhafter Üppigkeit ragte ein langer, schlanker Hals aus dem hochgeschlagenen Kragen empor, und der Kopf, der darauf thronte, erschien wie dessen naturgemäße Fortführung.

Das Gesicht war länglich und kantig, und kurzes, pechschwarzes Haar rahmte es ein, glänzend und leicht gewellt.

Sie hat das schönste Gesicht, das ich je gesehen habe.

Meiner Einschätzung nach gehörte sie bestimmt in die sechste Klasse, aber was hatte sie dann hier zu suchen? Das Schuljahr war fast vorüber, und die aus der sechsten bereiteten sich auf die Aufnahmeprüfungen für die weiterführenden Schulen vor. Unser Dorf wurde damals fortwährend durch Neubaugebiete erweitert, es war also durchaus nichts Ungewöhnliches, die Bekanntschaft von Kindern aus neu hinzugezogenen Familien zu machen, aber der Zeitpunkt, zu dem sie auftauchte, war eigenartig und unerklärlich. Mit wachsender Faszination malte ich mir aus, daß sie bestimmt rotzfrech und widerspenstig war, niemand mit ihr zurechtkam und sie deshalb von allen früheren Schulen geflogen war. In unserer Schule erhielt sie nun die letzte Chance, ihr Benehmen zu bessern, damit sie sich doch noch auf ihre Aufnahmeprüfungen vorbereiten konnte.

Alles konnte ich mir vorstellen, nur nicht, daß sie in einer tieferen Klasse als der sechsten war und daß sie bleiben würde. Sie hatte noch nie in ihrem Leben eine richtige Freundin gehabt, vermutete ich und bedauerte zutiefst, daß sie älter war als ich und unerreichbar und daß ich sie gesehen hatte, sie aber so schnell wieder aus meinem Leben würde verschwinden müssen.

Ich nahm mir vor, sie gar nicht erst in mein Herz zu schließen, auch wenn ich nicht wußte, wie ich das anstellen sollte. Mir war in dem Moment vor allem klar, daß hier ein typischer Fall vorlag, auf den sich der Rat meiner Mutter bezog, und daß ich diesen Rat befolgen mußte, weil ich sonst Gefahr lief, genau den Fehler zu begehen, vor dem sie mich so oft gewarnt hatte.

Gesagt hatte sie mir das nach dem Vorfall mit unserem Morris. Der ereignete sich an einem Mittwochnachmittag, ungefähr ein Jahr bevor ich die Fremde zum erstenmal sah. Mein Vater war an diesem Nachmittag zu Hause, was so ungewöhnlich war, daß ich ihn nach dem Grund fragte. Er erklärte, daß man uns im Laufe des Nachmittags ein neues Auto bringen werde, einen ganz tollen Fiat.

»Und der alte?« fragte ich.

So ungerührt wie möglich sagte er, daß der eingetauscht werde, daß die Männer von der Autohandlung den Morris mitnehmen würden. Ich war entsetzt. Es entging mir zwar nicht, daß es meinem Vater auch etwas ausmachte, aber daß er überhaupt zu so einer treulosen Grausamkeit imstande war, wollte mir nicht in den Kopf.

»Er kommt weg?« fragte ich, als hätte ich es nicht längst begriffen.

»Ja«, sagte er. »Schlimm, nicht?« lenkte er noch ein, aber ich war schon auf dem Weg nach draußen. Als ich in der Küche an meiner Mutter vorbeikam, versuchte die es mit sachlichen Argumenten, aber daß ich von ihr keinen Trost erwarten konnte, war mir ohnehin schon klar.

»Der ist doch völlig hinüber«, hörte ich sie noch sagen. Meiner Mutter ist nichts heilig.

Es war unser erstes Auto, ein graugrüner Morris. Er stand vor dem Haus. Ich öffnete die Wagentür und schlüpfte hinein. Da ich nicht wußte, wie ich Abschied von einem Auto nehmen sollte, küßte ich einfach alles, die grauen Kunstlederbezüge, das Armaturenbrett, das Lenkrad, den Schaltknüppel.

»Danke«, sagte ich. »Danke, danke, danke.«

Der Rücksitz war das Reich von mir und meinen Brüdern gewesen, und dort streckte ich mich aus, damit der alte Morris Gesellschaft hatte und seine letzten Stunden nicht einsam und allein verbringen mußte. Zuerst weinte ich auch noch ein bißchen, weil ich das alles nicht begreifen konnte und es wirklich entsetzlich fand, daß etwas so Wertvolles, etwas, das immer für einen dagewesen war, ausrangiert und eingetauscht wurde, einfach so, ohne daß man groß darüber nachdachte. So etwas war noch nie passiert, das war eine mir neue Seite des Lebens. Ich dachte, ich könnte das meinem Vater niemals vergeben, und bei diesem Gedanken wurde mir noch schwerer ums Herz.

Ich schlief dann ein und weiß nicht, wie lange ich so im Wagen lag. Irgend jemand zog plötzlich die Tür auf und rief etwas. Es war kein fröhliches Erwachen, denn nach wenigen Sekunden wußte ich wieder, was geschehen würde. Im Hintergrund hörte ich die Stimme meiner Mutter, die erleichtert aufseufzte, aber gleichzeitig stöhnte, daß sie ewig nach mir gesucht hätten.

Ich war weiß Gott kein Kind, das sich gern versteckte. Im Gegenteil. Ich wollte unbedingt verhindern, daß man sich wegen mir auch nur die geringsten Sorgen machte, und beugte dem durch eine Palette von Maßnahmen vor, die bei weitem größer war als meine Stickersammlung. Diesmal aber hatte ich es viel zu selbstverständlich gefunden, daß ich beim Morris blieb.

»Komm«, sagte mein Vater leise und reichte mir die

Hand, um mir beim Aussteigen zu helfen. Dabei lächelte er den beiden unbekannten Männern, die neben ihm standen und ein wenig ungeduldig mit einem Schlüsselbund klapperten, entschuldigend zu.

Kaum war ich aus dem Auto heraus, durchlief mich ein heftiges, unkontrollierbares Frösteln. Mein Vater legte mir die Hand auf die Stirn und sah meine Mutter an.

»Nimm sie lieber mit ins Haus«, sagte er zu ihr. »Ich glaube, sie hat Fieber.«

Am nächsten Tag brauchte ich nicht in die Schule. Ich hatte 38,5.

Meine Mutter war es leid. Das sei jetzt schon das zweite Mal, sagte sie mit gedämpfter Stimme zu meinem Vater, abends in der Küche. Ich lag in Decken eingewickelt auf dem Sofa im Wohnzimmer, aber ich konnte ihr Gespräch gut mithören.

»Das ist nicht normal«, sagt meine Mutter, und daß sie mal einen Arzt hinzuziehen müßten. Was mein Vater sagt, kann ich nicht verstehen, er murmelt etwas, beruhigend, wie immer. Daß es schon nichts Schlimmes sein wird.

»Damals, mit diesem blöden Vogel, hatte sie das auch«, höre ich meine Mutter sagen.

Sie sagt so etwas wie ›blöder Vogel‹, weil sie Tiere nicht mag, auch keine Vögel, die ja doch was anderes sind als gewöhnliche Tiere, finde ich. Um Vögel braucht man sich viel weniger zu kümmern. Sie sind sehr genügsam und geben sich schon mit ein bißchen Wasser und ein paar Körnern zufrieden, und sie können in Käfigen leben, was außergewöhnlich ist, denn bei jedem anderen Tier sieht das unmöglich aus, aber zu den meisten Vögeln scheint der

Käfig von Natur aus dazuzugehören. Mein Vater mag Vögel. Wir haben zwei Kanarienvögel, und die fangen automatisch an zu singen, wenn er von der Arbeit nach Hause kommt. Sie erkennen ihn.

Ich weiß genau, was meine Mutter meint, sie spielt auf die Dohle an, die mein Vater vor ein paar Monaten mit nach Hause brachte. Einer seiner Kollegen hatte sie von jemand anderem bekommen und in Pflege genommen, aber er mußte sie abgeben, weil sich herausstellte, daß er allergisch auf Vögel reagierte. Die Dohle hieß Dora und war zahm. Sie hatten etwas mit ihren Flügeln gemacht, so daß sie zwar noch ein bißchen fliegen konnte, aber nie sehr hoch und sehr weit. Mein Vater hatte gesagt, daß seine Tochter sich sehr über den Vogel freuen würde, und hatte ihn extra für mich mitgebracht. Das war außergewöhnlich, ein Geschenk ganz für mich allein.

Bei uns bekommen nämlich immer alle das gleiche.

Keiner wird vorgezogen.

Wenn einer eine Dohle bekam, hätten die anderen, so das ungeschriebene Gesetz, auch eine bekommen müssen, aber in diesem Fall war das nicht zu machen. Es gab nur eine Dohle, und Dora war für mich bestimmt.

Tiere kann man nicht teilen. Sie erkennen nur einen als ihren Herrn an.

In der Garage baute mein Vater einen provisorischen Käfig, in den er ein Schälchen Wasser stellte und etwas von den Körnern, die für die Kanarienvögel bestimmt waren. Er sagte, daß ich die Dohle füttern müsse, weil das die einzige Methode sei, einem Tier zu verstehen zu geben, wem es zu gehorchen hat. Um ihn nicht zu enttäuschen, überspielte ich ein leises Angstgefühl, denn ich war es nicht gewohnt, mit Tieren umzugehen, und die Dohle sperrte ständig den Schnabel auf – weil sie Hunger habe, meinte mein Vater, oder weil sie ängstlich sei –, als ob sie nach mir hacken wollte, und ich zog jedesmal die Hand zurück, wenn ihr Schnabel in meine Richtung ging.

Am nächsten Morgen rannte ich noch vor dem Frühstück in die Garage. Es roch nach Vogel, was ich unangenehm fand. Zuerst konnte ich die Dohle nirgendwo entdecken, aber als sich meine Augen an das Dämmerlicht gewöhnt hatten, sah ich sie geduckt und matt in einer Ecke sitzen. Die Körner hatte sie nicht angerührt. Auf mein Pfeifen reagierte sie nicht. Ich hockte mich hin und betrachtete sie ganz aus der Nähe. Ihr Kopf lag auf der Brust, und ich sah, daß sie ganz schwer atmete, die Brust hob und senkte sich.

»Wenn du nichts frißt, mußt du sterben«, sagte ich. In einem Naturfilm hatte ich gesehen, wie kranke und schwache Vögel mit einer Art Babynahrung gefüttert worden waren, in Milch getunkten Brotstückchen oder so was, daran mußte ich jetzt denken. Ich beschloß, das auch zu probieren.

»Dora frißt nichts«, sagte ich zu meiner Mutter und fragte, ob ich mir etwas Brot und Milch nehmen dürfe, um sie zu füttern. Ich durfte. Mit einem Schüsselchen voll schön quadratischer Würfel eingeweichten Brots zog ich wieder in die Garage, spießte einen davon auf die Spitze eines Zweiges und hielt Dora das Futter hin.

»Friß«, sagte ich.

Sie reagierte nicht. Das Brot, das ich ihr an den Schnabel drückte, löste sich vom Zweig und blieb am Schnabel hängen, was schlampig und unappetitlich aussah und den mitleiderregenden Anblick noch verstärkte. Weil sie sich noch nicht gerührt hatte, wagte ich, die Hand auszustrecken und sie anzufassen, indem ich ihr mit der Spitze des Zeigefingers über den Kopf streichelte.

Sie ließ es zu, und ich mochte sie dafür auf einmal viel mehr als vorher. Sie war ein prachtvoller Vogel und würde zu meiner treuen Begleiterin werden. Auf meiner Schulter würde ich sie überallhin mitnehmen, und wenn sie mal eine Runde herumflatterte, würde sie immer ganz in meiner Nähe bleiben. Über meinem Kopf kreisend würde sie mich genau im Auge behalten. Da sie als Dohle ohne weiteres mit anderen Vögeln sprechen konnte, würde sie ihnen erzählen, daß sie zu mir gehörte. Von da an würden alle anderen Vögel auch zu mir gehören wollen, aber für mich würde nur eine an erster Stelle stehen, Dora, und das würden sie auch akzeptieren. Untereinander einigten sie sich allerdings darauf, daß mich jeder einzelne Vogel beschützen würde, wo in der Welt ich mich auch immer befand, weil ich die Vogelfrau war und ihre Sprache verstand. Manchmal würden ganze Schwärme über mir fliegen, die mich erkannt hatten und mir in der Luft folgten. Auch auf dem Schulhof. Wenn ich im Klassenzimmer saß und nach draußen schaute, würde die ganze Mauer voller Vögel sein, die dort warteten, bis die Schule aus war und sie mich nach Hause begleiten konnten. Alle Kinder würden wissen, daß das meine Vögel waren, und würden verstehen, daß ich keine Menschen brauchte, weil ich zu den Vögeln gehörte.

Abends, beim Essen, bereitete mein Vater mich darauf vor, daß die Dohle wohl nicht überleben werde. Sie sei krank. Man habe sie zuviel herumbugsiert, und das vertrügen Vögel nicht. Mein Mund wurde so trocken, daß ich das Brot nicht mehr hinunterbekam. Nicht Dora war der eigentliche Grund dafür, das wußte ich, denn die war zu kurz dagewesen, nein, es ging um etwas anderes, etwas, was viel länger, vielleicht sogar schon immer dagewesen war.

»Komm, jetzt übertreib nicht«, sagte meine Mutter.

Am nächsten Morgen erzählte sie, daß die Dohle gestorben sei und mein Vater sie im Garten begraben habe, bevor er zur Arbeit gegangen sei. Um mir den Anblick zu ersparen.

»Und jetzt iß«, sagte sie, »wegen so einem blöden Vogel wird nicht gehungert. Es gibt Schlimmeres. Heb dir deine Tränen für später auf, da wirst du sie noch brauchen können.«

Aber ich brachte beim besten Willen keinen Bissen hinunter.

»So bald kommt mir hier kein Tier mehr ins Haus«, stöhnte meine Mutter und machte mir eine Tasse heiße Schokolade, damit ich wenigstens etwas zu mir nahm und nicht mit leerem Magen in die Schule ging.

»Mit leerem Magen lernt man nichts«, war ihre Ansicht.

Am Morgen, nachdem sie den Morris abgeholt hatten und ich das Bett hüten mußte, sagte meine Mutter diesen Satz, von wegen ich sollte mein Herz nicht so schnell an etwas hängen.

»Was ist denn daran so verkehrt?« fragte ich.

Das sei der Grund, meinte sie, weshalb ich unnötig leiden würde, wenn etwas starb oder kaputtging oder wenn etwas wegkam.

»Nichts von alldem ist so viel Kummer wert«, sagte sie.

Was denn dann, fragte ich mich, sprach die Frage aber nicht laut aus, weil ich mir die Antwort schon denken konnte. Familie, Kinder, dein eigen Fleisch und Blut, eine Quelle ewigen Leids, aber zumindest eines, das sich sehen lassen kann.

Sie ließ mich völlig verwirrt zurück. ›Sein Herz an etwas hängen‹, der Begriff hatte sich in meinem Kopf festgesetzt. Er sagte mir etwas, aber auf eine Weise, daß ich nichts damit anfangen konnte. Ich wußte nicht wie, aber ich machte andauernd etwas falsch und bereitete mir dadurch selbst Kummer. Der Widersacher war unsichtbar, denn der Widersacher war ich selbst. Und wie sollte man sich selbst bekämpfen? Das war etwas ganz anderes, als sich vor Sünden zu hüten, denn wenn man sündigte, wußte man das immer sehr genau, das brauchte einem niemand erst zu sagen. Die sieben Todsünden prangten auf der ersten Seite meines Notizhefts, das ich mit *Die wichtigen Dinge* überschrieben hatte, und ich wiederholte sie regelmäßig, damit ich sie auswendig wußte und nie vergessen würde:

1. Hoffart
2. Geiz
3. Unkeuschheit
4. Neid
5. Unmäßigkeit
6. Zorn
7. Trägheit

›Sein Herz an etwas hängen‹ war nicht dabei, aber vielleicht fiel das ja unter einen der beiden Begriffe, die ich nicht so recht verstand, und hatte entfernt mit Hoffart oder Unkeuschheit zu tun. Ich würde meine Mutter fragen, sobald sie wieder in mein Zimmer kam. Ob es vielleicht etwas mit Hoffart oder Unkeuschheit zu tun habe, wenn man sein Herz zu sehr an etwas hänge, fragte ich, als sie mir ein Glas Orangensaft brachte.

»Wie kommst du denn darauf?« fragte sie bestürzt, als hätte sie einen Fehler begangen.

»Das sind Todsünden«, sagte ich, verwundert, daß sie nicht sofort begriff, worauf ich abzielte.

»Ach, diese Todsünden, die mußt du nicht so ernst nehmen«, sagte sie, »du machst dir deswegen viel zu viele Gedanken. Nein, es ist keine Sünde, wenn du dein Herz an etwas hängst, es ist nur hinderlich, für dich selbst.«

Ihre Bemerkung enttäuschte mich eher, als daß sie mich erleichterte.

»Ich hab Hunger«, sagte ich.

»Das ist ein gutes Zeichen«, meinte sie erfreut, »dann geht es dir schon besser.«

Sie reichte mir einen Pullover aus dem Schrank. Dann gingen wir gemeinsam nach unten, und sie fragte mich, worauf ich Appetit hätte. Nichts macht meiner Mutter größere Freude, als uns etwas zubereiten zu können, was uns schmeckt, dabei lebt sie richtig auf. Ich glaube allerdings, daß ihr Glück schlagartig aufhört, wenn sie einem das fertige Essen vorgesetzt hat und man tatsächlich alles aufißt, aber vielleicht bilde ich mir das auch nur ein. Meiner Mutter zufolge bilde ich mir immer viel zuviel ein.

Welche Haltung ich annehmen sollte, während ich sie ansah, bereitete mir kein Kopfzerbrechen, denn ich war mir gar nicht bewußt, daß ich dastand und sie anstarrte. Erst als Karin Weerts auf mich zugelaufen kam und fragte, ob ich beim Hüpfen mitmachen würde, registrierte ich, daß ich mich nicht von der Stelle gerührt hatte. Ich sagte, ich hätte keine Lust, und schlenderte auf die Mauer zu. Es kam mir vor wie ein Abstieg und ein Triumphzug zugleich: Die Mauer war ein Terrain, das ich mied, weil ich weder eine Transuse noch eine Dame war. Zur Mauer zu gehen und mich dagegenzulehnen, erfüllte mich mit Beschämung, aber es war erhebend, diese Beschämung auszuhalten, denn ich tat es ihr zuliebe und glaubte, daß sie das auch spürte, weil sie mich, seit sie Notiz von mir genommen hatte, durch und durch verstand.

Wie gewöhnlich stand Diny mit ihren Freundinnen aus der fünften da. Ich beschloß, mich dieses eine Mal mit ihr abzugeben, weil ich dann dichter bei der Fremden war und sie besser betrachten konnte.

»Blöde Rechenaufgaben, fandest du nicht auch?« sagte ich zu Diny, als ich bei ihrem Grüppchen angelangt war, und lehnte mich so an die Mauer, daß ich das fremde Mädchen aus dem linken Augenwinkel sehen konnte. Unwillig murmelte Diny etwas Zustimmendes und setzte ihre Unterhaltung mit den anderen fort, ohne mich weiter zu beachten. Es dauerte eine Weile, bis ich den Mut fand und meinen Kopf ganz nach links drehte, um sie anzusehen. Als ich es endlich tat, sah ich ihr direkt in die Augen. Es war, als hätte sie darauf gewartet. Sie lächelte spöttisch und nagelte mich regelrecht mit ihrem Blick fest. Dabei blieb sie völlig regungslos. Ich errötete, zwang mich aber, ihrem Blick standzuhalten. Tat ich das nicht, würde sie mich verachten, und es würde nie etwas zwischen uns werden, dachte ich.

Das war ihr Test, und den mußte ich bestehen. Gegen die Glut in meinen Wangen, die mir gebot, zu fliehen oder mich zu verstecken, erwiderte ich ihren Blick und sah direkt in ein Paar ungewöhnlich heller Augen, die einen auffälligen Kontrast zu ihrer dunklen Haut und ihrem schwarzen Haar bildeten. Wir sahen einander an, als ginge es um einen Wettkampf, und das war es auch, es war ein Kampf. Kurz bevor es zum Ende der großen Pause läutete, sprach Diny mich an und fragte, ob ich das Mädchen kenne. Um ihr antworten zu können, mußte ich den Kontakt zu der Fremden unterbrechen, meinen Blick von ihr abwenden – und verlieren. Sie würde das als Verleugnung auffassen, genau wie ich es getan hätte, wenn sie ihren Blick abgewandt hätte, um auf jemand Unbedeutendes einzugehen. Ich wandte mich zu Diny um und antwortete, ich würde sie nicht kennen und hätte sie noch nie gesehen. Als ich wieder zu der Stelle blickte, wo sie gestanden hatte, war da niemand mehr, und ich konnte sie auch zwischen den Kindern, die in Scharen auf die beiden Eingangstüren zuströmten, nicht entdecken.

Am nächsten Morgen stand sie wieder an derselben Stelle und nahm dieselbe Haltung ein, die Arme verschränkt, eine Hüfte an die Mauer gelehnt, die Unterschenkel gekreuzt. Sie trug denselben Mantel. Erleichtert stellte ich fest, daß sie allein war, daß sich ihr noch niemand angeschlossen hatte. Ich traute mich nicht, ihr in die Augen zu sehen, und ignorierte sie, als ich an ihr vorbeiging.

In der großen Pause schloß ich mich den anderen an und verausgabte mich beim Hüpfen, bis es läutete. Das Bewußtsein, daß sie da war, verließ mich nicht einen Moment, aber ich schaute nicht in ihre Richtung. Dafür lachte und kreischte ich hin und wieder so laut, daß es auf dem ganzen Schulhof und im weiten Umkreis bestimmt jeder hören mußte.

Auch sie.

Nach einer Woche wußte ich das folgende: Sie war in der sechsten und hieß Ara Callenbach. Sie war mit ihrer Familie aus dem Norden des Landes hierhergezogen, weil der Beruf ihres Vaters das mit sich brachte, manche behaupteten aber auch, diese Leute hätten das erfunden, um zu vertuschen, daß sie eigentlich Zigeuner waren, die von einem Ort zum anderen zogen und ihre Wohnung verwahrlost hinterließen, weil jahrelang nicht darin saubergemacht worden war. Die Familie war groß, angeblich zehn Kinder, andere sprachen sogar von zwölf. Allesamt solche dunklen Typen.

Von der Fremden selbst bekamen die Mädchen aus der sechsten kaum etwas zu hören, denn sie redete nur, wenn es unbedingt sein mußte. Wenn man sie anspreche, sehe sie einen an, als verstünde sie kein Wort, und dann ziehe sie die Augenbrauen hoch und bleibe jede Antwort schuldig. Sie wohne in einem ganz normalen Haus, in einem der Neubauviertel, und sie spreche, wenn sie überhaupt mal was sage, akzentfreies Niederländisch. Unseren Dialekt verstehe sie nicht, oder sie tue zumindest so. Sie sei sich wohl zu fein dafür. Sie sei in der sechsten, mache aber noch keine Aufnahmeprüfung für irgendeine höhere Schule, weil sie sitzenbleiben würde. Es sei das zweite oder dritte Mal, daß sie eine Klasse wiederholen müsse, sie sei dick und dumm und wiege mindestens hundert Kilo. Sie sei schon ziemlich alt, bestimmt vierzehn oder so, und sie habe schon Brüste und auch das andere.

Was das war, wußte ich nicht, ich wußte nur, daß ich besser vorgab, in diesem Punkt Bescheid zu wissen, weil sie mir sonst nichts mehr über sie erzählen würden.

Wie konnte es angehen, daß sie so viel über sie wußten, wenn sie mit niemandem redete?

Sie wußten es eben.

Ich hatte genug gehört. Die Wahrheit würde ich von ihr selbst erfahren. Die Hauptsache war vorerst, daß sie blieb, daß sie hier wohnte, in einem Haus, und daß sie nicht so bald wieder verschwinden würde. Im nächsten Schuljahr würden wir in ein und demselben Klassenzimmer sitzen, denn die fünfte und sechste Klasse wurden gemeinsam unterrichtet, von der Schulleiterin. Ich hatte also jede Menge Zeit. Ich war überzeugt, daß sie meine Freundin werden würde, daß wir zueinander gehörten, daß sie so war wie ich. Alles, was ich von jetzt ab tun würde, war zu bewerten als etwas, was ich für oder gegen sie tat, und alles, was sie tun würde, tat sie für oder gegen mich. So schwer war das, und so hatten sie und ich es auch am liebsten.

Nachts träumte ich zum erstenmal von Ara Callenbach.

2

Polly hing mir schon von der allerersten Seite an gewaltig zum Hals heraus, und da standen mir noch *Polly geht auf Reisen, Polly kehrt heim* und *Polly findet ihr Glück* bevor.

Hatte ich mich dann so recht und schlecht durch die Pollys hindurchgequält, erwarteten mich ganze Reihen weiterer solcher Bücher, in denen genau so ein lieber, süßer, goldiger Fratz genauso unglaubliche wie langweilige Abenteuer erlebte oder mit girrenden Freundinnen Streiche ausheckte, die mir nur ein mitleidiges Lächeln abrangen, so brav und lasch und lahm fand ich sie.

Eine Bücherei gab es nicht in unserem Dorf. Ein Nebengebäude des Priorats diente als Kino, Diskothek, Sporthalle, Übungsraum für alles, was man üben mußte, und als Jugendtreff. In einem der beiden großen Räume, in denen gebastelt, gesungen, Billard und Tischtennis gespielt und einmal im Vierteljahr hingebungsvoll Stehblues getanzt wurde, standen auch drei Eichenschränke. Samstag mittags zwischen zwölf und zwei schloß die Schulleiterin die Türen dieser Schränke auf und wachte während dieser zwei Stunden strengstens darüber, daß die Mädchen sich auch ja etwas aus dem Mädchenschrank und die Jungen aus dem Jungenschrank aussuchten.

Erwachsene durften auch damals schon alles, das kümmerte niemanden.

Dann war also Bücherei.

Für zehn Cent pro Stück durfte ich mir aus dem Mädchenschrank immer jeweils drei Bücher auswählen.

Ich durfte sie drei Wochen behalten oder den Ausleihtermin à fünf Cent pro Stück um eine Woche verlängern. Ich brauchte nie zu verlängern.

Die Schulleiterin hatte mich schon mehrmals von den falschen Schränken, dem für die Jungen oder dem für die Erwachsenen, weggeholt und mich zu dem für mich bestimmten Schrank zurückgeschickt. Ob ich die denn schon alle gelesen hätte, die Mädchenbücher? Nein, das hatte ich nicht. Auf so etwas wie: Wenn man eins davon gelesen hat, kennt man sie alle, kam ich damals noch nicht. Und selbst wenn mir so etwas schon eingefallen wäre, hätte ich niemals gewagt, es zur Schulleiterin zu sagen.

Die Schulleiterin besitzt Autorität. Die verdankt sie einem seltsam spöttischen Lächeln und der Tatsache, daß sie unverheiratet ist.

Meine Unzufriedenheit konnte ich ihr nur indirekt, in Form einer harmlosen, aber halsstarrig wiederholten Übertretung, vermitteln. Woche für Woche lief ich, nachdem ich erst den obligatorischen Blick in den Mädchenschrank geworfen hatte, jedesmal zu dem Schrank für die Jungen. Manchmal konnte ich vor lauter Aufregung die Titel auf den Buchrücken nicht lesen und wartete nur angespannt darauf, daß sie diesen stummen Kampf beenden und mich, mit müdem Seufzen ob dieser Geduldsprobe, auf meinen Platz verweisen würde. Dennoch faßte sie die trotzige Wiederholung dieses Verhaltens auf die Dauer als ernstzunehmenden Protest auf. Eines Samstags nahm sie mich beiseite und probierte an mir eine pädagogische Methode aus, für die ich äußerst empfänglich war und mein Leben lang geblieben bin: Sie brachte die Sache zur Sprache, erfaßte mein Problem und traf eine Abmachung mit mir.

Mit mir kann man reden. Und wem ich etwas verspreche, der kann sich auf mich verlassen. Abmachungen und Versprechen sind mir heilig, und ich würde es mir selbst nie verzeihen, wenn ich sie nicht einhielte. Versprechen darf man nicht brechen.

Im Vollgefühl des Erwachsenseins einigte ich mich mit ihr auf einen Kompromiß. Jeden Samstag würde ich um zehn vor zwölf in der Bibliothek sein und – nach Rücksprache mit ihr – ein Buch aus dem Jungenschrank auswählen, um dann die restlichen zwei Bücher aus dem Mädchenschrank zu nehmen. Und ich dürfe niemandem etwas davon sagen, denn dann wollten garantiert alle Mädchen etwas aus dem Jungenschrank, und auf das dementsprechende Chaos sei sie nicht gerade erpicht. Ob ich das verstehen könne. Mit gemischten Gefühlen, teils Stolz, teils Verrat, nickte ich.

Man sollte lieber keine Schränke vor jemandem verschlossen halten.

An die verbotenen Bücher stellte ich mittlerweile Erwartungen, die, im nachhinein betrachtet, kein Buch je erfüllen könnte. Aber das wußte ich damals noch nicht.

Am Morgen des Tages, von dem an unsere Abmachung gelten sollte, lungerte ich schon ab elf Uhr um das Gebäude herum, in dem ich Zugang zum Jungenschrank erhalten sollte. Die Bauchschmerzen, die ich damals hatte, kommen mir jetzt lächerlich vor.

Soweit ich mich entsinne, habe ich keines der Bücher, die ich als Kind gelesen habe, wirklich gern gelesen, und auch als ich nun Winnetou und Old Shatterhand kennenlernte, änderte sich daran nichts. Trotzdem verbindet mich mit Karl May eine Obsession, und dank seiner habe ich einen gewissen Einblick in den niemals endenden Kampf zwischen Indianern und Cowboys erhalten und durchschaut, welche Rolle in diesem Drama für mich bestimmt war. Letzteres war für mich von ganz praktischem Nutzen.

Endlich konnte ich die Spiele der Jungen besser verstehen und nachvollziehen, warum ich mich nicht als Vollblutkrieger mit einem rauhbeinigen Cowboy oder einem Indianer eines feindlichen Stammes messen durfte, sondern, wenn sie mich überhaupt mitspielen ließen, zu Hause im Wigwam zu bleiben und auf die anderen zu warten hatte. Als Squaw.

Um nach dem Kampf ihre Wunden zu lecken.

Davon hatte ich gleich nach dem ersten Mal genug, denn ich wußte nun, was das Wort Squaw bedeutete: Warten und Langeweile. Während sich draußen ganze Stämme bekämpften und mit Stöcken und Beilen gegenseitig den Skalp abzujagen versuchten, während sie alle Chancen der Welt hatten, ihren Heldenmut unter Beweis zu stellen, saß ich in einer Hütte und drehte Däumchen.

Wenn Jungen miteinander spielen, geht es um Gewinnen oder Verlieren.

Bei den Mädchen geht es darum, wer sich am besten verstellen kann.

Ich wollte mich gar nicht verstellen. Ich wollte ein Krieger sein und mich im Kampf der Kämpfe üben, in dem es um Kopf und Kragen geht.

Weil ich zunächst noch nicht wußte, ob nicht vielleicht doch ein gewisser Reiz darin lag, den Kriegern die Wunden zu lecken, akzeptierte ich das eine Mal den mir zugewiesenen Spielraum und wartete, ungeduldig. Als sie endlich müde und verschwitzt in die Hütte gekrochen kamen, stellte sich jedoch heraus, daß sie allesamt viel zu verlegen waren, um sich auch nur mit einem Finger von einer Squaw berühren zu lassen. Hier stimmte etwas nicht. Von Grund auf nicht, meine ich.

Im Kampf kennen die Jungen keine Scham, da sind sie tapfer und hemmungslos vor Fanatismus, aber sie ertragen es nicht, wenn man ihre Wunden leckt. Die wollen sie nicht einmal wahrhaben. Ich blamierte mich bis auf die Knochen.

Wenn man sich ein bißchen Mühe gab, konnte man den Wilden Westen im Handumdrehen im Garten oder auf freiem Gelände wiederauferstehen lassen, aber Mädchen hatten dort nichts zu suchen, damals nicht und heute genausowenig. Das war bei Karl May so, und so ist es geblieben.

Über Einsichten bin ich immer froh, mögen sie auch noch so schrecklich sein.

Obsessionen dagegen bin ich lieber los.

Obsessionen haben mit der Sucht, der Hysterie und dem Fanatismus die Eigenschaft gemein, daß sie eigens dazu entwickelt werden, Einsichten entgegenzuwirken.

Jeder hat Obsessionen, in mehr oder weniger starkem Maße. Ob sie für den Fortbestand der Menschheit notwendig sind, weiß ich nicht, aber es scheint, als seien die

Menschen mit einem Defekt behaftet, als halte sie etwas davon ab, der ganzen Wahrheit über sich selbst ins Auge zu sehen.

Genährt wird dieser Defekt durch die Sucht. Je mehr Süchte man hat, desto weniger ist man in der Lage, die Wahrheit über sich selbst zu erkennen. Die große Kunst besteht aber nicht in der Suche nach der Wahrheit, sondern darin, sie ertragen zu lernen, darum geht es.

Am unerträglichsten ist wohl die Wahrheit des Todes. Daran traut sich niemand wirklich heran. Ich denke, daß die unerträgliche Wahrheit des Todes die Basis all unserer Lügen ist.

Ich habe schon früh gelernt, mich nicht über das Vorhandensein von Lüge und Betrug zu wundern, sondern darin eine Abwehr von etwas anderem zu sehen. Der Gedanke, daß dieses andere der Tod ist, kam mir erst später. Ebenfalls später, viel später, als Lügen und Betrug mir mehr zu schaffen machten, als mir lieb war, habe ich auch den rachsüchtigen Gedanken entwickelt, daß Lügner und Betrüger vor allem sich selbst hinters Licht führen, weil sie sich mit jeder Lüge weiter von dem entfernen, was sie am meisten schätzen und begehren und wonach sie sich am meisten sehnen.

Ich kenne keine wahrheitsliebendere Person als den Lügner.

Nachdem ich die Passage gelesen hatte, in der Old Shatterhand und Winnetou Blutsbrüderschaft schließen, wollte ich nichts lieber, als auch Blutsbrüderschaft mit jemandem zu schließen, und lief seither immer mit einer Nadel in der

Tasche herum. Sie steckte in einer kleinen Plastikhülle, in der vorher Zündsteine gewesen waren, die mein Vater für sein Feuerzeug brauchte.

Sie war ein heiliges Instrument.

Blutsbrüder sind nicht so leicht zu finden. Man kann nicht einfach mit der erstbesten Klassenkameradin Blutsbrüderschaft schließen, denn es handelt sich um eine Verbindung fürs ganze Leben, und bevor man eine so schwerwiegende Sache mit jemandem eingeht, sollte man es sich schon zweimal überlegt haben.

Um herauszubekommen, wie sich das anfühlt, so ein eigenhändig beigebrachter Stich in die Fingerkuppe, probierte ich es erst einmal an mir selbst aus.

Das ist gar nicht so einfach.

Drückte ich mit der Nadelspitze behutsam gegen die Haut, dann tat das zwar nicht weh, bewirkte aber auch nichts. Auch nicht, als ich etwas stärker drückte. Die Haut meiner Fingerkuppe gab tadellos nach, und das fand ich so patent von ihr, daß mir die ganze Sache um so schwerer fiel. Ich bekam regelrechte Schweißausbrüche. Mit einer Blutsbrüderschaft war offensichtlich nicht zu scherzen. Es mußte weh tun.

Die Operation war erst erfolgreich, als ich meine linke Hand verriet und tat, als sei sie die Hand von jemand anderem. Die rechte Hand war meine, und die mußte es tun. Ich holte aus und stach energisch in die Kuppe des fremden Zeigefingers, und als ich sah, daß die Nadel ein Löchlein in die Haut gepiekst hatte, flüsterte ich dem Finger schnell zu, daß er ja doch mein Finger sein, mein lieber Finger, und daß es nun mal hätte sein müssen, daß es nicht anders gegangen wäre. Dann quetschte ich einen glänzenden roten Tropfen Blut hervor.

Ich war stolz. Ich stand im Garten hinter unserem Haus. Die einzigen Lebewesen, die ich um mich herum ausmachen konnte, waren eine Reihe junger, frisch gesetzter Koniferen. Darunter war eine, die kleiner war als der Rest und deren Zweige verdorrte Spitzen hatten.

Mit dieser Konifere schloß ich Blutsbrüderschaft. Daß es kein Pakt zwischen gleichwertigen Partnern war – denn was konnte eine Konifere schon für mich tun, wenn ich mich in höchster Not befand oder von jemandem bedroht wurde –, darüber sah ich großzügig hinweg. Dieser Tropfen Blut war höheren Zielen geweiht, und es erschien mir als größere Sünde, den Finger in den Mund zu stecken und mein eigenes Blut wieder zu mir zu nehmen, als es jemand anderem zu opfern. Eine Konifere war besser als nichts. Ich dachte mir, daß der arme Baum davon vielleicht aufleben würde und daß es kaum einen schöneren Beweis für die Kraft der Blutsbrüderschaft geben könne.

Das Blut war schon ein wenig geronnen. Ich verschmierte es an einer Stelle der Rinde, an der etwas Harz ausgetreten war.

Dem Baum flüsterte ich zu, daß wir nun für immer und ewig miteinander verbunden seien, in guten wie in schlechten Tagen, und ich gelobte, gut für ihn zu sorgen.

Meine Ansprache an das unansehnliche Bäumchen ließ ein großes Gefühl der Liebe in mir aufwallen, und ich hätte gern noch viel mehr gesagt, um diese Gemütsbewegung aufrechtzuerhalten, aber mir wollten keine würdigen Sätze mehr einfallen. Mit der festen Absicht, wieder einmal zu einer Trauung in die Kirche zu gehen, damit ich Stoff für Zeremonien wie diese sammeln konnte, nahm ich Abschied von der Konifere und gab einem ihrer Zweige die Hand.

Zwei Wochen später war sie tot.

Ich folgte meinem Vater, als er mit einem Spaten in den Garten zog. Beim Ausgraben stieß er auf einen völlig durchweichten, schimmligen Wurzelballen, der noch in den dünnen Jutesack gehüllt war.

»Wie kann das angehen?« fragte er sich laut.

Dreimal täglich hatte ich meinem Baum einen extra Eimer Wasser gegeben und mich verständnislos gefragt, wieso das Grün mehr und mehr verschwand und schließlich nur noch ein paar Zweiglein in der Spitze ihre ursprüngliche Farbe beibehielten. Unter Verschweigung der Tatsache, daß die Konifere mein Blutsbruder war, sagte ich meinem Vater, daß ich das getan hätte, daß ich dem Baum ab und zu Wasser gegeben hätte, weil er so jämmerlich dastand.

»Du hast ihn in bester Absicht ertränkt«, sagte mein Vater und lächelte mich an.

Mein Vater nimmt einem nichts übel.

Gegen meinen Kummer hatte ich nur eine wirksame Waffe: die logische Schlußfolgerung, und die schrieb ich in mein Notizheft.

Bäume sind dumm.

Sie können nicht mal laufen oder reden.

Sie haben kein Blut.

Sie haben keine Gefühle.

Man kann sie einfach in einem Laden kaufen, und was man kaufen kann, kann einen nicht lieben.

Also: Eine Blutsbrüderschaft mit einem Baum hat keinen Wert, und ein wertloser Pakt ist ungültig.

Abends fragte ich meinen Vater, ob ein Baum sehr teuer sei, und bot ihm an, den Preis von meinem Taschengeld einzubehalten. Kinder seien ohnehin schon so teuer, und ich wolle zu Hause keine unnötigen Kosten verursachen.

In der spärlichen Kollektion meist speckiger Bücher fiel eine Neuerwerbung sofort auf, selbst ein so schmales Taschenbuch wie dieses. Neugierig angelte ich mir das Buch aus den anderen heraus. Es war noch ungelesen und knarrte, als ich es aufschlug. Es hatte weder mit dem Namen der Schriftstellerin noch mit dem Titel zu tun, daß ich das Buch so verblüfft von allen Seiten betrachtete, daran roch und überprüfte, ob es auch wirklich mit Sätzen vollgeschrieben war. Der Grund war die Abbildung auf dem Deckel. Das hier war ein echtes Buch, Satz für Satz geschrieben und gedruckt, und ich konnte es beinahe nicht fassen.

Auf der Vorderseite war ein lachendes junges Mädchen abgebildet, ein halbes Kind noch, kaum älter als ich. Zwölf war sie, stammte von hier, aus dem Süden des Landes, wie auf der Rückseite stand, und *Lach weiter, Irmgard* war ihr erstes Buch. Es handelte von ihr selbst, von den Erfahrungen, die sie in dem Sanatorium bei uns in der Nähe gemacht hatte. Zwölf Jahre, ein Mädchen, bei uns im Süden, es war alles ganz nah. Wie war diese nahe, greifbare Wirklichkeit nur mit etwas so Hohem, Magischem und Unwirklichem wie einem Buch zu vereinbaren?

Ich las es in einem Zug durch.

Danach wollte ich nur noch eins: TBC.

Zum erstenmal seit die Schulleiterin und ich unsere Abmachung getroffen hatten, kam ich zur üblichen Öffnungszeit in die Bücherei und hielt mich an den Mädchenschrank. Sie sah mich mit einer Mischung aus Erstaunen und Spott an, als ich kurz darauf drei Bücher auf den Tisch legte. Auf allen drei Deckeln prangte das freche Gesicht eines jungen Mädchens mit schwarzer Haarpracht, lockig und ungekämmt. So der Titel es nicht schon verriet, sollte die Abbildung wortlos deutlich machen, daß die Hauptfigur des Buches eine kleine, wilde Ziegeunerin war.

Die bunten Umschlagporträts erinnerten nicht im entferntesten an Ara Callenbach, aber die Lektüre dieser Bücher erschien mir als die einzige Möglichkeit, ihr auch während der Ferienwochen nahe zu sein.

Nachdem ich das erste der Bücher zur Hälfte gelesen hatte, gab ich es auf und legte es mit den anderen zusammen beiseite. Das ging insofern, als ich eigentlich sowieso nicht an das glaubte, was in der Schule über Ara Callenbach und ihre Familie gesagt wurde. Das war doch nur Gerede. Meine Mutter glaubte auch nichts davon. Sie sagte, daß das immer so sei in einem Dorf, da würde man sich über jeden Neuen das Maul zerreißen, sagte sie, und ihm die abstrusesten Geschichten andichten. Nur damit man was zu reden hatte. Ihrer Meinung nach dürften sie sogar eher reich sein, sonst könnten sie sich nicht so ein großes, teures Haus am Rande des Dorfes leisten.

Reich sein fand ich weitaus aufregender als Zigeunerblut.

Je weniger ausgefallen, desto größer mein Interesse. Wer unbedingt aus dem Rahmen fallen will und hart daran arbeitet, als exzentrisch und außergewöhnlich zu gelten, ist in der Regel leichter durchschaubar als jemand, der gemeinhin als normal, durchschnittlich, alltäglich und unauffällig betrachtet wird. Sobald Besonderheit gewollt ist, ist nicht mehr viel Besonderes dran. Wirklich außergewöhnliche Menschen sind sich selten dessen bewußt, daß sie außergewöhnlich sind, und wenn sie im Laufe der Jahre allmählich dahinterkommen, daß da etwas ist, was sie von anderen unterscheidet, brauchen sie meist den Rest ihres Lebens dazu, sich damit abzufinden.

Es war mir lieber, daß Ara Callenbach einfach reiche Eltern hatte, als daß sie etwas so Exotisches wie eine Zigeunerin war. Ich mochte auch keine Märchen.

Das mußte irgendwie damit zusammenhängen.

Ohne ihre genaue Adresse zu kennen, radelte ich in den Sommerferien regelmäßig durch die Neubauviertel, hoffend und bangend, daß ich ihr irgendwo auf der Straße begegnen würde.

Das geschah nicht.

Somit blieb meine ausgereifteste Phantasie, wie unser Kennenlernen letztendlich vonstatten gehen würde, unangetastet. Wir würden einander am ersten Tag nach den Ferien auf dem Schulhof wiedersehen und uns kurz darauf im selben Raum befinden. Dieser Moment mußte genügen, um uns für den Rest des Lebens zu verbinden. Von dem Moment an, da wir die Schwelle des Klassenzimmers überschritten, würde unser Los besiegelt sein. Das wüßte sie so gut wie ich. Dem bräuchten wir weder nachzuhelfen, noch könnten wir es verhindern. Es war einfach so. Alles, was ich mir sonst noch über uns zurechtspann, spielte sich nicht mehr im Klassenzimmer ab, sondern vollzog sich außerhalb der Schulmauern, irgendwo in einer unbestimmten Leere und Verlassenheit, wo nur wir beide uns befanden. Als hätte ich damals schon vorausgeahnt, daß da, wo wir zusammen waren, kein Platz für jemand anders sein würde, egal für wen.

Die Sommerferien neigten sich schon dem Ende entgegen, als ich an einem Sonntagmorgen mit meinem ältesten Bruder Willem im Wald spazierenging und sie von weitem sah. Sie lief da auf dem Sandweg, kaum fünfzig Meter von uns entfernt, und führte einen beachtlichen Hund an der Leine. Ich erschrak und spürte, wie mir glühend die Schamröte ins Gesicht schoß. Aus Angst, mein Bruder könnte etwas merken, drehte ich mich um, rannte ein paar Meter zurück, bückte mich und wühlte mit den Händen im Laub herum. Ich würde sagen, ich hätte gemeint, etwas zu sehen, etwas Glänzendes, daß es aber nichts gewesen sei. Als ich wieder zu meinem Bruder aufschloß und sagte, was ich mir zurechtgelegt hatte, war sie verschwunden, meine Schamröte jedoch noch nicht. Erst als ich mir mit dem Handrücken über die Stirn fuhr, »pff« sagte und daß ich vom Bücken immer so einen roten Kopf bekäme, legte sie sich.

Mein Bruder hatte nichts bemerkt. Er wunderte sich nur, daß ich plötzlich nach links, auf den Sandweg abbiegen wollte. Wir bogen hier sonst nie links ab.

»Wir dürfen wohl keinen Hund haben, oder?« fragte ich am nächsten Tag sicherheitshalber noch einmal bei meiner Mutter nach. Man konnte ja nie wissen. Manchmal änderten die Leute ihre Meinung, und wenn man nicht nachfragte, bekam man womöglich nichts davon mit. Aber meine Mutter hatte ihre Meinung nicht geändert und sagte, sie habe auch so schon genug zu tun, mit uns.

Daraufhin lief ich zur Rückseite der Garage und suchte mir aus einem Stapel roter Backsteine den schönsten heraus. Ich bürstete ihn in der Garage ab, nahm ein Stück Bindfaden von der Rolle und band es so fest wie möglich um den Backstein herum.

»Komm, Hund«, sagte ich, »wir gehen spazieren.«

Vom Hof aus rief ich meiner Mutter zu, daß ich einen Spaziergang machen würde – mit dem Hund, fügte ich für sie nicht hörbar hinzu. Der Stein schabte zwar über das Gehwegpflaster, aber ich war in meinem Element und redete munter auf meinen Hund ein. Wo wir hingehen würden und was er nachher zu fressen bekommen würde und so weiter.

Nach einer Viertelstunde hatte ich einen lahmen Arm vom Ziehen und nahm den Hund hoch. In diesem einen Punkt versagte er jämmerlich, daß er mich nicht so mit sich zog wie der Hund von Ara Callenbach, der sie dadurch so schön hatte aussehen lassen, mit leichtem Hohlkreuz, zurückgelehnt, in der Balance gehalten durch das große Tier, mit dem sie durch eine Leine verbunden war, so daß sie sich sozusagen gegenseitig stützten.

Um zu wissen, wie sich das anfühlt, hatte ich den Backstein ab und zu aufgehoben und ein Stückchen von mir weggeworfen, aber das fühlte sich nach nichts an, und außerdem litt der Stein zu sehr darunter, denn bei jedem Wurf bröckelte etwas davon ab und ich behielt weniger Hund übrig. So geht man nicht mit Tieren um, konstatierte ich schließlich, und zum Trost und als kleine Wiedergutmachung trug ich ihn den ganzen Weg nach Hause zurück.

3

Am ersten Schultag sah ich sie wieder, und nicht lange danach befanden wir uns gemeinsam im selben Raum. Von dem Moment an, da wir die Schwelle des Klassenzimmers überschritten, war unser Schicksal besiegelt. Alles lief genauso, wie ich es mir ausgemalt hatte.

So bin ich es auch gewohnt.

Noch jahrelang sollten meine Erfahrungen auf dieser felsenfesten Grundlage fußen: Sobald ich mich außerhalb der Mauern meines Elternhauses befand, würde alles, was ich wirklich wollte, auch tatsächlich eintreten. Wenn etwas nicht so verlief, wie ich es mir wünschte, besagte das lediglich, daß ich es nicht genügend gewollt hatte.

Draußen glückt oder mißglückt etwas.

Draußen spiele ich und habe Spaß.

Drinnen nicht.

Drinnen war ich machtlos. Zu Hause war ich wehrlos einer verwirrenden Verquickung von Sicherheit und Angst, von Vertrauen und Verrat, von Heftigkeit und Ruhe, von Behütung und Verwahrlosung, von Grausamkeit und Mitgefühl, von Güte und Irrsinn ausgeliefert. Drinnen aß und schlief ich.

Drinnen bin ich glücklich oder unglücklich.

Ohnmacht, Abhängigkeit und Wehrlosigkeit werde ich immer mit Liebe und Glück verknüpfen, immer.

Diese Verknüpfung läßt sich nicht aufheben.

Jeden Tag, wenn ich aus dem Haus gehe, habe ich Bauchschmerzen von dieser Liebe. Sie lassen auf dem Weg zur Schule Schritt für Schritt nach, und bis ich auf dem Schulhof angelangt bin, sind sie weg.

Außer an diesem Tag, als ich zu Ara Callenbach in die Klasse komme, da ist mein Bauch nach wie vor hart und die leichte Übelkeit nicht verschwunden.

Es wird noch Jahre dauern, ehe ich auf diese Weisheit meines Körpers höre, der mich treu und beharrlich an sich erinnert und mir wiederholt etwas zu vermitteln versucht, wovon ich profitieren könnte, wenn ich es nur verstünde.

Aber ich verstand es nicht, noch nicht. Es fiel mir schwer, Kontakt zu meinem Fleisch und meinem Blut aufzunehmen. Für die Botschaften meiner Haut, meines Herzens und meines Verstandes, meiner Leber, meiner Nieren und Gedärme sowie der ewig quengelnden Organe in meinem Frauenbecken war ich stocktaub.

Das Klassenzimmer war mit Tischen und Bänken vollgestopft. Die fünfte Klasse war klein, wir waren nur zu zwölft, aber in der sechsten waren bestimmt zwanzig Mädchen. Ich hatte ausschließlich Augen für Ara Callenbach und ignorierte die Rufe von Mitschülerinnen, die fragten, ob ich neben ihnen sitzen wollte. Ich tat, als hörte ich sie nicht.

Die fünfte mußte sich auf die linke Seite des Klassenzimmers setzen, die sechste saß rechts.

Das entspricht dem Uhrzeigersinn. Seit wir die Zeit als etwas abbilden, das sich von links nach rechts bewegt, richten sich nicht nur Früher und Später, sondern auch Tiefer und Höher, Weniger und Mehr, Vergangenheit und Gegenwart nach der Uhr. Und jeder hält sich daran, als handele es sich um eine ganz natürliche Sache.

Ich finde nichts natürlich.

Ich übe regelmäßig, entgegen dem Uhrzeigersinn zu denken.

Ara Callenbach strebte der hintersten Bank in der dritten Reihe zu, und ich lief hinter ihr her, als wäre das das Selbstverständlichste von der Welt. Ihr Gang war ziemlich geräuschvoll. Sie trat kräftig auf und mußte alle Tische ein Stück beiseiteschieben, um sich ihren Weg nach hinten bahnen zu können. Die anderen Mädchen warfen ihr erboste Blicke zu, aber ich war stolz, daß sie so einen Radau machte.

Sie ist unpassend.

Die dritte Reihe war die Reihe, die die fünfte von der sechsten Klasse trennte und beide miteinander verband. Ich setzte mich in die Bank neben ihr. Sie würdigte mich keines Blickes. Sie fand das auch ganz selbstverständlich, glaube ich.

Die Lehrerin nicht.

Ich hatte sie noch nie als Lehrerin gehabt, aber weil sie die Schulleiterin war, wußte sie alles über alle Kinder unserer Schule. Sie war noch keine fünf Minuten in der Klasse und hatte gerade einmal schweigend in die Runde geblickt, da winkte sie mich schon zu sich.

»Es ist wohl besser, wenn du und Mies die Plätze tauschen«, sagte sie.

Mies saß fast ganz vorn.

Sie weiß es, sie weiß, daß ich eine Unruhestifterin bin. Das bekommen jedenfalls mein Vater und meine Mutter beim Elternabend zu hören, daß ich lieb und nett, aber eine Unruhestifterin bin. Ich sei ein Wildfang, heißt es, habe zuviel überschüssige Energie und sei eigensinnig, und es wäre besser, wenn ich mich auf meine Aufgaben konzentrieren würde, anstatt die ganze Klasse auf den Kopf zu stellen. Ich würde nichts machen, wozu ich keine Lust hätte, wird behauptet, und daß ich bessere Noten in Rechnen, Erdkunde, Geschichte und Naturkunde erreichen könnte, wenn ich nur wollte. Jetzt habe ich nur in Niederländisch gute Noten.

Laut seufzend lief ich zur zweiten Bank in der zweiten Reihe, setzte mich und drehte mich so um, daß ich Ara Callenbach im Blick hatte.

Nach dem zu schließen, was von ihr über der Tischfläche aufragte, sah sie eigentlich ganz normal aus. Sie hatte vergleichsweise schmale Schultern und eine zugegebenermaßen breite Taille, die man aber eher kräftig als dick nennen würde. Trotzdem wirkte alles um sie herum so, als ob es zu klein für sie wäre und zu knapp bemessen, sogar die Luft, aber das lag wohl mehr an meinem Blick, nahm ich an. Was von ihr momentan zu sehen war, ließ jedenfalls nicht im entferntesten darauf schließen, daß unter diesem Tisch ein überproportional großer Körper begann.

Mit launischem Blick schaute sie sich um. Es dauerte einige Sekunden, bevor sie bemerkte, daß mein Blick den ihren suchte. Als sie ihm begegnete und ich ihr zulachte, zog sie eine Augenbraue hoch.

Das ist alles.

Ich finde, es ist mehr als genug.

Die Lehrerin verlas zunächst die Namen der fünften, dann die der sechsten Klasse. Wenn man seinen Namen hörte, mußte man kurz aufstehen. Sie verlas die vollständigen Namen, so daß aus Margriet plötzlich Margaretha wurde und Katrien, Diny und ich leider alle gleich hießen, aber wenn man einmal stand, nannte sie den Rufnamen und nickte einem kurz zu.

Ich bin im Alphabet ganz vorn und komme deshalb schnell an die Reihe, was nur gut ist, denn ich werde bei solchen Sachen immer so nervös. Vielleicht, weil ich mich zu sehr darauf freue, einfach aufzustehen, meinen Namen gesagt zu bekommen und abzuwarten, ob die Lehrerin noch etwas Spezielles sagt. Wir haben doch schließlich so etwas wie einen Pakt, sie und ich, da wird sie, denke ich, wohl etwas zu mir sagen.

Kurz darauf war schon alles vorbei.

»Na, Kit«, sagte sie, »klein, aber oho wie eh und je?«

Originell war es ja nicht gerade, aber ich antwortete stolzgeschwellt: »Jaah!«

Ungeduldig wartete ich, bis sie die Namen aller meiner Mitschülerinnen verlesen hatte. Von dem Moment an, da sie mit der Namensliste der sechsten begann, hing ich dann schräg in meiner Bank, um Ara Callenbach auch ja gut sehen zu können. Als die Lehrerin auf die ihr eigene, etwas umständliche Art zu einer etwas ausführlicheren Geschichte ansetzte, wußte ich, daß sie an der Reihe war. Die Rede war von der einzigen wirklich Neuen in der Klasse, und wir wurden dazu aufgerufen, alles dafür zu tun, daß sie sich schnell bei uns einlebte.

Ich hoffe, daß niemand sich das zu Herzen nimmt, denn ich möchte die einzige sein, die sich mit ihr befaßt.

»Barbara Callenbach«, sagte die Lehrerin.

Es wollte mir fast nicht in den Kopf, so sehr hatte ich mich schon an den in Gedanken so oft wiederholten Namen gewöhnt. In der Klasse wurde es laut. Einige kicherten in sich hinein. Andere wiederholten ihren Namen, Barbara, Barbara. Und ich schnappte auch noch etwas von dick und fett und Elefant auf.

Mit einem Ruck schob Ara Callenbach ihren Stuhl zurück und richtete sich in voller Länge auf. Kerzengerade und mit hochgerecktem Kinn stand sie da. Ihre Hüften waren breiter als der Tisch, hinter dem sie aufragte.

»Ara«, sagte die Lehrerin, nachdem sie wieder auf ihr Blatt geschaut hatte, »willkommen bei uns.«

Die Klasse war unruhig. Alle hatten etwas zu tuscheln, über sie, über Ara. Ein strenger Blick der Lehrerin genügte, um sie zum Schweigen zu bringen.

Hoffentlich hat Ara gesehen, daß ich keine Miene verzogen und mit niemandem geredet habe und daß ich auf dem Sprung saß, um auf jede loszugehen, die den Bogen überspannen und etwas wirklich Gemeines über sie sagen würde.

Was bis jetzt geschieht, hält sich noch im Rahmen. So sind sie eben, die anderen Mädchen. Für ihre Verhältnisse reagieren sie ganz normal. Sobald es um Ara ging, geriet die gängige Ordnung zwangsläufig durcheinander, denn Ara war speziell.

Ich glaube, daß sie selbst das auch ganz normal findet und daß sie – genau wie ich – stolz darauf ist, daß sie unter den anderen für so viel Unruhe sorgt. Daß sie sich womöglich deswegen schämen könnte, kommt mir nicht in den Sinn. Nacktsein und Rotwerden haben für mich etwas mit Scham zu tun, Stolz nicht.

Das sind die Irrtümer der ersten Stunde.

Ara hat nicht mitbekommen, daß ich nicht mit den Wölfen geheult habe, und Stolz kann sehr wohl mit Scham gepaart sein.

Bis zur großen Pause durften wir uns noch zehn Minuten frei beschäftigen, zeichnen oder lesen. Ich beschloß, ein Bild für Ara zu malen. Auf ein Blatt schrieb ich in Schönschrift unsere Namen, ihren zuerst: Barbara Callenbach, und meinen darunter: Catherina Buts. Der erste Versuch mißlang, weil ihr Name zu groß ausfiel und nicht ganz auf das Papier paßte. Daraufhin malte ich nur jeweils den Anfangsbuchstaben unseres Vor- und Nachnamens aus, denn darauf kam es mir an.

Ich habe etwas Aufregendes entdeckt, das mich ganz glücklich macht, ein Zwinkern des Schicksals, das alle meine Vermutungen bestätigt. Beide führen wir die Welt mit unseren Rufnamen hinters Licht, doch offiziell haben unsere Initialen dieselben Buchstaben, nur in umgekehrter Reihenfolge.

Mit zwei sich kreuzenden Pfeilen verband ich die Bs und die Cs und malte rund um unsere Namen einen Blumenkranz. Ich vermeide auch nur die Andeutung einer Herzform.

Herzchen findet sie bestimmt mädchenhaft und sentimental, genau wie ich.

Aus Gewohnheit sprang ich auf, als es zur Pause läutete. Zu spät entdeckte ich, daß Ara sich Zeit ließ und wartete, bis alle anderen weg waren.

Draußen auf dem Flur sind zwei große Garderobenständer. Der eine ist leer. An dem Garderobenständer vor unserem Klassenzimmer hängt nur ein einziger Mantel.

Der lange schwarze von Ara.

Lang ist noch nicht mal modern.

Ich trödelte in der Nähe von ihrem Mantel auf dem Flur herum. Sie stockte, als sie mich sah, lehnte sich kurz an den Türrahmen und sah mich starr an, ohne zu lächeln. Aber ich lächelte. Ich lächelte sie rundheraus an und zog das zusammengefaltete Blatt hervor, das ich hinter meinem Rücken verborgen gehalten hatte.

Vor lauter Aufregung verfiel ich in Dialekt, als ich ihr sagte, daß ich ein Bild für sie gemalt hätte. Rasch, um es wiedergutzumachen, lieferte ich die Übersetzung in verständlichem Niederländisch nach und wiederholte im gleichen Atemzug: »Ich hab ein Bild für dich gemalt.«

»Ach«, sagte sie und zog den linken Mundwinkel hoch.

Sie lief zum Garderobenständer, nahm ihren Mantel, zog ihn umständlich, mit rudernden Armen an und blickte erst danach wieder zu mir herüber, leicht verärgert, als hätte ich sie bei etwas ertappt, was ich nicht sehen sollte.

So konnte mich auch meine Mutter ansehen, ohne besonderen Anlaß, wenn sie sich etwas in den Mund steckte zum Beispiel, oder wenn sie kurz auf einem Stuhl verschnaufte. Das verstand ich dann auch nie.

Was mußte man denn vor mir geheimhalten?

Sie war mindestens zwei Köpfe größer als ich. Oder sogar zweieinhalb Köpfe.

»Dann laß mal sehen«, sagte sie.

»Es ist für dich«, sagte ich, »du kannst es haben. Du brauchst es dir nicht jetzt gleich anzusehen.«

So sehr ich mich auch darauf gefreut hatte, ihr das Bild zu zeigen, auf einmal überwog die Scham, und ich fürchtete, daß sie es lächerlich finden würde, wie ich unsere Namen miteinander verwoben hatte. Es war ja noch nicht mal ein richtiges Bild. Ich konnte eigentlich viel besser zeichnen. Sie sah mich ein wenig erstaunt an, steckte das Bild jedoch unbesehen in ihre Manteltasche. Dann drehte sie sich um, durchquerte mit festen Schritten den Flur und lief nach draußen, ohne sich noch nach mir umzuschauen. Es war die natürlichste Sache von der Welt, daß ich hinter ihr herlief, bis wir die Mauer erreichten, und daß ich mich neben ihr postierte, als sie sich dort hinstellte, wie sie das vom ersten Tag an getan hatte.

4

Sie redete nicht viel. In jeder großen Pause lief ich hinter ihr her nach draußen, und schon bald umschlang ich ihre Hüften oder lehnte ausdauernd an ihren Schenkeln. Sie roch gut. Manchmal nahm ich Anlauf und sprang ihr in die Arme. Ich umklammerte ihre Taille mit den Beinen und stützte mich mit den Kniekehlen auf ihrem breiten Becken ab. So saß es sich gut. Wenn ich nichts zu erzählen hatte, verlagerte ich das Gewicht auf eine Seite, so daß ich mit dem ganzen Körper auf einer ihrer Hüften hing, schmiegte den Kopf in die Beuge zwischen ihrem Hals und ihrer Schulter und blieb eine Viertelstunde lang so liegen, ohne etwas zu sagen. Dann ruhte ich von allem aus, was mich ermüdete und was ich mir nicht erklären konnte. Sie hielt mich mit einem Arm, so stark war sie.

»Du wiegst überhaupt nichts«, sagte sie, aber das stimmt natürlich nicht, jeder wiegt etwas.

Wenn ich hinunterzurutschen drohte, schob sie mich wieder hoch, sanft und behutsam, als fürchte sie, mich zu stören. Ab und zu strich sie mir mit der Hand durchs Haar, und dann wollte ich, daß diese Hand dort blieb, so wunderbar fühlte sich das an. Es kam vor, daß es mir zu lange dauerte, bis sie mir wieder einmal über den Kopf streichelte. Dann nahm ich ihre Hand, legte sie mir auf den Kopf und schaute zu ihr hoch.

»Schmusetier«, sagte sie dann und kraulte mir lächelnd den Scheitel.

An sie geschmiegt, das Gesicht in ihre Halsbeuge vergraben und den Rücken dem Schulhof zugewandt, stellte ich mir vor, daß sie ihren unerschütterlichen, kühlen Blick über die anderen schweifen ließ und genau wie ich in einem glückseligen Gefühl der Unbesiegbarkeit schwelgte.

Keiner durfte so nahe bei ihr sein wie ich, dessen war ich mir bewußt, ohne mir groß etwas darauf einzubilden. Das verstand sich von selbst, fand ich, das lag in der Natur unserer Beziehung.

Ballspielen, Hüpfen und Gummitwist konnte ich beim besten Willen nicht widerstehen. Während ich mit den anderen spielte, schaute ich immer wieder, ob sie auch zusah.

Sie sah zu.

Normal spielen konnte ich nicht mehr. Ich spielte überdreht, hart, laut kreischend, verbissen, fanatisch. Nicht, um zu gewinnen, sondern weil ich ein Spiel nur auf diese Weise genießen konnte. Stellte ich mich dann müde und verschwitzt wieder zu ihr, dann schenkte sie mir in den ersten paar Minuten keinerlei Beachtung und hielt die Arme vor der Brust verschränkt. Erst wenn ich an ihr herumzupfte und -zerrte, eine ihrer Hände aus dieser panzerartigen Verschlingung lösen konnte, mir die eroberte, noch unwillige Hand auf den Kopf legte und so stehenblieb, ohne zu ihr hochzuschauen, erst dann konnte es sein, daß ihr ein leises Stöhnen entfuhr und sie mich, indem sie mir leicht übers Haar streichelte, wissen ließ, daß sie mir vergeben hatte und ich ihr wieder in die Augen sehen konnte.

Sie strafte mich für alles, was sie als Untreue und Verrat

betrachtete. Und das war vieles. Ich ließ mich durch ihre Strafen jedoch nie von etwas abhalten und machte beim Ballspielen, Hüpfen und Gummitwist mit, wann immer mir danach war. Ich konnte nichts Schlimmes daran finden. Ich war doch trotzdem mit ihr zusammen.

Beim Lesen machte sie nicht mit. In Niederländisch wurden die fünfte und die sechste meistens zusammen unterrichtet, ausgenommen, wenn es um so schwierige Dinge wie die Zerlegung langer Sätze in ihre Satzglieder ging, oder bei einem Diktat, bei dem bestimmte Teile nur von der sechsten mitgeschrieben werden mußten, aber wir hatten alle das gleiche Lesebuch. Nur Ara las aus einem anderen Buch.

Mit dem Lesen und Schreiben hatte sie ihre Probleme. Mittwoch nachmittags, wenn alle frei hatten, blieb Ara deswegen eine Stunde länger in der Schule und bekam Extra-Unterricht von der Schulleiterin, aus speziellen Büchern. Die hatte unsere Lehrerin eigens für Ara ausfindig gemacht, und sie hatte auch gesagt, daß das bei Ara nichts mit Dummheit zu tun habe, sondern daß etwas in ihrem Kopf dafür verantwortlich sei, wenn die Wörter falsch herauskamen. Es sei keine richtige Krankheit, aber doch so etwas Ähnliches, etwas mit dem Gehirn, was durchaus häufig vorkomme und schwer zu beheben sei. Sie habe zwar gute Augen, aber es sei doch so eine Art Blindheit, von etwas im Innern ihres Kopfes.

So ist unsere Lehrerin, die hat das prima herausgefunden. Unsere Lehrerin weiß viel über Kinder, auch diese modernen Sachen. Im Laufe des Schuljahrs nimmt sie sich für jede von uns mal einen Nachmittag Zeit und unterhält sich dann ganz lange mit einem, was man später mal werden will und so, und wie es einem wirklich geht.

Darauf freue ich mich jetzt schon, auf diesen Nachmittag mit unserer Lehrerin, was sie dann wohl über mich sagen wird.

Aber Ara hat sie sich schon gleich am ersten Tag herausgepickt, denn das mit Ara ist ernst. Sie hat Ara gesagt, es sei einfach unbegreiflich, daß man ihr noch auf keiner Schule besondere Beachtung geschenkt habe, daß man sie mit ihren Sprachproblemen einfach sich selbst überlassen habe, ohne auf den Gedanken zu kommen, daß Ara keine normalen Fehler macht wie andere Kinder, sondern daß sie etwas mit ihrem Kopf hat und deswegen gar nicht anders kann. Sie hat zu ihr gesagt, daß sie nicht faul sei und auch nicht dumm. Sie hat versprochen, ihr zu helfen.

Um so etwas beneidete ich Ara, daß da etwas Mysteriöses und Eigenartiges mit ihrem Kopf war und sie deswegen Hilfe von der Lehrerin bekam. Ich wollte auch Hilfe, aber ich wußte nicht bei was. Gleichzeitig war ich so stolz auf Ara, als hätte ich es selbst, und wertete die Tatsache, daß sie ein wenig sonderbar im Kopf war und ihr Gehirn eigenmächtig mit Wörtern umging, als Unterstreichung ihrer Besonderheit. Ihr gestand ich zu, daß sie etwas hatte, was bei keinem anderen vorkam, auch bei mir nicht.

Ara war vor allem erleichtert. Sie war froh, nicht dumm zu sein.

Ich bedauerte sehr, daß die Lehrerin mir zuvorgekommen war, denn das hätte ich ihr auch erzählen können, daß sie nicht dumm war, und dann wäre ich diejenige gewesen, die sie froh gemacht hätte.

Natürlich finde ich jemanden, der nicht richtig lesen und schreiben kann, wohl dumm, in gewisser Weise, aber wenn man so guckt und so redet wie Ara, dann steckt etwas anderes dahinter, dann ist man nicht normal dumm.

»Ich möchte dir auch helfen, in Niederländisch«, hatte ich gesagt, und sie war einverstanden gewesen, aber als ich dann so nach und nach entdeckte, wie eigenartig sie mit Wörtern umging, war ich mir nicht mehr sicher, ob ich wirklich wollte, daß sich daran jemals etwas änderte.

Ara auch nicht.

Vielleicht hatte es damit zu tun, daß sie mich mit ihrer Auffassung von den Dingen und den Wörtern so verblüffen konnte und daran selbst wiederum ihren Spaß hatte, aber ich spürte auch, daß Ara nicht so ganz überzeugt war, ob sie ihr Niederländisch wirklich verbessern wollte.

»Es ist, als wollten sie mir mein Geheimnis wegnehmen«, sagte sie einmal, als sie gerade Nachhilfe bei unserer Lehrerin gehabt hatte.

»Welches Geheimnis?«

»Diese Spannung«, sagte sie, »daß es jeden Moment wieder passieren kann, daß die Wörter da draußen mir ein Bein stellen und mich überraschen.«

Sie fand es schrecklich und ärgerlich – und spannend. Sie erzählte, daß das eine oder andere Wort manchmal einen Tag lang unauffindbar war.

»Dann will ich sagen: ›Die Blumen blühen‹, aber es

kommt nur ›die Blühen‹ heraus. ›Blumen‹ ist verschwunden, in einem schwarzen Loch. Ich weiß, daß das Wort irgendwo sein muß, und mache mich auf die Suche nach ihm, in Büchern oder Zeitschriften. Es kann Stunden dauern, bis ich auf einer Abbildung sehe, was mir entfallen war und ich eigentlich hatte sagen wollen: ›Blumen‹, und dann ist noch die Frage, ob das Wort zu dem Bild überhaupt dabeisteht.«

»Toll seltsam ist das«, sagte ich.

Sie mußte also suchen, und Suchen ist spannend.

Etwas suchen, von dem man nicht weiß, was es ist, von dem aber feststeht, daß es nur eins sein kann, die einzige richtige Antwort auf eine Frage, die einzige Lösung für ein Problem, nur *ein* Ding, das zu etwas anderem paßt, und nichts anderes, das ist mehr als spannend, das ist ein Zwang, aber einer, dem man sich freiwillig unterwirft. Es ist der Drang, dem das Kreuzworträtsel entspricht, es ist der Reiz des Kryptogramms, des nur auf eine mögliche Weise aufzufüllenden Rasters. Dieses Streben nach dem einen und einzigen ist meiner Meinung nach der Ursprung von Sucht und Obsession.

Wenn sie davon sprach, wie das mit ihr und den Wörtern war, hatte ich das merkwürdige Empfinden, etwas zu hören, das mir zwar völlig fremd war, das aber dennoch Parallelen zu einer Sehnsucht aufwies, von der auch ich angetrieben wurde. Ara schien auf entgegengesetztem Wege dasselbe anzusteuern oder umgekehrt, ich wußte es nicht genau. Um diese beklemmende Zerrissenheit immer wieder zu spüren, löcherte ich sie mit Fragen, wie sich das bei ihr mit den Wörtern verhielt, und jedesmal überkam mich dann dieses angenehme Prickeln eines Gegensatzes, den ich nicht verstand und nicht einordnen konnte, der aber bedeutsam für mich war, dafür, wie mein Leben aussehen sollte.

Ich hörte ihr zu und bedauerte, wenn sie zu reden aufhörte. Anschließend dachte ich über sie nach.

Neben Gott, dem Glück und dem Tod wurde Ara zum Lieblingsgegenstand meiner Grübeleien.

Mit Gott, dem Glück und dem Tod hatte sie gemeinsam, daß es sich um Probleme zu handeln schien, die einer Lösung bedurften, obwohl mir von Anfang an sonnenklar war, daß es hier nichts zu lösen gab.

Gott, das Glück, der Tod und Ara waren einfach schwierige Themen, über die ich gern nachdachte, das war's.

Zuhören fand sie schöner als reden. So sagte sie das auch, schöner. Schön war ein Wort, das ihr gefiel, und das auch genauso geschrieben wurde, wie es sich gehörte, mit dem weichen Sch am Anfang und dem gedehnten Ö in der Mitte, das sah auch auf dem Papier schön aus.

Für einige Dinge machte sie selbst Wörter. Die Wörter, die es schon für diese Dinge gab, konnten einwandfrei in ihrem Kopf verzeichnet sein, kamen aber immer irgendwie verdreht heraus. Dann umschiffte sie diese Wörter.

»Ich habe Streit mit diesem Wort«, sagte sie.

Über andere Wörter sagte sie: »Ich bin mit diesem Wort nicht einverstanden«, oder: »Ich finde, daß dieses Wort nicht gut zu dem Ding paßt.«

So hielt sie ›Glas‹ zum Beispiel für ein gräßliches Wort für ein Glas, und alle Wörter, in denen ein ›ei‹ vorkam, erschienen ihr prinzipiell ungeeignet für was auch immer, außer für das Ei selbst; das paßte, fand sie, daß ein Ei auch Ei hieß.

»Denn es ist ja wirklich ein Ei, findest du nicht?« fragte sie dann. Aber wie konnte ich das finden, wo doch mein Kopf so ganz anders beschaffen war?

Ihre Eltern hatten lange Zeit angenommen, daß mit ihr etwas nicht in Ordnung war, weil sie als Kind nicht sprechen wollte. Erst als sie vier war, hatte sie zum ersten Mal etwas gesagt.

»Ich bin Ara«, hatte sie gesagt.

Ihrer Meinung nach hatte das so lange gedauert, weil sie eine Lösung für ihr größtes Problem hatte finden müssen: wie sie nämlich ihren eigenen Namen herausbringen sollte.

»Diese Bs behagen mir nicht«, sagte sie, »die halten zu sehr auf. Die passen nicht zu mir.«

Mit finsterer, störrischer Miene setzte sie zu solchen Geschichten an, die Augen argwöhnisch auf die meinen gerichtet, bereit, bei der geringsten Reaktion, die ihr nicht gefiel, augenblicklich den Mund zu halten.

Ich konnte gar nicht falsch reagieren, so sehr tauchte ich in ihre Geschichte ein, von tiefem Mitgefühl für eine Ara erfüllt, die ich mir nicht als kleines Mädchen vorstellen konnte, sondern die ich anders, nämlich als die Ara von jetzt vor mir sah, die sich in ohnmächtiger Wut das erste Gefecht mit den widerspenstigen Wörtern lieferte.

Ich hätte gern gewußt, ob sie als kleines Kind auch schon

so dick gewesen war, aber ich traute mich nicht, sie das zu fragen.

»Ein gewöhnlicher Sterblicher tut's wohl nicht für unsere Kit«, sagte meine Mutter, als ich Ara zum ersten Mal mit nach Hause brachte. Die ganze Klasse sei schon bei uns gewesen, sagte sie, eine nach der anderen hätte ich abgehakt, eine Weile mit ihr gespielt, alles liebe und nette Mädchen, normale Mädchen, von normalen Leuten wie uns. Und nicht eine habe vor mir bestehen können, nicht eine sei mir gut genug gewesen. Was mir denn nur fehle? Warum ich nur immer etwas anderes wolle als die anderen? Katrien zum Beipiel, das sei doch ein nettes Mädchen, mit dem man gut befreundet sein könne? Hübsch angezogen, frisches Gesicht, gute Manieren, kultivierte Eltern, die wäre so gern meine Feundin geworden, genau wie all die anderen, aber mir sei keine gut genug, ich würde allen eine Abfuhr erteilen. Warum ich mir die nicht zur Freundin genommen hätte, das könne sie einfach nicht verstehen. Warum müsse ich nun wieder mit so einem absonderlichen Mädchen daherkommen? Das arme Kind könne ja selbst nichts dafür, daß es so aussehe, das sei ja schlimm genug, aber was ich mir nur wieder von so einer verspreche?

»Was heißt denn *so* einer?«

»Na ja, so anders«, sagte meine Mutter, »so bullig und barsch und so reif. Ein nettes Mädchen ist das, glaube ich, nicht.«

Bullig, barsch und reif, das waren tolle Wörter für Ara, und ich rechnete es meiner Mutter hoch an, daß sie Wörter kannte, die so zutreffend waren und Ara so gut charakterisierten.

»Und ob«, sagte ich, »die ist nun wirklich mal richtig nett.«

Sie sagte, daß sie es wohl ohnehin nie kapieren würde. Wir dürften uns unsere Freunde natürlich selbst aussuchen, da würden Papa und sie sich nie einmischen, das wüßten wir nur zu gut, nein, niemals, wir könnten tun und lassen, was wir wollten, das sei ganz und gar unsere Entscheidung, darin seien wir völlig frei, aber daß ich nun ausgerechnet mit so einem Mädchen nach Hause kommen mußte. Aber wir machten ja doch, was wir wollten, da konnte sie sich den Mund fusselig reden und gute Ratschläge erteilen, darauf hörte ja doch keiner, das hatte nicht den geringsten Sinn, man konnte genausogut gegen eine Wand reden. Na ja, ich würde schon selbst darauf kommen. Sie sei gespannt, wie lange ich es mit der da aushielt.

Ich hörte ruhig zu, ich konnte sie ja gut verstehen. Daß meine Mutter so auf Ara reagierte, nahm ich ihr nicht übel, sie war ja nur besorgt um uns, um unser Glück. Außerdem gehörte das zu Ara dazu.

Ara erregt Anstoß, und darauf bin ich stolz.

Es gefiel mir, daß ihre Erscheinung Erstaunen und Unmut auslöste, daß sie Ungelegenheiten machte. Es gefiel mir, daß sie plump und eckig war und ich hinter ihr herlaufen mußte, um die Verwüstungen, die sie anrichtete, wieder einigermaßen zu beheben. Sie schien für all das, was mich zaghaft und vorsichtig werden ließ, blind zu sein. Wo ich ganz leise auftrat und flüsterte, stampfte sie geräuschvoll drauflos; wenn ich kicherte, lächelte, nickte und den Kopf senkte, reckte sie sich unterschrocken und warf stahlharte Blicke in die Runde.

Es ist unglaublich. Ich bin immer wieder verblüfft, daß sie sich nicht einspinnen läßt in das feine, unsichtbare Netz aus Verboten und Vorschriften, das ich wahrnehme, sobald ich einen Raum betrete und Menschen begegne, und das mich zu blindem Gehorsam veranlaßt.

Ich wertete das bei ihr als Mut und Ehrlichkeit und bei mir als Feigheit und Unehrlichkeit.

Ich fand sie unangepaßt, und diese Unangepaßtheit hielt ich für gewollt.

Sie machte den Krach, den ich dämpfte, sie übertrat die Gesetze, denen ich mich unterwarf, sie eroberte den Raum, in dem ich mich unsichtbar zu machen, in Luft aufzulösen versuchte.

Manchmal habe ich sogar das Gefühl, daß ich selbst körperlos bin und sie für zwei zählt, daß sie auch mein Körper ist und für mich einen Platz in der Welt einnimmt und daß sie dort mit allem fertig wird, wovor ich mich fürchte.

Ich konnte es niemandem erklären, auch mir selbst nicht, aber von dem Augenblick an, da ich Ara gesehen hatte, fühlte ich mich mit ihr verbunden, so als ob sie sonderbarerweise in ihrem Körper auch meinen Körper barg.

Somit ist sie doppelter Körper, und ich existiere nur in meinen Gedanken.

Wo wir gemeinsam in Erscheinung traten, erregten wir gemeinsam Anstoß und riefen bei anderen unweigerlich eine Art Feindschaft hervor. Das war logisch, und weil wir es wußten, machte uns die Abwehr anderer nur noch stärker.

Seit ich mein Notizheft begonnen habe, habe ich die Blätter in der Mitte für diesen besonderen Zweck ausgespart. Die linke Seite habe ich schon fast ganz ausgefüllt, nur hinter FREUNDIN steht noch nichts.

Ich kann es nicht leiden, wenn in so einem Heft herumgeschmiert wird. Wenn man auch nur ein Wort durchstreichen muß, ist das ganze Heft verschandelt, finde ich, und dann werfe ich es lieber gleich weg und fange ein funkelnagelneues, sauberes an, in das ich dann alles aus dem alten übertrage. Diese schönen, dicken Hefte sind ziemlich teuer, glaube ich, denn meine Mutter stöhnt manchmal, weil ich so viele davon verschleiße, und daher denke ich jetzt noch länger nach, bevor ich etwas aufschreibe. Sie sagt, daß ich einfach eine neue Seite anfangen solle, daß man das Durchgestrichene auf der vorhergehenden Seite dann doch nicht mehr sehen würde. Aus den Augen, aus dem Sinn, denkt meine Mutter, aber für mich gilt praktisch das Gegenteil, denn was ich nicht sehe, obwohl ich doch weiß, daß es da ist, das kommt mir erst recht in den Sinn. Wenn ich einmal einen Fehler gemacht und ein Wort durchgestrichen habe, dann fängt dieser Schandfleck in meinem Kopf an zu rumoren, und wenn ich das Heft aufschlage, schaue ich zuallererst auf dieses verschandelte Blatt, und dann habe ich überhaupt keine Lust mehr, noch etwas aufzuschreiben.

Auf der rechten Seite habe ich schon mal dieselben Spalten eingetragen wie auf der linken, aber ansonsten ist sie noch ganz leer.

Zum Glück habe ich, seit ich in der vierten bin, einen eigenen Füller, von Diplomat, den ich mit der hellblauen

Tinte aus dem Tintenfaß meines Vaters fülle. Gott sei Dank kauft er immer dieselbe Farbe von derselben Firma, denn verschiedene Farben Tinte kann ich in meinem Notizheft auch nicht leiden.

Bevor ich die Reihe meiner Eintragungen durchging, kontrollierte ich, ob ich in der Zwischenzeit nicht vielleicht gewachsen war. Neben der Tür waren auf der Tapete hauchdünne Bleistiftstriche angebracht, die meine Größe anzeigten. Ich stellte mich mit dem Rücken an die Wand, legte mir einen Bleistift auf den Kopf und zog damit einen kleinen Strich. So groß bin ich. Der neue Strich lag kaum merklich über dem vorherigen. Ich wuchs nicht sonderlich schnell.

NAME: Catherina Maria Buts
RUFNAME: Kit
STRASSE: Bosjesweg 7
ALTER: 10 Jahre
HAARE: blond
AUGEN: grün
GRÖSSE: 1,38 Meter
GEWICHT: 26 Kilo
MUTTER: Henriette Christina Maria Buts-van Walen (Jet)
VATER: Wilhelmus Petrus Maria Buts (Wim)
GESCHWISTER: Willem (14 Jahre), Peter (13 Jahre),
Christian (3 Jahre)

FREUNDIN wollte ich ganz sauber ausfüllen, und deshalb probierte ich meinen Füller zunächst auf Schmierpapier aus, damit die Feder schön mit Tinte getränkt war und nicht erst einen vergeblichen, farblosen Strich machen würde. Dann trug ich ihren Namen ein.

Zu meiner Enttäuschung mußte ich feststellen, daß ich auf der rechten Seite wenig ausfüllen konnte. Über Aras vollen Namen war ich mir nicht sicher, und ich wußte nicht, wie groß sie war, wieviel sie wog, wie ihre Eltern hießen und wie viele Geschwister sie hatte, geschweige denn, wie die hießen.

Was ich wußte, trug ich ein:

RUFNAME: Ara
STRASSE: Willem de Zwijgerlaan 11
ALTER: 13 Jahre
HAARE: rabenschwarz
AUGEN: hellgrau
FREUNDIN: Kit Buts

Rabenschwarz war ein tolles Wort, fand ich. Wenigstens das war beim Durchblättern dieser doofen Bücher über kleine Zigeunerinnen hängengeblieben, denn die hatten allesamt rabenschwarzes Haar und zimtfarbene Augen. Aras Augen waren vielleicht auch zimtfarben, aber ich wußte nicht genau, was für eine Farbe damit gemeint war, und so schrieb ich sicherheitshalber mit einem normalen Wort auf, welche Farbe sie wirklich hatten.

5

Ara Callenbach heißt nur Barbara, ist einen Meter einundsechzig groß, hat sechs Schwestern, keine Brüder, und will mir nicht verraten, wieviel sie wiegt.

Das ist ein harter Schlag, und verstehen tue ich es auch nicht.

»Dann kann ich bei dir nicht alles ausfüllen«, sagte ich entrüstet.

»Ich trau dir nicht«, sagte sie.

Das erschreckte mich sehr.

Als ich das erste Mal bei Ara zu Hause war, kam ich aus dem Staunen nicht mehr heraus. Es hatte geraume Zeit gedauert, bis sie mich zu sich einlud, ohne daß sie je irgendwelche Einwände dagegen geäußert hätte. Ich hatte in einer Tour gequengelt, ob wir denn nun nicht mal zu ihr gingen oder ob ich nicht mal nachmittags zum Spielen zu ihr kommen solle, aber sie hatte es immer so zu drehen gewußt, daß nichts daraus wurde. Bei uns gefalle es ihr besser, sagte sie, und damit war die Sache erledigt.

Bei uns ist es ja auch wirklich nett, das finden alle. Meine Mutter hat immer viele leckere Sachen in Vorrat, bei uns gibt's klare, rote und gelbe Brause für die Kinder, aber auch richtige Coca-Cola in großen Flaschen, nicht die mit Schnappverschluß, sondern richtig mit Kronenkorken, die man mit einem Flaschenöffner aufmachen muß. Coca-Cola hat sonst fast niemand, aber meiner Mutter ist nichts zuviel, wenn es um uns geht, und mein Vater arbeitet so hart, damit wir uns das alles leisten können. Wenn jemand zu uns kommt, läßt meine Mutter sich nie anmerken, daß sie vielleicht traurig ist und gerade noch geweint hat, weil wir ihr solche Sorgen machen. Mein Vater meint, daß meine Mutter als Kind nicht genug Liebe bekommen hat und daß ihr ganzer Kummer im Grunde von da herrührt. Sie möchte, daß wir es besser haben als sie, und uns geht es wirklich hervorragend, das sage ich ihr oft genug, denn wir bekommen alles, was wir uns nur wünschen, und dürfen auch ganz viel und brauchen nie mitzuhelfen beim Putzen oder so.

»Laßt mich nur machen«, sagt meine Mutter dann, »geht ihr mal gemütlich fernsehen.«

Wenn es warm ist, macht meine Mutter Eis, und wenn es kalt ist, bekommen wir heiße Schokolade und Waffeln. Meine Mutter hat nichts dagegen, wenn die Kinder die Waffeln in die heiße Schokolade tunken, was mich wundert, denn ich finde, daß sich das nicht gehört. Mir ist es auch lieber, wenn die Jungs das nicht machen, denn dabei schlürfen sie dann auch noch, und das ist doch unmöglich.

Für mich gibt es kaum etwas Schlimmeres, als wenn jemand beim Essen Geräusche macht. Den Jungs sage ich immer, daß sie das nicht machen sollen, daß es sich nicht gehört zu schlürfen, zu schmatzen, aufs Essen zu pusten und hörbar die Luft einzusaugen oder mit dem Kopf über dem Becher oder dem Teller zu hängen. Im Essen herumzumanschen, finde ich auch eklig, und außerdem ist es eine Beleidigung für unsere Mutter, denn es sieht so aus, als fände man das Essen, so wie es ist, nicht lecker genug und wollte ihm den Geschmack nehmen, indem man zum Beispiel Apfelmus hineinrührt, damit man es leichter hinunterschlucken kann.

Die Jungs sind alle drei Feinschmecker, die meckern zum Beipiel schon, wenn es bei uns mal einfach nur Bratwurst gibt, aber mir schmeckt alles, und auch wenn das mal nicht so ganz stimmt, würde ich es meine Mutter nie und nimmer merken lassen, denn ich finde es furchtbar enttäuschend für sie, wenn einem das Essen nicht schmeckt, das sie mit so viel Mühe und Liebe zubereitet hat. Willem und der Kleine hören einigermaßen auf mich, wenn ich ihnen sage, wie man anständig ißt, aber Makkie guckt mich dann ganz giftig an und schmatzt erst recht.

Wir nennen ihn Makkie, weil er so seine Macken hat und schwierig ist. Ihn vernünftig zu erziehen, ist nicht einfach. Man kann es manchmal richtig mit der Angst zu tun bekommen, wenn der einen ansieht, und er kann auch ganz schön wütend werden, also muß man schon mit ihm umzugehen wissen, aber trotzdem hab ich ihn sehr lieb.

Ich habe alle meine Brüder gleich lieb, und das heißt sehr, sehr lieb.

Ich hab auch meinen Vater genauso lieb wie meine Mutter, und ich kann es kaum ertragen, wenn mir auch nur einen Moment der Gedanke kommt, daß ich den einen vielleicht ein kleines bißchen lieber haben könnte als den andern, das tut schrecklich weh, ganz tief im Herzen.

Man würde es nicht vermuten, aber im Vergleich zu meinem Vater und Willem ißt Makkie von Natur aus sehr gesittet und hält Messer und Gabel auf eine ganz besondere Weise, anders als wir, eleganter, in der Beziehung kann ich mich nicht beklagen, aber Makkie nimmt leider keine Rücksicht auf andere und fängt schon an zu essen, bevor überhaupt alle am Tisch sitzen, und achtet auch nie darauf, ob noch genug für uns alle da ist, wenn er sich zum zweitenmal aufschöpft. Am meisten tut mir das für meine Mutter leid, denn es kostet schon Mühe, so einer Familie jeden Tag etwas anderes vorzusetzen, und wenn Makkie dann nicht mal warten kann, bis sie auch mit am Tisch sitzt, ist das genauso, als ob man das nicht würdigte und sie nur gut genug dafür wäre, unsere Mäuler zu stopfen, selbst aber nichts zählte. Die Jungs sagen auch viel zu selten, daß es ihnen schmeckt, das finde ich auch so ungehobelt. Deshalb sage ich bei fast jedem Bissen, wie toll das Essen schmeckt, und wenn mein Vater sonntags mit uns zusammen ißt, sagt er zum Glück auch manchmal, daß Mama mal wieder fein für uns gekocht hat.

»Ja, Mam, das finde ich auch«, sage ich dann betont laut und sehe die Jungs dabei an, aber die kapieren ja doch nichts.

Ich glaube, meiner Mutter macht das mit dem Essen weniger aus als mir. Sie sagt, ich solle nicht so an den Jungs herummäkeln.

»Laß sie ihr Essen doch in Ruhe genießen«, sagt sie.

Nach dem Essen habe ich oft Magenschmerzen, weil ich mich so sehr aufgeregt habe über den Höllenspektakel, den sie mit ihren mahlenden Kiefern machen können, und weil sie nur stumm auf ihren Teller glotzen und vor sich hin mampfen, ohne mal was Nettes zu sagen.

Es war ein herbstlicher Mittwochnachmittag im November, und ich langweilte mich schon, als ich gerade mal eine Stunde von der Schule zu Hause war. Draußen wehte ein kräftiger Wind, und ab und zu regnete es ein wenig. Willem las ein Buch, Makkie bastelte in der Garage an einem Perpetuum mobile, und Chrisje schlief. Wir hatten, wie wir das mittwochs öfter machten, schon warm gegessen, Pfannkuchen, und Pfannkuchen sind schnell verputzt.

Seit Willem und Makkie in der Stadt zur Schule gehen, essen wir abends warm, außer mittwochs, wenn sie frei haben, da bekommen wir manchmal zwei warme Mahlzeiten am Tag, vor allem wenn es draußen kalt ist. Meine Mutter macht dann Erbsensuppe. Früher aßen wir zuerst die Erbsensuppe aus tiefen Tellern, drehten dann die Teller um, und darauf legte meine Mutter dann die kleinen runden Pfannkuchen. Eigentlich eine komische Angewohnheit, wenn man es mal genau betrachtet. Jetzt essen wir mittags die Pfannkuchen, das ist dann so etwas wie warmes Brot, sagt meine Mutter, und abends essen wir die Suppe.

Ara hatte bis ein Uhr Nachhilfeunterricht, und ich konnte sie, wenn ich mich beeilte, noch bei der Schule erwischen. Ich sagte meiner Mutter, daß ich Ara abholen würde und wir dann nachher vielleicht zu uns kämen.

»Immer bei uns«, sagte meine Mutter.

Die Schule sah verlassen aus. Ich fürchtete, daß Ara schon weg sein könnte, und wurde ganz traurig. Vor kaum anderthalb Stunden hatte ich mich noch frei und unbeschwert innerhalb und außerhalb der Schulmauern bewegt, aber jetzt kam mir der Schulhof wie verbotenes Gelände vor, auf dem ich nichts zu suchen hatte, und ich wagte nicht, die

Mauer zu passieren und das Gelände zu betreten. Mit den Händen in den Taschen blieb ich an der Außenseite der Mauer stehen und spähte zu den Fenstern unseres Klassenzimmers hoch. Ich konnte niemanden entdecken.

In meinen Zeugnissen steht mitunter, daß ich zu ungeduldig bin, aber dahinter steckt, vermute ich, die Handarbeitslehrerin, die meine Klassenlehrerin aufgehetzt hat, oder es kann auch durch Rechnen oder Sport kommen. Dabei finde ich, daß ich gerade besonders viel Geduld habe. Ich kann lange an einem Bild malen, bis es genauso ist, wie ich es mir vorgestellt habe, und wenn ich ein gutes Buch habe, kann ich gar nicht mehr aufhören zu lesen, dann bin ich stundenlang ganz versunken.

Daß ich für Handarbeiten keine Geduld habe, liegt nicht daran, daß ich keine Geduld habe, sondern daran, daß ich Handarbeiten hasse, und beim Sport werde ich nur hibbelig, wenn wir etwas der Reihe nach machen und abwarten müssen, bis wir dran sind, und wenn ich dann durch irgend so eine Transuse aufgehalten werde, die vor mir ist und sich eine halbe Ewigkeit herumziert, bevor sie sich endlich traut, über den Bock zu springen.

Rechnen ist einfach Pipifax, finde ich, vor allem wenn man es so macht, wie es sich gehört, wo ich doch mit meiner Methode im Handumdrehen fertig bin. Dann stimmen die Ergebnisse zwar nur so ungefähr, aber mir genügt das, denn wenn wir unsere Rechenaufgaben fertig haben, dürfen wir in unserem Büchereibuch lesen, und das tue ich viel lieber.

Ich sehe nicht ein, wieso man etwas lernen soll, was

einem nichts bringt und wozu man dann automatisch nicht die geringste Lust hat. Das soll mir erst mal jemand begreiflich machen. Stricken, Häkeln und Sticken, das hasse ich, das will ich überhaupt nicht lernen, denn das werde ich später sowieso nie freiwillig machen, ganz sicher nicht. Die Jungs brauchen das auch nicht zu lernen, denn die machen später natürlich viel spannendere Sachen als Stricken, warum also ich?

Nach der Handarbeitsstunde schmuggle ich mein Strickzeug manchmal mit nach Hause, weil es zu schlimm geworden ist und ich nicht mehr weiterkomme. Ich stricke viel zu fest und mit viel zu vielen Maschen. Ich denke immer, daß ich Maschen fallen gelassen habe, und nehme andauernd welche auf, und vor lauter Aufregung und Ärger bekomme ich furchtbar schwitzige Hände, wodurch das Strickzeug ganz schmuddelig und fettig wird. Meine Mutter seufzt immer, wenn ich wieder mit so einem scheußlichen Baumwollappen ankomme, denn das bedeutet schließlich Extraarbeit für sie, wo sie doch schon genug zu tun hat, und ich bin dann ungeheuer erleichtert, wenn sie beim Anblick von meinem sogenannten Mustertuch, aus dem so etwas Blödsinniges wie eine Teehaube oder so werden soll, in Lachen ausbricht. Vor lauter Erleichterung versuche ich sie dann noch mehr zum Lachen zu bringen, indem ich unsere Handarbeitslehrerin nachmache, wie die mit ihrer blasierten Stimme von der Nützlichkeit eines Teekannewarmhaltehaubelappendings schwafelt und wie erfreut unsere Mütter sein würden, wenn sie von ihren fleißigen Töchtern so eine wunderschöne Handarbeit geschenkt bekämen. Und dann lacht meine Mutter. Und dann räufelt sie meinen Lappen mit kräftigen Rucken auf und strickt mit luftigen, lockeren Maschen ein Dreieckstuch daraus.

Sie hält auch nicht viel von dieser Handarbeitstante, denn die tut gerade so, als wenn sie die Schulleiterin persönlich wäre, nur weil sie zufällig eine Stunde bei so was Schwachsinnigem wie Handarbeiten aushelfen darf. Und meine Mutter ist auch nicht gerade versessen auf so ein blödes Ding, mit dem man die Teekanne warmhalten kann. Bei uns zu Hause wird noch nicht mal Tee getrunken, den mögen wir alle gar nicht. Wir bekommen nur Tee, wenn wir Durchfall haben, und den trinken wir dann mit zugehaltener Nase, wie Medizin, weil uns das guttut.

»Tee stopft«, sagt meine Mutter.

Ich hatte mich so darauf gefreut, Ara von der Schule abzuholen, daß ich mir einfach nicht vorstellen konnte, sie sei schon nach Hause gegangen und wir hätten uns verpaßt. So ein Pech hatte ich einfach nicht, wenn ich draußen war. Um sieben Minuten vor eins war ich aufgebrochen, und ich hatte den Weg bis zur Schule in weniger als fünf Minuten zurückgelegt, denn ich war gerannt, und wenn ich rannte, brauchte ich nicht auf die Linien zu achten.

Das tue ich nämlich normalerweise, dann trete ich nicht auf die Fugen zwischen den Gehwegplatten, und wenn doch, muß ich vier Platten zurück und noch einmal anfangen, denn tue ich das nicht, stößt meinen Brüdern oder mir noch am selben Tag etwas ganz Schlimmes zu. Wenn nur ich allein davon betroffen wäre, würde ich das gar nicht so schlimm finden, aber ich darf gar nicht daran denken, daß meinen Brüdern durch meine Schuld etwas passieren könnte.

Manchmal stelle ich mir nachts vor, daß einer der Jungs verunglückt, weil ich an dem Morgen gegen die Regel verstoßen habe, und daß er in irgendeinem Kämmerchen im Krankenhaus liegt und stirbt, und wie sehr meine Eltern darunter leiden, und daß vor allem meine Mutter nie darüber hinwegkommt und nun überhaupt keine Freude mehr am Leben hat.

Viel Spaß macht es ihr ja schon jetzt nicht.

Es ist sehr schwer, düstere Gedanken wieder loszuwerden, vor allem nachts. Dann ist es, als ob die Dunkelheit sich gegen die Gedanken stemmen würde, so daß sie nicht aus dem Kopf heraus können, und wenn man sie einmal gedacht hat und sie bleiben im Kopf, dann hämmern sie immer lauter darin herum, und davon bricht mir der Schweiß aus. Das einzige, was ich dagegen tun kann, ist, mich vors Bett zu knien und zu beten. Unsere Eltern halten uns nicht dazu an, knieend zu beten, bevor wir abends schlafen gehen, das findet meine Mutter zu hart für kleine Kinder, aber ich finde Härte manchmal gut für ein Kind, auf alle Fälle für mich selbst, denn wenn einem alle Sünden einfach so vergeben werden, ohne daß man etwas dafür zu tun braucht, dann ist das viel zu einfach und hat keine Bedeutung mehr.

Willem und Makkie hatten schon eine Armbanduhr, aber ich noch nicht, weil wir unsere erste Uhr erst zur Firmung bekommen, und die habe ich in der sechsten.

Ich wußte nicht, wie spät es war.

Auf den Spielraum von zwei Minuten und die Tatsache vertrauend, daß unsere Lehrerin es mit der Zeit sehr genau nahm, wartete ich geduldig und dachte darüber nach, wie ich den Nachmittag mit Ara verbringen könnte.

Noch bevor ich so richtig mit dem Nachdenken angefangen hatte, kam sie nach draußen. Sie sah mich und winkte. Da erst wagte ich es, den Schulhof zu betreten, um ihr entgegenzulaufen.

»Wie nett«, sagte sie.

Ich machte unwillkürlich einen Luftsprung und stieß ein paar Freudenschreie aus, denn ich wußte nie, was Ara gefiel und was nicht, und war wirklich froh, daß ich die richtige Entscheidung getroffen hatte.

Wir liefen auf dem Gehweg nebeneinander her – ich durfte normal gehen, denn wenn ich mit jemandem zusammen bin, gilt die Regel nicht –, und Ara schwieg. Ich konnte gut mit ihr schweigen, also schwieg ich auch. Aber Schweigen ist nicht gleich Schweigen, und als wir uns unserem Haus näherten, spürte ich, daß sie an etwas Unangenehmes dachte und dazu ansetzte, es mir zu sagen.

»Nach der Nachhilfe muß ich zuerst nach Hause.«

»Soll ich dann mit dir gehen?« fragte ich.

Sie stockte und sah mich mit gerunzelter Stirn an. Ich versuchte, so unbeteiligt wie möglich dreinzublicken und mir nicht anmerken zu lassen, in welche Aufregung mich die Vorstellung versetzte, endlich mit zu ihr nach Hause zu gehen, denn nach dieser Aufregung forschte sie, und wenn sie sie von meinem Gesicht ablesen konnte, würde sie mir verbieten mitzukommen. Sie würde mir unterstellen, daß ich das so eingefädelt hatte, daß es mir gar nicht um sie ging, darum, sie von der Schule abzuholen, sondern daß ich auf ganz hinterhältige Weise versuchte, mir Einlaß in ihr Haus zu verschaffen.

»Kit«, sagte sie in leicht fragendem Ton.

»Ja?«

»Du bist ein kleines Schlitzohr«, sagte sie, und da wußte ich, daß ich zum erstenmal mit zu dem Haus durfte, in dem Ara Callenbach wohnte.

Mit größtmöglicher Ruhe sagte ich Ara, daß ich kurz meiner Mutter Bescheid geben würde, und rannte zum Hintereingang unseres Hauses. Erst als ich meiner Mutter zuschrie, daß wir zu Ara gingen, überschlug sich meine Stimme vor Nervosität, aber auch vor Stolz, denn meine Mutter hatte schon des öfteren geäußert, daß wir bei Ara natürlich nicht reinkommen dürften und daß man das bei gutsituierten Leuten häufiger hätte, daß gerade die besonders knickerig seien und sich hüteten, lauter fremde Kinder ins Haus zu lassen und es denen womöglich noch mit allerlei leckeren Sachen rechtzumachen, denn wenn man das mal zusammenrechnete, was man da so jeden Monat reinsteckte, dann sei das doch ganz schön teuer, und das bei so einem kleinen Einkommen, dafür arbeitete sich mein Vater die Finger wund. Und das sei ja auch alles gar nicht so schlimm, das täten sie ja gerne, bei uns sei jeder willkommen, Hauptsache, wir seien glücklich, darauf komme es ihnen ja nur an, aber wir könnten ruhig ab und zu mal daran denken, daß das nicht selbstverständlich sei und daß bei weitem nicht alle Eltern so verrückt seien wie sie.

Auf dem Weg zu ihr redete Ara kein einziges Wort. Um ihr zu vermitteln, daß mein Besuch bei ihr zu Hause überhaupt nicht ins Gewicht falle und auch nicht lange zu dauern brauche, weil es mir darauf gar nicht ankam, fing ich davon an, was wir hinterher, wenn wir wieder bei mir zu Hause waren, Schönes machen konnten. Ich erzählte ihr, daß ich ein neues Spiel mit Wörtern für uns ausgedacht hätte, daß ich sie extra deswegen abgeholt hätte, um das mit ihr zu spielen. Man müsse dafür alle Vornamen, die es in der Familie gab, aufschreiben, auch die zweiten Namen, wenn es welche gab, und dann müsse man aus den Buchstaben dieser Namen möglichst viele neue Namen machen, das hätte ich mir im Laufe der Woche ausgedacht, denn das sei eine gute Übung für sie.

Ich erfand das aus dem Stegreif, aber nur um Ara zu beruhigen und ein bißchen aufzumuntern, denn wenn sie auch noch bei sich zu Hause so muffelig war, dachten ihre Eltern womöglich, daß sie mich mitschleifte, ohne es selbst zu wollen, und das wäre kein guter Start. Ich fand, sie sollte denen zeigen, daß sie wirklich meine Freundin war, wenn ich auch jünger und kleiner war, und daß so etwas sehr wohl ging, was uns betraf. Vor lauter Anspannung und Nervosität plapperte ich in einem fort, denn ich war nicht nur neugierig, sondern auch ängstlich und verlegen, wie immer, wenn ich ein fremdes Haus betreten muß oder Leute treffen werde, denen ich noch nie in meinem Leben begegnet bin.

Ara blieb schweigsam und widerborstig, und ich redete mir mehr und mehr ein, daß ich es nicht besser verdient hatte und für meinen Betrug bestraft wurde, daß sie mich wortlos durchschaute und völlig recht hatte, mich total zu ignorieren und nicht den geringsten Versuch zu unternehmen, mir meinen ersten Besuch in irgendeiner Weise zu erleichtern, daß ich mir das alles selbst zuzuschreiben hatte. Ihr konnte ich nichts vormachen.

Als wir endlich bei ihrem Haus ankamen, hatte ich im Geiste schon zehnmal wiederholt, daß ich einfach draußen warten würde, aber als sie auf dem schmalen Weg, der um das Haus herumführte, vor mir herlief, schaute Ara sich nicht einmal nach mir um, so daß mir nichts anderes übrigblieb, als ihr zu folgen.

Hinter dem Haus befand sich ein Garten, der weitgehend von einem Zwinger eingenommen wurde, in dem sich eine geräumige Hundehütte aus Stein befand. Im gleichen Moment, als Ara darauf zulief, kam ein Hund aus der Öffnung der Hütte hervorgekrochen, sprang an den Eisenstäben des Zwingers hoch und fing laut an zu bellen. Da lachte Ara über das ganze Gesicht und redete wieder, mit dem Hund.

»Brutus, braver Hund«, sagte sie.

Sie öffnete die Tür des Zwingers und streichelte den Hund, der an ihr hochgesprungen war und sich mit den Vorderpfoten auf ihre Schultern stützte.

Ich blieb draußen vor dem Zwinger stehen und sah ihr zu. Ein Hund paßte gut zu Ara, fand ich.

»Du kannst ihn ruhig streicheln«, sagte Ara, »er ist ganz lieb.«

Aber ich traute mich nicht, und das sagte ich ihr auch.

Nachdem sie dem Hund frisches Futter gegeben hatte, öffnete Ara die Hintertür – zur Küche, wie sich herausstellte, einer großen, nagelneuen Küche mit weißen Schränken und glänzenden weißen Kacheln auf dem Fußboden und an den Wänden. Es schien, als sei in dieser Küche noch nie gekocht worden, so sauber sah sie aus und so unsichtbar waren die Dinge, die zum Kochen dazugehören, Töpfe und Kessel und Gläser mit Gewürzen oder Mehl oder Nudeln. Auch einen Geschirrtuchhalter, wie er bei uns und bei anderen Kindern zu Hause hing, mit so einem Baumwollvorhang davor, auf den Sprüche gestickt waren wie: *Eigener Herd ist Goldes wert*, gab es nicht. So einen hatte doch jeder.

Was die Küche aber so unwirklich machte, war nicht die Unsichtbarkeit der Küchenutensilien; was vor allem fehlte, waren Essensgerüche. Es roch nach Farbe.

Ara machte einen Schritt nach links, öffnete den Schrank, der direkt neben der Tür unter der Anrichte angebracht war, bückte sich und holte etwas hervor, das ich nicht gleich identifizieren konnte.

»Hier«, sagte sie, »die mußt du dir über die Schuhe ziehen.«

Sie reichte mir ein Paar unförmiger Pantoffeln aus einem Stück Waschleder, durch das ein Gummiband gezogen war. Dabei sah sie mich nicht an. Allmählich ging mir auf, warum Ara mich lieber nicht mit zu sich nach Hause genommen hatte.

»Fühlt sich gut an«, sagte ich.

Nun sah sie mich an, ohne zu lächeln, aber mit einem ganz sanften Ausdruck im Gesicht.

Das kann einen durch und durch glücklich machen, wenn Ara einen so ansieht, und es machte mich auch glücklich. Jetzt konnte passieren, was wollte, mit so einem Blick von Ara kam ich mindestens einen Monat lang gut über die Runden.

Es vollzieht sich im Kopf wohl ganz automatisch, daß man, hat man zuerst das Kind kennengelernt, ohne dessen Eltern gesehen zu haben, daß man dann erwartet, die Eltern müßten dem Kind ähneln oder zumindest auch so groß und dick sein oder so und zum Beispiel dieselbe Haarfarbe haben.

Ich konnte mir nicht vorstellen, daß die Frau, die ich zu sehen bekam, Aras Mutter war.

Ara hatte die Tür zum Wohnzimmer für ihre Verhältnisse sehr behutsam aufgemacht, erst hineingeschaut, bevor sie weiterging, und mir dann mit einem Nicken zu verstehen gegeben, daß ich ihr folgen konnte. Sie machte die Tür weit auf, und das erste, was ich von dem Zimmer sah, war eine Flut von Holz, eine große, glänzende Fußbodenfläche ohne Teppiche. Die ersten Schritte, die ich darauf machte, vermittelten mir ein eigenartiges Gefühl, so als würde ich in all dem Glanz ertrinken. Die Pantoffeln riefen zwar unschöne Geräusche hervor, waren aber bitter notwendig, denn nur dank dieser Pantoffeln fand ich auf dem Fußboden einigermaßen Halt.

Ara begrüßte zwei Frauen, die über Bücher gebeugt an einem Tisch saßen und mich ohne großes Interesse registrierten.

»Das ist Kit«, sagte Ara.

Die beiden Frauen erhoben sich. Ich warf Ara einen fragenden Blick zu und spürte, daß mir das Blut in die Wangen schoß. Ara kicherte und stupste mich in den Rücken. Mit rotem Kopf lief ich auf die Frauen zu, und als die, die mir am nächsten war, mir die Hand entgegenstreckte, begriff ich, daß man sich hier zur Begrüßung die Hand gab.

Das tun wir bei uns zu Hause nie.

Die Frauen sagten ihren Namen, aber ich verstand keinen von beiden.

»Ist Mutter vorn?« fragte Ara.

Mutter als Name für die eigene Mutter hörte sich für mich seltsam an. Wir gebrauchten das Wort zwar, wenn wir von unserer Mutter sprachen, denn eine Mutter war sie ja schließlich, das war ja eine Art Beruf, wir sagten also zum Beispiel: Unsere Mutter kann gut kochen, aber ihr richtiger Name war Mam oder Mama, so wurde sie angeredet.

Das Wohnzimmer war L-förmig, und mit »vorn« mußte der Teil gemeint sein, den wir noch nicht sehen konnten. Auf unseren Pantoffeln steuerten wir nun diesen verborgenen Winkel an, und da sah ich diese Frau, die – für mich unfaßbar – Aras Mutter war.

Ich war schon erstaunt gewesen, daß die beiden Frauen am Tisch völlig normale Körper hatten, ganz im Gegensatz zu Ara, aber sie hatten doch genügend Ähnlichkeit mit Ara gehabt, um ihre Schwestern sein zu können. Beide hatten zwar lange Haare, aber von derselben Beschaffenheit wie Aras, rabenschwarz und gewellt. Sie waren schlank, groß, reif und hübsch, das sah man auf Anhieb, aber trotzdem hatten sie nicht so ein schönes Gesicht wie Ara.

Das ist auch praktisch nicht möglich, denn Ara hat das schönste Gesicht von der ganzen Welt.

»Mutter, ich bin da«, sagte Ara.

Sie sagte das zu einer mageren, blonden, alten Frau von mindestens Anfang fünfzig, die, als sie sich aus ihrem Sessel erhob, nur ein paar Zentimeter größer war als Ara selbst und ihr in nichts ähnelte. Weil meine Mutter, als ich schon sieben war, noch ein Kind bekommen hat, Christiaan, wußte ich, daß Kinder in der Mutter drin sind und daß ich auch da drinnen gewesen war. Aber daß Ara in dieser kleinen, schmalen, blonden Frau drin gewesen und aus ihr herausgekommen war, konnte ich mir nicht vorstellen. Das paßte nicht zusammen.

Sie gaben sich einen Kuß auf die Wange.

Diese Mutter hielt Aras Gesicht mit beiden Händen fest.

Diese Mutter streichelte Ara danach auch noch kurz über die Wange.

Ich war versucht, den Blick zu senken, weil ich hier etwas mitanzusehen glaubte, das meinen Augen besser verborgen blieb, etwas Verbotenes, aber ich mußte einfach hinsehen, so toll fand ich das.

So viel Liebe hatte ich im wirklichen Leben noch nie gesehen. »Das ist Kit«, sagte Ara und machte einen Schritt beiseite, so daß ich ihrer Mutter frontal gegenüberstand. Wir gaben einander die Hand.

»Angenehm«, sagte sie in leicht fragendem Ton.

Ich wußte nicht, was ich damit anfangen sollte.

»Ja«, sagte ich.

Ara mußte überglücklich sein mit einer Mutter, die ihr Gesicht in beide Hände nahm und ihre Wange streichelte.

»Nanu, Kindchen«, sagte sie, »daß du schon so schwitzige Hände hast, so klein wie du bist. Ist mit deinem Stoffwechsel auch alles in Ordnung?«

Was sollte ich darauf antworten?

Ich wußte nicht, daß schwitzige Hände etwas waren, weswegen man sich schämen mußte, und wenn ich aus der *Enzyklopädie der Medizin* auch wußte, was Stoffwechsel war, hatte ich keine Ahnung, was das mit Schwitzen zu tun hatte.

»Ach, Mutter«, sagte Ara.

»Soll ich euch eine feine Tasse Tee machen?« fragte diese Mutter.

Ara ließ mich auf der Treppe vorangehen. Tee sei nicht notwendig, hatte sie zu ihrer Mutter gesagt. Sie würde mir kurz ihr Zimmer zeigen, und dann gingen wir zu mir nach Hause, um ein bißchen Niederländisch zu üben.

Ich hatte den Kopf voller Fragen, über das Klavier, das unten im Wohnzimmer stand, und den großen Schrank voller Bücher, wo ihr Vater war und all die anderen Schwestern, und wann Ara etwas zu essen bekam.

Oben an der Treppe wartete ich auf sie, denn ich sah einen Flur mit mindestens fünf Türen vor mir, und ich wußte nicht, welche Tür zu Aras Zimmer führte. Sie lief auf eine der hinteren Türen zu und öffnete sie. Ich folgte ihr und betrat ein geräumiges, helles Zimmer, in dem außer zwei Betten noch ein großer Schrank und mehrere Tische und Stühle Platz fanden. Und dann war immer noch genügend Raum, um sich bewegen zu können. Die größte Besonderheit für mich war, daß an einer Wand ein Waschbecken angebracht war.

»Kommt da wirklich Wasser raus, hier oben?«

»Natürlich«, sagte Ara.

Wir hatten oben kein Wasser, und ich konnte mir nicht vorstellen, daß man Wasser aufwärtsströmen lassen konnte.

Sie hätten oben auch ein Badezimmer, sagte Ara, und eine Toilette. Mein Staunen machte ihr Spaß, und sie ging mit mir auf den Flur hinaus.

»Das ist mein Lieblingszimmer«, sagte sie, als sie mir das Badezimmer zeigte. Ich hatte noch nie ein Badezimmer gesehen und fand es umwerfend. Ich mußte an die Kirche denken, wieso, wußte ich nicht. Und urplötzlich sehnte ich mich nach meinem eigenen Zuhause zurück.

»Mußt du noch essen?« fragte ich Ara.

Sie verneinte und sah mich streng an. Ich tat, als hätte ich diesen Blick nicht bemerkt.

»Wann eßt ihr warm?«

»Um halb sieben.«

»Sind dann alle da?«

»Wieso?«

»Dein Vater und deine Schwestern?«

»Die, die hier wohnen, ja«, sagte sie.

Ich sah sie verständnislos an. Sie sagte, daß ihre beiden ältesten Schwestern nicht mehr zu Hause wohnten, daß sie in einer anderen Stadt zur Schule gingen.

Natürlich fragte ich mich, wie diese Schwestern wohl hießen, wo sie wohnten, was für Schulen das waren, wann sie nach Hause kamen, ob sie einen Freund hatten und ob sie in diesem Haus noch ein eigenes Zimmer besaßen, mit Betten, in denen sie schlafen konnten, aber Ara durfte man nicht zu lange mit solchen Fragen belästigen, das verdarb ihr die Laune.

Ich schlug vor, daß wir dann zu uns gehen könnten, und sie war einverstanden. Als wir die Treppe hinunterliefen, wurde mir bewußt, daß ich mir Aras Zimmer schlecht eingeprägt hatte und mich schon jetzt nicht mehr erinnern konnte, ob etwas an den Wänden gehangen hatte.

Unten in der Eingangshalle befanden sich die Eingangstür, die Tür zum Wohnzimmer und ein niedriger Schrank mit Schubladen. Ara zog ihre Pantoffeln aus, wartete, bis ich das gleiche getan hatte, und legte sie in eine Lade. Ich fragte mich, wie das wohl bei Besuch gehandhabt wurde, wenn Erwachsene kamen, ob die dann auch solche Pantoffeln über die Schuhe ziehen mußten. Wenn eine Dame mit Stöckelschuhen kam, ging das ja gar nicht, und solche spitzen Absätze waren viel schlimmer für den Fußboden als unsere flachen Schuhe mit Kreppsohlen.

Ara öffnete die Tür zum Wohnzimmer, trat aber nicht über die Schwelle. Von der Türöffnung aus konnten wir ihre Mutter im Sessel sitzen sehen. Sie las eine Zeitschrift und hatte eine Brille auf.

»Mutter, wir gehen zu Kit«, sagte Ara.

»Hast du etwas Obst gegessen und Milch getrunken?«

»Später.«

»Nett, dich kennengelernt zu haben, Kit«, sagte diese Mutter.

»Ja«, sagte ich und kam mir furchtbar unbeholfen vor.

Es mußte bessere Entgegnungen auf diese Art von Floskeln geben, da war ich mir sicher.

Daß sie mir nicht traue, sagte sie, als wir dann oben in meinem Zimmer saßen. Meine Mutter hatte uns Brause eingeschenkt, und Ara hatte zwei von den kalt gewordenen Pfannkuchen gegessen, die auch dann noch sehr gut schmecken, denn meine Mutter tut Rosinen und Äpfel hinein, und sie macht sie aus Teig, der erst aufgehen muß, so daß Luftlöcher drin sind, auch noch, wenn sie abgekühlt sind.

Ich hatte Ara noch nie etwas essen sehen, und sie zögerte, als meine Mutter ihr den Teller mit den Pfannkuchen hinhielt, aber meine Mutter sagte, daß sie sie ruhig annehmen könne, daß sie nichts lieber sehe, als wenn alles bis zum letzten Krümel weggeputzt werde, daß sie erst dann zufrieden sei.

»Dann gerne, Frau Buts«, sagte Ara, und meine Mutter legte zwei Pfannkuchen auf einen Teller und holte extra für Ara noch einmal das Sieb hervor, in das die Zuckerklümpchen kommen, die dann als feiner Puder unten herausrieseln, und sie bestäubte die Pfannkuchen, bis sie schön weiß waren.

Andere Kinder sagen »Tante Jet« zu meiner Mutter, aber Ara sagt »Frau Buts«, und da bin ich schon heilfroh, daß sie so höflich ist, weil man sich wegen Ara nämlich manchmal schämen muß, wenn sie so muffelig ist, und wenn sie dann »Frau Buts« zu meiner Mutter sagt, merkt man doch, daß sie gut erzogen ist und sehr wohl weiß, wie man sich zu benehmen hat.

Ich hoffte, daß sie meiner Mutter zu verstehen geben würde, wie köstlich die Pfannkuchen waren, denn ich fand es sehr nett von meiner Mutter, daß sie Ara die Pfannkuchen anbot und das gerade erst gespülte Sieb wieder schmutzig machte, und ich kann es nicht leiden, wenn die Arbeit meiner Mutter nicht gewürdigt wird, das lasse ich nicht mal Ara durchgehen. Ara sagte mindestens zweimal, sie schmecken köstlich, Frau Buts, und ich strahlte meine Mutter an, weil sie doch nun sehen konnte, daß Ara gar nicht so übel ist und lange nicht so einen mürrischen Charakter hat, wie sie immer dachte.

Das Kinn auf den aufgestützten Unterarmen, saß ich Ara gegenüber am Küchentisch und sah ihr beim Essen zu. Daß man mit so anmutigen Bewegungen kauen konnte, war mir bis dahin unbekannt gewesen, aber Ara führte es mir vor. Es war einfach toll, wie sie kaute, mit kleinen, regelmäßigen Kieferbewegungen, und mit der Zungenspitze leckte sie sich genüßlich den Puderzucker von den Lippen.

Kauen tut man ganz von selbst so, wie man es tut, habe ich immer gedacht, aber so vornehm kann man meiner Meinung nach nur kauen, wenn einem das jemand beigebracht hat.

Mein Zimmer ist klein, aber dafür gehört es auch mir allein. Ara und ich saßen zusammen auf dem Bett, und ich hatte mein Notizheft unter der Matratze hervorgeholt, um ihr die mittleren Seiten zu zeigen. Sie hatte sie sich angesehen und die Stirn gerunzelt, eine Reaktion, die mich angesichts einer so wichtigen Offenbarung ziemlich enttäuschte.

Ich sagte ihr, daß ich ihre Seite auch ganz ausfüllen müsse, daß es erst dann gültig sei. Widerwillig rückte sie damit heraus, daß sie nur einen Vornamen habe und einen Meter einundsechzig groß sei. Dann hörte sie abrupt auf zu reden.

»Ich will das nicht«, sagte sie. »Ich will nicht, daß diese Sachen über mich irgendwo aufgeschrieben sind.«

»Warum denn nicht?« fragte ich erstaunt.

Zuerst sagte sie, daß ihr die Vorstellung einfach unangenehm sei. Ich wandte dagegen ein, daß das Heft geheim sei und ich es niemand anderem zeigen würde und daß sie mir alles sagen müsse, denn sonst könne ich bei ihr nicht alles ausfüllen.

»Ich trau dir nicht«, sagte sie da.

6

»Du kommst mit allen gut aus«, hatte Ara gesagt, und auch, daß sie Tiere lieber möge als Menschen. Tieren könne man hundertprozentig vertrauen, sie würden einen nicht belügen und betrügen und blieben einem immer treu.

Anfangs war ich erschrocken, dann wurde ich traurig, und als sie das von den Tieren sagte, wurde ich böse.

Tiere zu mögen ist keine Kunst, finde ich; klar, sie kennen das Böse nicht, aber demnach können sie auch nichts Gutes tun. Sie haben keinen richtigen Verstand und könnten daher gar nicht lügen, auch wenn sie es wollten, und sie hängen nur an demjenigen, der ihnen regelmäßig zu fressen und zu trinken gibt, das tun sie nicht, weil der einen besonders noblen Charakter hat oder so, das kann so ein Tier ja gar nicht wissen. Sie mögen einen Menschen auch, wenn er sie tritt und schlecht behandelt, das kann ich selbst bezeugen, denn unser Nachbar hat einen Hund, und der Nachbar ist ein grober Barbar, das sagt meine Mutter auch immer.

Aber sie sagt, daß ich den Leuten das nicht zu sehr ankreiden darf, denn früher waren die Bauern eben so, die Leute hatten was anderes zu tun, als an ihrem Charakter zu feilen, denn ein Bauer schuftete Tag und Nacht, und der konnte auch nicht darauf achten, ob seine Kleider frisch rochen und sauber blieben. Jetzt, auf ihre alten Tage, haben unsere Nachbarn, die keine Kinder haben, nur noch ein paar Hühner und diesen Hund. Der kann einem wirklich leid tun, denn der Nachbar schmust nie mit ihm, der schimpft nur auf den armen Hund, und manchmal tritt er ihn auch. Aber trotzdem läuft der Hund treu und brav hinter dem Nachbarn her, wo der auch geht und steht, immer ist der Hund da und schaut mit schiefgelegtem Kopf zu seinem Herrchen auf. Und das nur, weil er von ihm zu fressen bekommt, das hat mein Vater mir erzählt. Jedes Tier gehorcht demjenigen, der es füttert, und sonst niemandem.

Tiere sind furchtbar dumm. Man kann genausogut einen Backstein nehmen und so tun, als sei das ein Hund, das ist praktisch ein und dasselbe.

Das alles sagte ich Ara, und auch, daß ich es unsinnig fände, Tiere mehr zu mögen als Menschen. Menschen seien das höchste Gut auf Erden, sagte ich.

Ich war gekränkt. Ich verstand nicht, wie Ara so etwas Gemeines zu mir sagen konnte, daß sie mir nicht traute, nur weil andere Kinder mit mir spielen wollten und ich mit allen gut auskam. Vielleicht meinte sie es ja gar nicht so, überlegte ich, und das Ganze hatte im Grunde mit meinem Geburtstag zu tun, den ich vor einer Woche gefeiert hatte.

Zu meinem Geburtstag wollen immer alle kommen, und wochenlang vorher schreiben mir die Mädchen, mit denen ich gerade nicht so viel zu tun habe, schon Briefchen. Darin laden sie mich ein, nachmittags zu ihnen zum Spielen zu kommen, nur um sich einzuschmeicheln natürlich, und Diny hat mir sogar ein Bild gemalt, mit solchen scheinheiligen Herzchen drauf, aber die ist ja auch die Oberschleimerin, und die lade ich bestimmt nie zu meinem Geburtstag ein. Ich darf jedes Jahr acht Mädchen einladen. Ein paar kommen von vornherein nicht in Frage, und wegen denen, also Diny und Josien und so, brauche ich mir keine Gedanken zu machen, weil ich sowieso nichts mit ihnen zu tun habe. Aber für die anderen Mädchen gilt, daß man sie schrecklich damit bestraft, wenn man sie nicht einlädt.

Ausgestoßen zu werden ist das Schlimmste, was es gibt, wirklich.

Ich verstehe nicht, wieso Gott nicht das Ausstoßen zur Todsünde gemacht hat.

Ich habe Katrien damit mal unheimlich zum Weinen gebracht, und sie weint nun wirklich nicht so schnell. Ich habe sie einmal nicht zu meinem Geburtstag eingeladen, da war ich in der dritten, nur um sie für etwas zu bestrafen, wofür, weiß ich schon gar nicht mehr. An meinem Geburtstag wurde vormittags im Unterricht ein Lied für mich gesungen, kurz vor der Pause, und da ist es passiert, da hat Katrien so furchtbar geheult. Ich fühlte mich schuldig, aber ich war auch böse, weil sie mir mit ihrem Geschniefe ein bißchen den Geburtstag verdarb. Ich hab sie dann schließlich doch noch eingeladen. Noch viel besser als an den Tränen kann man aber eigentlich an der Erleichterung von jemandem ablesen, wie sehr er darunter gelitten hat, ausgeschlossen zu sein, denn Katrien war so dankbar, daß sie mir gar nicht mehr von der Seite wich, was mir auch wieder ganz schön auf die Nerven ging. Ich fühlte mich jetzt zwar gut und großmütig, machte mir aber den ganzen Vormittag Sorgen, ob es meiner Mutter nicht zuviel werden würde, wenn noch ein Mädchen dazukam.

Für Sünden muß man büßen, da kommt man nicht drum herum.

Ara hatte ich natürlich als allererste zu meinem elften Geburtstag eingeladen, aber sie wollte nicht kommen.

»Ich feiere lieber mit dir allein«, hatte sie gesagt, und daß sie nicht so viel Lust auf die Mädchen aus der fünften habe. Das konnte ich verstehen. Es war vielleicht auch besser so, denn wenn Ara und ich zusammen sind, bleibt nicht genügend Aufmerksamkeit für die anderen, und auf seinem eigenen Fest muß man für jeden dasein, das gehört sich so.

Nachdem sie gesagt hatte, daß sie mir nicht traue, dachte ich, daß Ara sich vielleicht darüber ärgerte, wie gern die Mädchen zu meinem Fest kamen und zu welchen Heucheleien sie imstande waren, um das hinzukriegen.

Aber wenn das so war, fand ich es reichlich unverständig von ihr, denn ich konnte doch nichts dafür, daß alle Mädchen mit mir befreundet sein wollten, so war das nun mal, und es war schon immer so gewesen. Es kam im Leben nicht darauf an, wer *mich* mochte, sondern wen *ich* mochte, davon war ich überzeugt. Und ich fand eben alle nett, mehr aber auch nicht. Es war mir ziemlich egal, was andere von mir dachten, denn etwas Besonderes dachten sie meiner Meinung nach sowieso nie. Sie hatten eigentlich viel Ähnlichkeit mit den Lehrbüchern, die wir in der Schule hatten. Bei denen kam es mir auch immer so vor, als hätte ich sie schon mal gelesen und würde sie auswendig kennen, als hätte ich sie genausogut selbst schreiben können, wenn mir nicht jemand zuvorgekommen wäre.

Ich sagte ihr, es sei doch gar nichts Schlimmes dabei, wenn man andere nett behandle, und es sei ein himmelweiter Unterschied, ob man einfach jemanden nett behandle oder ob man mit ihm befreundet sei. Ich sagte, daß nur sie meine Freundin sei und niemand sonst, jetzt nicht und auch früher nicht.

»Die anderen interessieren mich nicht«, sagte ich.

Sie war nur schwer zu überzeugen. Sie sagte, daß sie nicht verstehe, warum ich mir ausgerechnet sie ausgesucht hätte, wo doch die anderen mindestens genauso nett oder netter seien. Und auch klüger und hübscher.

Ich sagte, daß ich noch nie jemand so Netten kennengelernt hätte wie sie und daß ich sie für das hübscheste Mädchen hielte, das ich in meinem ganzen Leben gesehen hätte, und daß sie auf eine ganz besondere Art auch das klügste Mädchen sei, das ich kannte.

»Ganz ehrlich«, sagte ich.

Sie lächelte.

Das hielt ich für den passenden Moment, um nun doch mit meinem Vorschlag herauszurücken, obwohl ich fürchtete, daß sie es viel zu kindisch finden würde, und deswegen hatte ich auch die ganze Zeit nicht mehr daran gedacht. Aber Ara verlangte handfeste Beweise, und ich konnte mir keinen handfesteren Beweis vorstellen als Blut.

Ich machte ihr den Vorschlag.

Sie war einverstanden.

Vor lauter Glück konnte ich an diesem Abend nicht einschlafen. So geräuschlos wie möglich stieg ich aus dem Bett, tastete mich im Dunkeln zum Tisch und knipste die Lampe an, nachdem ich zuvor noch mein Unterhemd über den Schirm gehängt hatte. Ich holte mein Notizheft unter der Matratze hervor, nahm die Nadel, die wir nachmittags benutzt hatten, und legte den Federhalter bereit, mit dem ich manchmal zeichnete. Ich war schon ein bißchen geübt. Da die rechte Zeigefingerspitze noch weh tat, nahm ich zuerst den linken Daumen. Um das aufzuschreiben, was ich aufschreiben wollte, brauchte ich Blut aus sämtlichen Fingern der linken Hand, dann prangte in der untersten Zeile der mittleren Seiten meines Heftes aber auch der vollständige Satz: Heute, am 14. November 1967, schlossen B.C. und C.B. Blutsbrüderschaft.

Wieder im Bett, überlegte ich mir noch eine ganze Reihe von Sätzen, die ich dem, hätte ich mehr Blut und freie Zeilen gehabt, gern hinzugefügt hätte. Mit so flirrenden Worten im Kopf wie: unzertrennlich, für immer und ewig, getreu bis in den Tod, Verbundenheit und Freundschaft fürs Leben, fiel ich in Schlaf.

Am nächsten Tag ging ich besonders zeitig in die Schule, und es traf ein, worauf ich gehofft hatte: Auch Ara war früher von zu Hause aufgebrochen. Sie lehnte an der Mauer. Wir waren beide ein bißchen verlegen und sprachen nicht darüber. Ich legte den Kopf an ihre Hüfte und verharrte in dieser Haltung. Sie schlug einen Arm um mich, wiegte mich leise und rieb mir dann mit dem rechten Zeigefinger über den Nasenrücken.

Leider erschrak ich darüber und zog in einem Reflex den Kopf zurück, aber ich bin es auch nicht gewohnt, daß jemand mein Gesicht berührt.

Sie blieb vollkommen ruhig, wie das so ihre Art ist.

Ich glaube, daß sie daran gewöhnt ist, weil ihre Mutter sie streichelt, und auch weil sie gut mit Tieren umgehen kann. Die können auch spinnig und scheu sein, und das hatte sie auch schon über mich gesagt, daß ich manchmal wie ein scheues Tier sei und auch ein bißchen spinnig, in bezug auf Berührungen.

Sie wartete ruhig ab, bis mein Kopf wieder normal war und an ihrem Schenkel ruhte, ohne zu zucken, und probierte es dann einfach noch einmal. Diesmal war ich darauf vorbereitet und ließ es zu, daß sie mir über den Nasenrücken strich, und mir gefiel das zusehends besser. Als es zum erstenmal läutete, hob ich den rechten Zeigefinger. Sie drückte ihre Zeigefingerspitze gegen meine Zeigefingerspitze, und als ich den Kopf wandte und zu ihr hochschaute, sah ich, daß sie mindestens genauso glücklich war wie ich.

Niemand konnte sich einen Reim darauf machen – es war unsere erste Geheimsprache –, aber in all den Jahren haben Ara und ich uns immer so begrüßt, indem wir die Spitzen unserer Zeigefinger gegeneinanderdrückten und sie danach ineinander verhakten. Nur wir wußten, was das zu bedeuten hatte.

Unsere Lehrerin hat eines meiner Geheimnisse entdeckt, als ich zu dem Gespräch zu ihr kommen durfte. Das fand an einem Freitag statt, und insofern war es ganz gut, daß wir am Tag bevor wir zu dem Gespräch mußten, einen Zettel für unsere Eltern mit nach Hause bekamen, denn bei uns gibt es doch freitags immer selbstgemachte Pommes, und weil die Jungs und ich die so sehr mögen, sorgt meine Mutter dafür, daß sie schon um fünf fertig sind, zumindest kommt dann die erste Schüssel voll auf den Tisch. Wir schaffen gut und gern vier von solchen Schüsseln, und wenn andere Kinder mitessen, muß meine Mutter noch mehr machen.

Der Rekord liegt bei zwölf Schüsseln, aber das kommt daher, daß Willem einmal an einem Freitag Geburtstag hatte und meine Mutter für alle Kinder Pommes machte. Schön war das, aber ich hab mich auch ein bißchen geärgert, daß dieser van Nissen, dieses alte Ekelpaket, was von unseren Pommes abbekommen hat. Und er hat noch dazu eine ganze Menge gegessen, ich hab genau drauf geachtet. Ich hätte ihm die Pommes am liebsten einzeln aus dem

Mund geguckt, aber dieser Egoist hat natürlich überhaupt nichts gemerkt, denn er hat ein Brett vor dem Kopf, deshalb ist mir dieser Puber ja auch so zuwider.

Puber ist bei uns ein ganz übles Schimpfwort.

Wir hassen pubertäres Gehabe.

Der Zettel war maschinengeschrieben und vervielfältigt, und unsere Lehrerin hatte nur an zwei Stellen etwas mit Tinte eingefügt: die Namen meiner Eltern und das Datum für einen Elternabend. »Sehr geehrte Frau Buts, sehr geehrter Herr Buts«, stand da, und daß ich am Freitag erst um fünf aus der Schule kommen würde, weil »die Lehrerin mit Ihrem Kind ein persönliches Gespräch führen möchte«, und daß die Lehrerin sich im Anschluß daran gern an dem und dem Tag mit den Eltern zu einem Gedankenaustausch über die Zukunft »Ihres Kindes« treffen würde.

Das »Ihr Kind« ergriff mich, aus tiefstem Herzen.

Ich hoffte, daß es meine Eltern auch so rühren würde.

Ich konnte meiner Mutter also schon Donnerstag nachmittags Bescheid geben, daß sie am nächsten Tag Pommes für mich aufbewahren sollte, und sie versprach darauf zu achten, daß die Jungs nicht alles alleine aufaßen. Allerdings hatte diese Vorankündigung den Nachteil, daß ich abends nur mit Mühe einschlafen konnte und am Freitagmorgen viel zu früh wach wurde. So ging es mir auch bei Klassenfahrten, an Geburtstagen, zu Nikolaus, Weihnachten und Ostern, wenn Jahrmarkt oder Karneval war, bei der Kommunion und als ich den Freischwimmer machte, da konnte ich auch nicht schlafen.

Es fing ganz nett an, die Lehrerin erwähnte, daß ich so viel las und so und daß ich so gut in Niederländisch sei, daß es da keinen Grund zur Klage gebe. Sie fand auch, daß ich nett mit den anderen Mädchen umginge, daß ich entgegenkommend, hilfsbereit und herzlich sei, außer zu Josien, gegen die stichelte ich zu oft, und Sticheleien stünden einem netten Kind nicht gut zu Gesicht. Natürlich sei ich viel zu verspielt und machte während des Unterrichts viel zuviel Wirbel, darüber hätten wir uns ja schon öfter unterhalten, aber ein Gespräch wie dieses sei nicht dazu da, mir das noch einmal unter die Nase zu reiben, sondern dazu, herauszufinden, woher das kam, einmal von meiner Seite aus zu hören, wieso ich so unruhig sei. Langweilte ich mich? Spielte ich lieber als zu lernen?

Sie wolle mich jetzt einmal etwas fragen, in bezug auf meine Rechenaufgaben. Sie könne nämlich nicht verstehen, wieso die das eine Mal rundherum richtig seien und das andere Mal vollkommen falsch. Verstand ich sie nicht? Fand ich sie zu schwierig? Gab ich mir mal Mühe und mal nicht? Sobald wir eine richtige Klassenarbeit schrieben, bei der es um Punkte gehe, machte ich nur wenig Fehler, aber bei normalen Übungsaufgaben könne es vorkommen, daß ich buchstäblich alle Ergebnisse falsch hätte. Wie war das möglich? Und wie verhielt es sich mit den Textaufgaben?

Textaufgaben seien eigentlich am schwierigsten, aber die hätte ich fast immer richtig. Nun solle ich ihr doch mal erklären, wie das komme, denn wenn sie wisse, woran es lag, könnten wir gemeinsam daran arbeiten, und das sei, ehrlich gesagt, wirklich notwendig. So wie es jetzt bei mir aussehe, könne sie nicht einschätzen, welche weiterführende

Schule für mich am besten geeignet sei. Sie glaube zwar, daß ich die Fähigkeiten für die Oberschule oder das Gymnasium hätte, aber Fähigkeiten allein genügten nicht. Es gehe vor allem um die richtige Haltung. Ein Kind müsse auch die entsprechende Einstellung haben und sich etwas aus dem Lernen machen, und daran mangele es bei mir.

Sie hatte unser Rechenbuch dabei, gab mir einen Stift und ein Blatt Papier und legte mir eine ellenlange Aufgabe vor. Ich sollte die Summe bilden und dabei laut ausführen, wie ich das machte, wenn es sich um eine normale Übung handelte. Sie erweckte den Eindruck, als würde sie alles akzeptieren, was auch immer ich sagte, und ich war hin- und hergerissen, denn ich durchschaute sehr wohl, daß das zu ihrer Taktik gehörte und sie enttäuscht sein würde, wenn ich jetzt nicht ehrlich war und mein Geheimnis für mich behielt und damit erkennen ließ, daß ihre Taktik bei mir versagte, daß sie mit ihrer Freundlichkeit und ihrem Verständnis bei mir nichts ausrichtete; wenn ich ihr aber erzählte, wie ich solche Aufgaben löste, würde ich sie ebenfalls enttäuschen, weil ich mir nicht die nötige Mühe gab, und das mußte doch auch eine Art Beleidigung für sie sein, weil man damit mehr oder weniger zu verstehen gab, daß man sich selbst ihr zuliebe nicht anstrengen wollte.

Vor Beschämung nur undeutlich murmelnd, erklärte ich ihr, wie ich meine Rechnung anstellte. Dabei beteuerte ich immer wieder aufs neue, daß ich das nur so machte, wenn es nicht wirklich ernst war, daß ich mir aber alle Mühe gab und die Zahlen auf dem Papier zusammenrechnete, wenn es wirklich darauf ankam, bei Klassenarbeiten und so, weil ich der Meinung sei, daß es bei normalen Übungen nicht so schlimm sei, wenn ich die Aufgaben nicht schriftlich, sondern im Kopf löste, also eine Art Schätzung anstellte, indem ich nur die Hunderter zusammenzählte und überschlug, wie hoch die Zehner waren, um dann zu den Hundertern noch ein paar mehr oder weniger dazu zu tun.

Die Lehrerin sieht nicht böse aus, eher verdutzt, ja sogar ein bißchen belustigt, bilde ich mir ein, was mich sehr erleichtert, denn für unsere Lehrerin würde man auch alles tun, damit man sie belustigt und zum Lachen bringt, dann ist sie nämlich am allernettesten und bekommt ganz feuchte Augen, was ihr Gesicht völlig verändert – und dafür würde man alles tun. Meiner Meinung nach hat sie auch zu wenig Freude im Leben, denn diese Schule ist ihr ein und alles, und außerhalb davon hat sie niemanden zum Liebhaben. Blöderweise kann ich mit meinen Faxen nie zum richtigen Zeitpunkt wieder aufhören, und dann schlägt ihre Stimmung plötzlich um, und sie wird wieder ernst und strafend. Man weiß bei ihr nie genau, wieviel sie verträgt.

Ich erzähle ihr, daß es mit Textaufgaben etwas ganz anderes sei. Beim Zusammenziehen von Zahlen kann man sich nichts ausdenken, und das finde ich das Langweilige daran, ich denke mir nämlich am liebsten schwierige Dinge aus, deshalb machen mir Textaufgaben auch Spaß, denn die haben eher was mit Niederländisch als mit Rechnen zu tun, und die kann man nicht im Kopf machen, denn die muß man genau lesen; und außerdem besteht die Aufgabe nicht aus so blöden Zahlen, sondern sie ist in Worten ausgedrückt, und dann hat diese Aufgabe auch einen Sinn, wie schnell nämlich jemand von hier nach dort kommen kann zum Beispiel, so was mache ich unheimlich gern, das hat wirklich Hand und Fuß, finde ich.

Wörter seien schön, sage ich, aber reine Zahlen würde ich nicht mögen, weil sie ohne Wörter nichts bedeuteten, und ich würde schon ganz kribbelig werden, wenn ich sie nur sähe. Mit Geschichte ginge mir das ähnlich, flechte ich sicherheitshalber gleich mit ein. Von den tollen Ereignissen bleiben bei einer Klassenarbeit immer nur die Zahlen übrig, die nichts zu bedeuten haben und höchstens dazu führen, daß man die dazugehörigen Ereignisse vergißt, daß die ganze Schlacht bei Nieuwpoort in einer so nichtssagenden Zahl wie 1600 untergeht, nur weil man sich so verrückt macht, auch ja zu behalten, daß 1600 und Nieuwpoort zusammengehören, und schließlich vergißt man völlig, was denn nun eigentlich in Nieuwpoort passiert ist.

»Kit, Kit«, seufzte die Schulleiterin, »was soll ich nur mit dir anfangen?«

Die Frage erschien mir leicht zu beantworten, man mußte mir einfach noch mehr Strafarbeiten aufbrummen, dann würde ich schließlich ganz von selbst lernen, mein Bestes zu geben.

Sie fragte mich dann, ob ich schon wisse, was ich werden wolle, aber das wußte ich eigentlich nicht, ich hatte mir noch nicht mal Gedanken darüber gemacht. Ich konnte mir keinen Beruf für eine wie mich vorstellen, die nur Lust dazu hatte zu spielen, zu lesen, zu schreiben oder sich irgend etwas auszudenken. Meine Mutter fand, daß ich eine gute Krankenschwester abgeben würde, denn ich pflegte sie immer, wenn sie krank war, und ich wußte auch viel über Krankheiten. Das schlug ich alles in der *Enzyklopä-*

die der Medizin nach, und ich konnte meine Mutter auch immer beruhigen, wenn ich sagte, daß sie bestimmt keinen Krebs habe, denn dann hätte man ganz andere Schmerzen als sie jetzt, nein, diese Bauchschmerzen deuteten eher auf eine Hyperaktivität des Darms hin, und daran sterbe man nicht, da könne sie ganz beruhigt sein. Oder wenn sie Kopfschmerzen hatte und fürchtete, sie habe einen Tumor, dann fragte ich, ob sie tagsüber hin und wieder mal urplötzlich für einige Zeit stockblind sei – ich war mir ganz sicher, daß sie das nie war –, und wenn sie dann nein sagte, erklärte ich, daß sie dann mit absoluter Sicherheit keinen Tumor habe, denn dann könne man von einem Augenblick zum andern überhaupt nichts mehr sehen, das sei allgemein bekannt, daß ein Gehirntumor auf die Augen schlage.

»Vielleicht Krankenschwester«, sagte ich zur Lehrerin, nur um irgend etwas zu sagen, denn die Vorstellung, mein späteres Leben als Krankenschwester zu verbringen, reizt mich mit Sicherheit nicht, und es ist ja auch ein Riesenunterschied, ob man die eigene Mutter pflegt oder fremde Leute, und Kranke sind wirklich nicht gerade mein Fall. Was meiner Mutter fehlt, hat auch nichts mit der Art von Kranksein zu tun, wegen der man im Bett liegen muß, das sieht ein Blinder. Bei meiner Mutter geht es um etwas ganz anderes.

»Oder Kindergärtnerin«, füge ich noch hinzu, weil die Schulleiterin nichts sagt, »denn ich kann gut mit meinem kleinen Brüderchen spielen und ihm etwas beibringen.«

Das stimmt, aber ich spiele eher deswegen so viel mit

Chrisje, weil ich meine Mutter entlasten möchte, und nicht, weil mir das so viel Spaß brächte. Eines macht das Spielen mit Chrisje aber unbezahlbar, er kann sich nämlich an mir festklammern, die Ärmchen um meinen Nacken geschlungen, das finde ich so herrlich und ich hab ihn dann so unbeschreiblich lieb, daß ich ihn bis in alle Ewigkeit so festhalten möchte, damit ihm niemals etwas zustoßen kann, sein ganzes Leben lang nicht. Das ist Chrisjes beste Seite. Ansonsten kann man mit kleinen Kindern zwar ein bißchen herumknuffen, aber einen richtigen Wettkampf kann man zum Beispiel nicht mit ihnen machen, weil so ein kleines Kind kein richtiger Gegner ist. Am besten kann ich mit meinen älteren Brüdern spielen, die machen spannende Sachen, bei denen man sich wirklich ins Zeug legen und unter Beweis stellen muß und bei denen man richtig ins Schwitzen kommt.

Wenn man schwitzen muß, weiß man, daß was dran ist an so einem Spiel, daß es nicht einfach nur so zum Spaß ist.

Die Lehrerin sagt mir, daß ich, egal was ich werden möchte, ob Krankenschwester oder Kindergärtnerin, auf jeden Fall dafür zur Schule muß und daß ich es auf einer weiterführenden Schule nur schaffe, wenn ich bereit bin, auch solche Dinge zu lernen, zu denen ich vielleicht nicht so große Lust habe oder die ich für nicht so wichtig halte.

Ich nicke.

Insgeheim denke ich, daß man in etwas, das einem nicht liegt, auch nicht unbedingt gute Noten zu erzielen braucht, daß niemand das von einem verlangen kann. Wie kann man stolz auf eine Eins in Rechnen sein, wenn einem überhaupt nichts an Rechnen liegt? Dann führt man doch alle

Welt mit so einer guten Note an der Nase herum, und es wäre viel ehrlicher, eine Drei minus zu haben, weil daran jeder ablesen kann, daß man Rechnen haßt und sich deswegen nicht sonderlich dafür anstrengt?

Ich wußte nicht, was es war, aber ich hatte das öfter und jetzt wieder, so ein merkwürdiges Gefühl im Magen, und das bekam ich von solchen Bemerkungen. Es war, als ob die Lehrerin und meine Mutter und praktisch alle Erwachsenen andersherum dachten als ich. Das war so ähnlich wie das Gefühl, wenn Ara mir etwas über ihre Wörter erzählte, dann drehte sich in meinem Kopf auch alles andersherum, und davon wurde mir immer ein bißchen schwindelig.

Die Lehrerin ordnete ihre Sachen vor sich auf dem Tisch, und ich schloß daraus, daß das Gespräch beendet war. Auf der Stelle war meine Nervosität verflogen, und nur der Gedanke, daß wir gleich gemeinsam nach draußen gehen mußten und ich nicht wußte, was ich auf diesen letzten Metern mit ihr reden sollte,wenn ich so allein mit ihr durch den Flur ging und den Schulhof überquerte, schüchterte mich noch ein bißchen ein. Aber ich hatte mich gründlich geirrt, denn die Lehrerin hatte sich eine wichtige Bemerkung bis zum Schluß aufgehoben. Diese begann sich schon auf ihrem Gesicht abzuzeichnen, das sah ich plötzlich. Und noch bevor sie den Mund aufmachte, wußte ich auch, worum es gehen würde, und errötete schon im voraus. Sie merkte es und wurde selbst verlegen. Ich nehme an, daß sie ihre Bemerkung deswegen abwandelte und nicht genau das sagte, was sie sich vorgenommen hatte.

Ich dürfe ruhig mit den Mädchen aus der sechsten spielen, sagte sie; wenn die fünfte und die sechste sich das Klassenzimmer teilten, komme es ja häufiger vor, daß einige der jüngeren Mädchen dann mehr mit den älteren umgingen, aber die richtigen Freundinnen sollten doch besser gleichaltrige Mädchen sein. Jedenfalls dürfe ich die nicht links liegenlassen.

Und Ara sei natürlich schon um einiges älter, weil sie ein paarmal sitzengeblieben sei. Sie könne mir nicht verbieten, mit Ara zusammenzusein, sagte sie, aber ich solle in der Pause lieber normal spielen und nicht immer an Ara herumhängen, wie sehe das denn aus, das gehöre sich doch nicht, der Meinung wären sicher auch meine Eltern, und wenn ich es mir mal genau überlegte, müsse ich das doch auch selbst einsehen.

Die Lehrerin hatte Mühe, mir das alles zu sagen, das sah ich, und das machte mich stark. Ganz von selbst verschwand die Röte aus meinem Gesicht, und anstatt mit gesenktem Kopf dazusitzen, richtete ich mich auf und sah sie an.

Ich sah sie an, als wüßte ich wirklich nicht, worüber sie sich so aufregte, und diesen Blick behielt ich auch bei.

Ara und ich, das ging niemanden etwas an.

»Sind noch Pommes da?« rief ich ganz außer Atem, denn ich war den ganzen Weg gerannt, um nicht auf die Linien achten zu müssen.

»Jede Menge«, sagte meine Mutter, die am Herd in der Waschküche vor einem schwarz verbrannten Topf mit heißem Fett stand. Sie sah müde und verschwitzt aus, und darum bremste ich ab und rannte nicht direkt in die Küche weiter, das sah so undankbar aus. Ich wartete, bis sie die Schüssel mit Pommes gefüllt hatte, Salz darauf streute und, die Pommes in der Schüssel durchschüttelnd, in die Küche lief. Ich folgte ihr und plapperte, wie toll es von ihr sei, daß sie immer so viel Pommes für uns machte, das würde keine andere Mutter tun, jeden Freitag Pommes für ihre Kinder machen.

Makkie saß auf meinem Platz am Küchentisch.

Den Jungs war es völlig gleichgültig, wo sie saßen, die wechselten ständig, aber alle wußten, daß ich meinen festen Platz hatte, auf der Längsseite, an der Ecke.

»Du sitzt auf meinem Platz, Peter«, sagte ich, denn ich wollte auf Nummer sicher gehen, und meine Mutter hatte es nicht immer so gern, wenn ich ihn Makkie nannte.

»Ach, komm, setz dich hierhin«, sagte meine Mutter seufzend, »laß Makkie doch in Ruhe weiteressen.«

Am Kopf des Tisches stand noch ein Gedeck. Ich nahm murrend Platz und bedachte Makkie mit wütenden Blicken, aber der nahm überhaupt keine Notiz davon, der hob nur die Augen vom Teller, um gierig die Schüssel mit frischen Pommes zu begrüßen, die gegen die vorherige Schüssel ausgetauscht wurde.

»Ich zuerst«, sagte ich, »ich hab noch nichts gehabt.«

In der Schüssel, die meine Mutter wegnahm, lagen noch ein paar Fritten. Die kippte sie mir auf den Teller, sagte, daß ich die schon mal essen könne, die seien zumindest abgekühlt, und lief mit der leeren Schüssel in die Waschküche zurück. Im Vorübergehen fragte sie: »Na, was hat deine Lehrerin gesagt?«

Ich schaute ihr nach, um an ihrem Rücken abzulesen, ob sie wirklich eine Antwort erwartete oder nicht.

Die Pommes schmeckten nicht so gut wie sonst, weil ich nicht auf meinem Platz saß, und ich sagte zu Makkie, daß er auch mal ein bißchen Rücksicht auf andere nehmen könne und sich nicht immer die größte Portion aufzutun brauche, daß Chrisje viel weniger habe als er und daß der schließlich noch wachsen müsse. Ohne mich anzusehen, griff er mit der ganzen Hand in die Fritten auf seinem Teller, raffte ein paar davon zusammen und warf sie Chrisje auf den Teller.

»Jetzt iß mal schön«, sagte ich zu Chrisje.

»Ich mag nicht mehr«, sagte der.

Bei der zweiten Schüssel fragte meine Mutter noch einmal.

»Nichts Besonderes«, sagte ich, »daß ich zuviel Wirbel mache und meine Rechenaufgaben besser machen soll.«

»Siehst du«, sagte sie.

»Sie sagte, daß ich vielleicht auf die Oberschule kann, wenn ich meine Rechenaufgaben besser mache.«

»Ach«, sagte meine Mutter, »ein Mädchen braucht doch nicht so hoch hinaus.«

Das fand ich auch.

Ich sah sie dankbar an. Vor lauter Überschwang erzählte ich, daß es etwas Neues gebe, was man als Beilage zu den Pommes essen könne. Derartige Informationen hatte meine Mutter gern, denn dann konnte sie uns eine Freude machen, und das heiterte sie auf. Frikandelle heiße das, sagte ich, und es scheine sehr lecker zu sein, auch für die Jungs. Ich verschwieg, daß Ara mir von den Frikandellen erzählt hatte, und ich hoffte nur, daß es keins ihrer eigenen Wörter war und daß man es tatsächlich so aussprach, Frikandelle.

»Wie heißt das?« fragte meine Mutter.

»Frikandelle«, sagte ich.

Wenn wir das lecker fänden, würde sie mal sehen, ob es zu bekommen sei, in der Stadt. Unterdessen wärmte sie meine Knackwürstchen auf. Die Jungs aßen Fleischkroketten zu den Pommes, aber ich zog Knackwurst vor, und deshalb stellte meine Mutter extra für mich einen Topf mit vier langen Knackwürsten aufs Feuer, die ich alle aufessen durfte, wenn ich genügend Appetit hatte, von denen ich aber meistens nur eine schaffte. Die anderen fanden schon noch ihre Abnehmer.

»Magst du denn keine Knackwurst mehr?« fragte sie mit hochrotem Kopf von der Schufterei, als sie mir eine auf den Teller legte.

Nachts mußte ich mich übergeben. Ich hatte drei gegessen.

7

Wir durften in der Schule nur in extremen Ausnahmefällen Hosen tragen, was ich sehr betrüblich und auch ziemlich unsinnig fand. Ein Ausnahmefall war gegeben, wenn es mindestens zehn Grad unter Null waren, aber dann zeigte sich auch, wie unsinnig das Ganze war, denn dann mußte man über den langen Hosen trotzdem noch einen Rock tragen, und das sah furchtbar debil aus.

Das Wort *debil* hab ich von Willem, der lernt so was natürlich auf dem Gymnasium, denn da werden ihnen schwierige Wörter in allen möglichen Sprachen beigebracht. Wenn er Makkie beschimpfen will, sagt er also so was wie *debil, imbezil, frustriert, Egoist* und *Hypokrit.* Ich weiß nicht genau, was diese Wörter bedeuten, aber ich bin mir sicher, daß man all das lieber nicht sein sollte. Diese neuen Wörter haben *Puber* allerdings nicht vom ersten Platz verdrängen können, Puber bleibt unser schlimmstes Schimpfwort, damit kann man die Jungs ganz schön auf die Palme bringen. Zu mir sagen sie nie Puber oder diese anderen Wörter. Sie schimpfen eigentlich nur auf mich, weil sie finden, daß ich zu empfindlich bin und zu schnell heule.

Das stimmt.

Manchmal könnte ich den ganzen Tag heulen, ohne zu wissen warum, denn ich bin doch unheimlich glücklich.

Meine Mutter sagt, daß man es meinem Gesicht schon ansieht.

Ara trug andere Sachen als wir, ganz schicke, die gar nicht in Mode waren, in denen sie aber trotzdem nie debil aussah. Sie trug Röcke und Kleider, die ihr manchmal bis über die Knie gingen und die aus bunten Stoffstücken gemacht waren, eigenhändig von ihrer Mutter, hatte sie mir erzählt.

Meine Mutter meinte, Frau Callenbach nehme dafür ganz teure Stoffe, sie zählte auch auf, was das für Stoffe waren, aber ich konnte es nicht behalten. Einen ihrer Pullover nannte Ara selbst ihren Kaschmiserepullover, es war ein knallroter, ganz auffälliger, der ihr toll stand, und er war aus superweicher Wolle, die ich einfach immer anfassen mußte. Extra für mich ließ sie dann in der Pause den Mantel offen, damit ich die Wange an ihrem Pullover reiben konnte, was ich unheimlich schön fand, und Ara auch. Dadurch wurde ihr Kaschmiserepullover zu etwas, was uns gemeinsam gehörte. Ara ging nie ohne Mantel auf die Straße, egal, ob es kalt oder warm war, aber ich konnte schon morgens an ihren Augen ablesen, ob sie unter dem Mantel diesen Pullover anhatte. Ara konnte mit ihrem Gesicht viel erzählen, sie hatte vielerlei Ausdrücke und Blicke zur Verfügung, und zu diesem Pullover gehörte der schelmische Blick. Dann hielt sie den Kopf ein wenig schief, verdrehte die Augen nach oben und lachte mit geschlossenem Mund zwei Grübchen in ihre Wangen. Wenn sie besonders ulkig sein wollte, behielt sie diesen Blick bei, knöpfte langsam ihren Mantel auf und schlug die beiden Seiten mit einem energischen Ruck zurück, um mir zu zeigen, was sie darunter anhatte. Als sie das zum erstenmal machte, konnte ich gar nicht mehr aufhören zu lachen und fing sogar während des Unterrichts noch ein paarmal an zu glucksen, was mir an diesem Morgen wieder mal eine Strafarbeit einbrachte, denn als die Lehrerin fragte, was denn so lustig sei und ob sie und der Rest der Klasse nicht auch mitlachen dürften, gab ich natürlich keine Antwort.

Sie müßten wohl immer was anderes haben als andere Leute, meinte meine Mutter, denn sie hatte Frau Callenbach beim Einkaufen im Végé-Markt getroffen, und die hatte so einen komischen Hut auf dem Kopf gehabt, obwohl es ein ganz gewöhnlicher Wochentag war. Frau Callenbach hatte sich meiner Mutter als Marlies Callenbach, die Mutter von Ara, vorgestellt, und sie hatte meine Mutter eingeladen, mal auf ein Täßchen Tee zu ihr zu kommen.

»Sie hat mir sogar die Hand gegeben«, sagte meine Mutter mit spöttischem Lächeln. Das fand ich unfair von ihr, denn es war doch gut gemeint gewesen.

»Ja«, sagte ich, »das ist bei ihnen so üblich. Das gehört sich so, wenn man sich vorstellt.«

Meine Mutter sagt, sie finde sie jedenfalls ziemlich etepetete, aber das hat auch damit zu tun, daß Aras Mutter Hochsprache spricht.

Meine Mutter mag keine auffällige Kleidung, aber ich finde das bei Aras Familie ganz in Ordnung, weil die wirklich was Besonderes sind, und dann kleidet man sich eben dementsprechend.

Daher wird Ara wohl auch so stolz sein, von Haus aus, denke ich, denn ich kann mir nicht vorstellen, warum man sonst stolz auf sich selbst sein sollte. Man kann stolz sein auf etwas, was einem gut gelungen ist, weil man sich Mühe gegeben hat, auf eine Zeichnung oder so, und man darf auch ruhig stolz sein, wenn man im Begriff war zu sündigen, und es dann doch nicht tut, weil man es sich noch einmal überlegt hat.

Bei mir hält das Stolzsein nie lange an, deshalb finde ich es schon außergewöhnlich, wenn jemand von sich aus stolz ist. Nachdem ich Aras Vater kennengelernt hatte, verstand ich etwas besser, woher Stolz kommen kann.

Der erste Besuch bei Ara zu Hause hatte mir die größte Scheu genommen, und nun suchte ich Ara regelmäßig und ohne Vorankündigung auf. Über die wechselhafte Begrüßung durch Aras Mutter, mal wenig herzlich, dann wieder mit übertrieben großem Interesse an meinem Tun und Lassen, setzte ich mich mit Leichtigkeit hinweg, indem ich mir sagte, daß ich nicht mit Aras Mutter verheiratet war und mich durch nichts daran hindern lassen würde, in Aras Nähe zu sein.

Unsere Lehrerin hatte uns nicht auseinanderbringen können, meine Mutter nicht, und auch Aras Mutter würde es nicht gelingen.

Der Mann, den ich sah, als ich Aras Haus eine Woche nach meinem ersten Besuch durch die Hintertür betrat, war auf Anhieb als Aras Vater erkennbar. Ein großer Mann mit lockigem, grauem Haar, durch das noch etwas vom früheren Schwarz schimmerte. Er sah sehr gut aus und keineswegs wie jemand, der in einem Büro arbeitete, denn er trug Schlabberhosen und einen Pullover, und das ist ja nicht gerade die Kleidung, die man sich bei jemandem vorstellt, der in einem Büro arbeitet. Ara hatte mir erzählt, daß ihr Vater Ingenieur sei und oft Überstunden mache. Beides hatte ich sehr interessant gefunden, denn ein Ingenieur war wohl was Hohes, und Überstunden gehörten zur Magie eines Berufs, unter dem ich mir nicht das geringste vorstellen konnte.

Aras Vater gab mir die Hand und sagte, daß ich wohl Kit Buts sein müsse, die so gut in Niederländisch sei, und ich sagte ja, denn ich bin die Kit Buts, und na ja, geht so, denn Komplimente soll man nicht so gierig annehmen, dann denken die Leute, daß man eingebildet ist. Es freute mich sehr, daß bei Ara zu Hause offenbar von mir gesprochen wurde und sie eine positive Meinung über mich hatten, daß ich gut in Niederländisch sei und so.

Aras Vater steigerte meine Freude sogar noch, als er mich dann aufs neue ansah und sagte: »So, so, Kit, du bist also die Freundin meiner prachtvollen jüngsten Tochter?«

Zwei Dinge schossen mir in dem Moment durch den Kopf: daß unsere Freundschaft offen anerkannt wurde und daß Aras Vater stolz auf seine eigene Tochter war und dies laut und in ihrem Beisein verkündete. Mein Vater würde nie im Leben von seinem eigenen Kind sagen, daß er es prachtvoll finde.

So etwas gab es bei uns nicht. Im Gegenteil, wir sollten uns gerade ein Beispiel an anderen nehmen, denn die waren meistens besser als wir, im einen oder anderen. Wir waren bescheiden, und ich wußte nur, daß es gut war, bescheiden zu sein.

Aras Mutter gegenüber fühle ich mich mitunter ganz unscheinbar, wenn ich in meinem grauen Faltenrock daherkomme, denn sie kann einen so von oben bis unten mustern, aber Ara läßt sich nie abfällig über meine Kleider aus, in der Beziehung ist sie sogar sehr lieb. Sie kann mich richtig herzlich ansehen und sagen: »Kit, wie gut dir doch die blaue Bluse steht.«

Dann würde ich die Bluse am liebsten die ganze Woche tragen, aber das geht bei uns nicht, denn meine Mutter möchte, daß unsere Kleider pieksauber sind und frisch riechen. Sie hat immer furchtbar viel Wäsche, aber darüber beklagt sie sich nie. Ich glaube, es macht ihr Freude, die Wäsche zu waschen und die sauberen Sachen draußen im Wind flattern zu sehen.

Ara macht auch immer eine nette Bemerkung, wenn ich

einen neuen Rock oder einen neuen Pullover anhabe. So sind lange nicht alle Kinder, denn die meisten versuchen einen dann gerade zu ärgern, indem sie so tun, als hätten sie nicht gesehen, daß man etwas Nagelneues anhat. Mädchen sind untereinander knallhart in so was, das sagt meine Mutter auch. Meine Mutter sagt, daß man besser zehn Jungen als ein Mädchen hat, und das kann ich sehr gut nachvollziehen, denn ich finde Mädchen auch viel weniger nett als Jungs.

Bevor Chrisje geboren wurde, habe ich wochenlang in der Kirche darum gebetet, daß es ein Junge wird, und meine Knie extra hart gegen das Holz gedrückt, damit es weh tat und Gott zu wissen bekam, daß ich es ernst meinte, denn mit noch einem Mädchen würde meiner Mutter endgültig alles über den Kopf wachsen, weil Mädchen so schwierig sind. Als dann das Kind kommen sollte, wurden wir zu unseren Großeltern gebracht. Meine Mutter mußte ins Krankenhaus. Ich hatte schreckliche Gewissensbisse und dachte, ich hätte falsch gebetet, ich sei schlecht gewesen und hätte nur an mich selbst gedacht.

Ich mußte dem etwas entgegensetzen, und ich brauchte, um die vorhergehenden Gebete ungeschehen zu machen, bei Gott nicht damit anzukommen, daß ich mehr oder weniger halbherzig die Knie gegen das Holz drückte. Wir hatten eine sehr fromme Tante, die Nonne in einem Kloster geworden war. Diese Tante steckte sich am Karfreitag in jeden Schuh eine getrocknete Erbse und litt dann den ganzen Tag bei jedem Schritt, den sie machte.

Als Gegenangebot wog das, so schien mir, schwer genug. Ich bat meine Großmutter um zwei getrocknete Erbsen und steckte mir in jeden Schuh eine. Nach zehn Schritten entschied ich, daß Gott diesen Schmerz niemals von einem elfjährigen Mädchen verlangen würde. In beiden Schuhen eine Erbse, das war ausgeschlossen, so konnte ich keinen einzigen Schritt mehr machen. Eine Erbse mußte genügen. So sündig war es nun auch wieder nicht gewesen. Ich hatte es doch nur gut gemeint mit meiner Mutter und ihr jemanden wie mich ersparen wollen.

Humpelnd legte ich an diesem Tag den Weg zur Schule zurück. Jeder Schritt mit dem linken Fuß tat weh, und deshalb versuchte ich, einfach nicht ans Liniengehen zu denken, aber das gelang mir nicht. Wenn man einmal damit angefangen hat, kann man nie mehr damit aufhören. Auch konnten die Gebete womöglich ihre Wirkung verlieren, dachte ich, wenn ich bei anderen Pflichten schummelte und es mir klammheimlich leichter machte. Ich brauchte nur einmal vier Platten zurück und betete den ganzen Weg, daß es nicht darauf ankomme, ob es ein Junge oder ein Mädchen werden würde, Hauptsache, meine Mutter würde bei der Geburt nicht sterben.

Meinetwegen wäre sie auch schon beinahe gestorben.

Ich weiß nicht, ob ich ihr große Schmerzen bereitet habe beim Herauskommen, aber durch meine Geburt hatte sie eine Lungenentzündung bekommen. Es sei der allerkälteste Tag des Jahres gewesen, erzählte sie, als ich mich frühmorgens ankündigte. Mein Vater habe gar nicht gewußt, wie er das Zimmer warm bekommen sollte. Bei allen Nachbarn seien Wärmflaschen eingesammelt worden, um dafür zu sorgen, daß meine Mutter sich nicht unterkühlte, und ich auch nicht, wenn ich erst dasein würde. Aber es habe alles nichts genützt, meine Mutter habe sich dennoch erkältet, als ich aus ihr heraus mußte. Sie bekam hohes Fieber, der Doktor fürchtete, daß sie sterben würde, und der Priester kam, um ihr die Sterbesakramente zu geben. Sie konnte mich nicht stillen, was sie schrecklich fand. Weil sie in Lebensgefahr war, hatten sie meine Taufe verschoben, und ihre größte Sorge war nun, daß mir etwas Schreckliches zustoßen würde, bevor ich getauft war und einen Namen bekommen hatte. Solange man keinen Namen hat und kein Kind Gottes ist, kann einen der Teufel noch holen.

Meine Mutter habe so lange wirres Zeug geredet, sagte mein Vater, bis sie mich ohne ihr Beisein getauft hätten. Danach habe sie sich endlich erholt.

Unzählige Male habe ich meine Mutter von meiner Geburt erzählen lassen. Ich fand diese Geschichte schrecklich und schön zugleich. Schrecklich, weil ich meiner Mutter von Anfang an so viel zu schaffen gemacht hatte, daß ich mir, wenn ich das hörte, immer inständig wünschte, ich könnte meine Geburt noch einmal machen, normal, an einem milden Maitag, an dem es weder zu kalt noch zu warm war, um mich zur Welt zu bringen, und daß ich noch einmal aus ihr herauskommen könnte, ohne daß irgend jemand davon krank wurde. Das Schönste an der Geschichte war, zu hören, wie sehr meine Mutter mich damals geliebt hatte, so sehr, daß sie aus Angst, mich zu verlieren, tagelang wirres Zeug redete.

Ich mache ihr immer noch viel mehr zu schaffen als alle meine Brüder zusammen, sagt sie mitunter, aber das hat vor allem damit zu tun, daß die Jungs nie weinen, nicht überempfindlich sind und sich nicht immer benachteiligt fühlen, daß die Jungs nicht kratzbürstig, krittelig und kleinlich sind wie ich, und sich auch nicht einbilden, daß man sie ausstoßen will.

Ich denke zum Beispiel immer, daß meine Mutter den Jungs ein größeres Stück Fleisch gibt als mir, auch wenn das nicht stimmt, aber wenn ich selbst meine, daß es so ist, bekomme ich keinen Bissen mehr hinunter, dann ist mein Hals wie zugeschnürt.

Daher höre ich es eigentlich auch sehr gern, wenn meine Mutter lachend zu den Nachbarn sagt, daß sie nicht drei, sondern vier Jungen habe und daß ich von den vieren am schlimmsten sei. Ich traue mich auch wirklich alles und baue deswegen viele Unfälle. Ich hatte schon viermal ein Loch im Kopf, und einmal habe ich mich so mit einem Jungen geprügelt, daß der mich bewußtlos geschlagen hat. Jetzt fehlt mir ein Stück vom Schneidezahn.

Nach der Schule zog ich immer gleich Hosen an, und am liebsten trug ich dazu einen Pullover von einem der Jungs, weil die angenehmer saßen als Mädchenpullover. In Mädchenpullover taten sie immer was rein, was kribbelt, man hatte im Nu Laufmaschen drin, und man konnte so einen Pullover nie normal über den Kopf anziehen, weil sie für Mädchen immer einen Reißverschluß hineinmachten oder irgendwelche albernen Knöpfe an den unmöglichsten Stellen anbrachten, so daß man immer jemanden brauchte, der einem beim Anziehen half, aber wenn man, so wie ich, nicht wollte, daß jemand an einem herumfummelte, dann war man zwei Stunden im Gange, bevor man sich in so einen Pullover gezwängt hatte, in dem man sich dann den ganzen Tag verraten und verkauft fühlte.

Die Hemden von den Jungs trug ich auch viel lieber als meine eigenen Blusen. Jungshemden waren aus festem, stabilem Stoff, in dem der Duft des Waschpulvers länger hängenblieb als in den dünnen Mädchenblusen, die durchsichtig waren, weil das angeblich fein aussah bei einem Mädchen.

Die Jungs haben einen besseren Charakter als ich, sogar Makkie, der doch wirklich schwierig ist. Die Jungs haben gar nichts dagegen, wenn ich Sachen von ihnen anziehe, aber ich rege mich furchtbar auf, wenn sie mal etwas von mir nehmen. Ich kann es nicht leiden, wenn einer der Jungs ein T-Shirt von mir anhat. Furchtbar kleinlich ist das.

In mein Zimmer darf auch niemand kommen, aber ich kann ruhig in ihr Zimmer gehen, das stört sie überhaupt nicht. Allerdings halte ich mein Zimmer auch ganz alleine sauber, nur das Bettzeug, das wäscht meine Mutter, und das will ich ihr auch nicht abnehmen, weil ich weiß, daß sie gerne wäscht. Aber ansonsten mache ich alles selber, und wenn ich gut gelaunt bin, was meistens der Fall ist, mache ich morgens auch die Betten von den Jungs, das erspart meiner Mutter wieder ein bißchen Arbeit.

Sie hat nie darum gebeten, und wenn das so ist, macht es mir am meisten Spaß. Wenn meine Mutter mich mal um etwas bittet, dann fange ich an zu maulen, denn dann wollte ich zum Beispiel gerade aus freien Stücken abwaschen und ihr eine Freude machen, und wenn sie mich dann darum bittet, habe ich überhaupt keine Lust mehr dazu, und dann denke ich nicht nur: Warum tun denn die Jungs nie was?, sondern sage es auch, und damit mache ich sie, anstatt ihr eine Freude zu bereiten, wieder mal traurig, weil wir uns garantiert streiten, und dann drückt sie auf die Tränendrüse, so vonwegen, ist schon gut, ich mach das schon alleine, von meinen Kindern kann ich auch wirklich nichts erwarten, niemand hier im Haus nimmt jemals Rücksicht auf mich, so in der Art, und dann könnte ich mich selbst am höchsten Baum des Dorfes aufhängen, weil es mir so leid tut und weil ich so einen kleinlichen Charakter habe und nicht einfach, ohne zu murren, tun kann, um was sie mich gebeten hat.

Ich habe am häufigsten von uns allen Streit mit meiner Mutter. Die Jungs halten lieber den Mund, die werden höchstens ein bißchen blasser, wenn sie wütend sind. Die Jungs sind lieb, so richtig von Herzen. Alle drei.

Ich darf nicht alles anziehen, was ich will, bestimmte Sachen findet meine Mutter zu jungenhaft.

»Ab und zu frage ich mich, ob ich überhaupt eine Tochter habe«, sagt sie dann, und das heißt, daß ich den Bogen überspannt habe, denn wenn man nur eine Tochter hat, möchte man vielleicht doch, daß sie wenigstens manchmal ein richtiges Mädchen ist, auch wenn man Jungen im Grunde lieber mag. Ich weiß nur nicht so recht, wann sie nun ein richtiges Mädchen möchte und wann nicht. In der Beziehung ist meine Mutter nicht so ganz eindeutig, das ist für mich das reinste Glücksspiel.

Für meine Erstkommunion hatte meine Mutter mir die teuersten Sachen ausgesucht, die überhaupt zu bekommen waren. Noch Jahre danach erinnerte sie sich genau, was für ein Kleid ich damals getragen hatte, und dann schwärmte sie von dem Stoff, aus dem es gemacht war, ich hab vergessen, wie der hieß. Ich war picobello angezogen, wie eine kleine Braut Gottes, und so fühlte ich mich auch, denn ich hatte auch ganz neue Unterwäsche an, mit Spitzen oben am Hemdchen und an den Beinausschnitten von der Unterhose. Wenn man besondere Unterwäsche anhat, ist man sich dessen so bewußt, als würde man sie obendrüber tragen und sie wäre zu sehen.

Auf dem Kopf hatte ich eine kleine Krone, die ganz leicht war, die ich aber trotzdem fühlte, weil sie mit Haarklemmen festgesteckt werden mußte. Ich habe dünnes, glattes Haar, in dem nichts richtig hält, auch nicht mit Haarklemmen, die rutschen einfach raus. Zusammen mit meiner Mutter bin ich am Tag vor der Kommunion beim Frisör gewesen. Sie wußten da auch nicht, was sie mit meinem Haar anfangen sollten, weil es dünn und kurz ist, und viel mehr als mit ein paar Clips eine leichte Welle hineinzumachen, konnten sie auch nicht tun. Meine Mutter hat sich schiefgelacht beim Frisör, weil ich automatisch Faxen mache, wenn jemand an mir herumfummelt.

Es sieht auch wirklich zum Piepen aus, ich mit Clips im Haar, da muß ich einfach Grimassen schneiden, und wenn ich sehe, daß meine Mutter über mich lachen muß, bin ich überhaupt nicht mehr zu bremsen, dann weiß ich vor lauter Verrücktheit nicht mehr, wie ich mich benehmen soll.

Am nächsten Morgen war die Welle schon wieder ganz raus, was mir leid tat für meine Eltern, denn diese Welle war ja eine Extraausgabe für sie gewesen und meinem Vater hatte sie so gut an mir gefallen. Meine Augen, die ganz verquollen waren, weil ich nachts nicht schlafen konnte, erholten sich zum Glück nach einer Stunde, das ging wenigstens noch. Einmal angezogen, sah ich tatsächlich wie ein richtiges Mädchen aus.

Es war ein toller Tag, der Tag meiner Erstkommunion. Alle hatten neue Kleider an, und wir gingen zusammen in die Kirche. Ich dachte die ganze Zeit nur daran, daß ich Gott jetzt im Ernst hinunterschlucken würde. Wir hatten das zwar schon geübt, aber zum Üben nahm man nur nachgemachte Hostien, und die sind nicht heilig.

Auf die Hostie zu beißen ist verboten, denn man darf natürlich nicht auf dem Leib Christi herumkauen. Von den Übungshostien wußte ich noch, daß sie an meinem Gaumen klebten, und ich fragte mich, ob eine echte heilige Hostie wohl auch so kleben blieb, was blöd ist, weil man dann doch irgendwie versucht, sie mit der Zunge loszubekommen und wieder herunterzuholen, was man mit Gott natürlich nicht machen soll.

In meinem weißen Häkelbeutel, den ich am Handgelenk trug, steckten die Kärtchen, die alle Kinder hatten, außer den armen. Ich fand es toll, so ein Kärtchen zu haben, auf das mein eigener Name gedruckt war.

Zur freudigen Erinnerung an die Heilige Erstkommunion von Catherina Buts am Sonntag, den 12. Mai 1963 stand darauf, und darunter ein zwölfzeiliges Gedicht, das ich ganz auswendig gelernt hatte, für Gott.

In mein Herzchen kam heut' morgen
Jesus, ach, zum ersten Mal.

O wie glücklich ich mich fühlte!
Ich dankte Ihm wohl tausend Mal.

»Lieber Jesus«, sagt' ich leise,
»O wie hab' ich Dich so lieb,
Gib doch, daß ich jetzt auf immer
Brav und rein wie heute blieb'.«

»Segne meine lieben Eltern
Und bewahr' sie stets vor Schmerz.
Und komm oft noch, lieber Jesus,
In mein schuldlos' Kinderherz.«

Überall, wo Jesus stand, dachte ich Gott, denn Er war zwar nur desssen Sohn, aber Sie waren doch einig, das hatte ich gelernt. Ich hoffte nur, daß das auch wirklich stimmte und Jesus da oben nicht getrennt herumlief und darauf bestand, daß man Ihn für sich lieb hatte, denn mir lag mehr an Gott als an Ihm, wenn sie aber einig waren, dann war das keine Sünde, dann steckte Jesus automatisch in Gott drin und Er brauchte sich nicht ausgestoßen zu fühlen.

Vorn auf meinen Kärtchen war eine Zeichnung von Maria, und darunter stand in schräg gedruckten Buchstaben: *Durch Maria zu Jesus.*

Das hatte meine Mutter ausgewählt.

Die hat eine Vorliebe für Maria.

Den ganzen Tag über war Besuch da, und ich bekam unheimlich viele Geschenke. Das allerbeste Geschenk war das von meiner Tante Christien, die hatte mir einen gelben Overall mitgebracht. Ich fand ihn so toll, daß ich ihn auf der Stelle anziehen wollte, und meine Mutter erlaubte es mir auch.

So sind meine Eltern, sie erlauben fast alles, wenn es einen nur glücklich macht. Anscheinend fand meine Mutter auch, daß ich lange genug wie ein richtiges Mädchen herumgelaufen war.

Ein Hemd, es war von Willem, gehörte für mich zu den kuscheligsten Hemden, die ich je angehabt hatte, aber gerade das fand meine Mutter nun zu jungenhaft. In dieser Hinsicht bin ich wohl ein schwieriger Fall für sie, denn ich kann nur schwer auf etwas verzichten, was ich so sehr mag, vor allem, wenn ich nicht einsehe, was dagegen einzuwenden ist.

Es war ein Hemd mit Streifen in allen möglichen Farben, und diese Streifen lagen auf dem Stoff auf, ganz dick, wie Rippen. Unten war ein schwarzer Elastikbund dran, durch den sich das Hemd bauschte, so daß man sich ganz frei darin fühlte. Am Kragen war auch ein Reißverschluß, aber der saß an einer praktischen Stelle, vorne am Hals, und man konnte ihn auch offenstehen lassen, dann sah man wie ein Cowboy aus. So fühlte ich mich jedenfalls, wenn ich das Hemd anhatte, bärenstark, und das machte mich so glücklich, daß ich pfeifen mußte. Obwohl ich meiner Mutter deutlich zeigte, daß ich das Hemd wahnsinnig gern mochte, gab sie nicht nach. Da ich nichts Schlimmes daran finden konnte, daß ich es trug, schmuggelte ich es nach der Schule ab und zu mit nach draußen. Dann legte ich den Pullover, den ich gerade anhatte, irgendwo unter einen Busch und zog das Hemd von Willem an.

Oft tat ich es aber nicht, denn ich dachte, daß meine Mutter sehr betrübt wäre, wenn sie es merken würde.

Auf irgendeine Art muß man immer für seine Sünden büßen. Ich jedenfalls hatte, wenn ich das getan hatte, nachts Alpträume, daß der Pullover, den ich unter dem Busch zurückgelassen hatte, gestohlen worden war oder so.

Alpträume sind schlimm, und ich schreie nachts manchmal das ganze Haus wach, aber Schlafwandeln ist noch schlimmer.

Das tue ich seit einem Jahr, und meine Mutter hat deswegen schon den Arzt eingeschaltet. Die ersten Male, als meine Eltern mich dabei ertappten, wie ich mitten in der Nacht oben auf dem Flur herumspazierte, weckten sie mich, aber das war so scheußlich, daß mir übel wurde und ich mich auf der Stelle übergeben mußte. Seit meine Mutter mit dem Arzt geredet hat, wecken sie mich nicht mehr, sondern lassen mich einfach herumgeistern und versuchen mich anschließend mit sanften Stupsern in mein Bett zurückzulotsen.

Anscheinend rede ich dabei wie ein Wasserfall, über die Jungs und über die Schule und noch viel mehr, aber meine Mutter will mir nicht immer erzählen, was ich da alles ausgeplaudert habe.

Manchmal kann ich mich morgens beim Aufwachen noch verschwommen daran erinnern, was mich nachts aus dem Bett getrieben hat, und dann hoffe ich nur, daß ich nicht damit ins Schlafzimmer meiner Eltern gelaufen bin, um ihnen alles zu erzählen, oder daß ich zumindest so gebrabbelt habe, daß sie mich unmöglich verstehen konnten, denn wenn sie wüßten, was mich am meisten beschäftigt, würde ich mich zu Tode schämen, und ich würde meiner Mutter das Leben noch schwerer machen, denn wenn sie merken würde, daß ich mir solche Sorgen um sie mache, dann würde sie sich noch größere Sorgen um mich machen, und das ist genau das, was ich nicht möchte.

Es ist schon komisch, daß man Dinge tut, von denen man selbst hinterher nichts mehr weiß. Da kann man ja eigentlich gar keine Geheimnisse mehr haben.

Über das Hemd hab ich im Schlaf auch einmal ausgepackt.

»Du hast wieder mal stocksteif am Fußende von unserem Bett gestanden«, erzählte meine Mutter, »und hast irgendwas von Hemden und Pullovern dahergeredet, ich konnte mir keinen Reim darauf machen. Ununterbrochen geredet hast du«, fügt sie mit besorgtem Gesicht hinzu. »Kaum zu glauben, daß du dann schläfst.«

Sie fragte mich, was nur mit mir los sei, die Jungs hätten doch überhaupt nichts dergleichen.

Wie sollte ich denn das wissen, wo ich doch gar nicht richtig bei mir gewesen war?

Eines Tages war das Hemd unauffindbar.

Darüber weinte ich den ganzen Nachmittag.

Und das ist nun so etwas, weswegen meine Mutter ein Mädchen schlimmer findet als zehn Jungs zusammen.

8

Ich war elf geworden und zwölf, und beide Male war Ara nicht bei meiner Geburtstagsfeier gewesen. Sie wollte sich lieber mit mir treffen, wenn niemand anders um mich herumscharwenzelte, sagte sie, und diesem Wunsch entnahm ich, daß sie mich gern hatte.

Mittlerweile verstand ich Aras Stolz besser, und auch, daß Stolz eine Last sein kann, vor allem, wenn er einem aufgedrückt wird.

Stolz galt bei Ara zu Hause als eine Art Familienmerkmal, daher hieß es bei Aras Vater auch immer *ein* Callenbach, und er sagte dann so komische Dinge wie *ein* Callenbach tue dies oder jenes nicht.

»Was soll denn das sein, ein Callenbach?« fragte ich Ara dann hinterher. »Man ist doch nicht jemand Besonderer, weil man Callenbach heißt, sondern weil man wirklich ein besonderer Mensch ist, und man läßt etwas bleiben, weil man es für falsch hält, und nicht, weil man einer bestimmten Familie angehört, oder?«

Kratzbürstig wandte Ara ein, sie finde es gerade schön, daß ihr Vater stolz auf sie sei, und man müsse auch stolz auf sich sein, weil man sich sonst viel zuviel von anderen gefallen lasse. Sie fand es auch gar nicht schlimm, wenn ihr Vater ihr sagte, sie solle diesen oder jenen Rock anziehen, der stehe ihr so gut. Es gefiel ihr sogar, wenn sie das für ihn tun konnte.

»Aber es ist doch schrecklich altmodisch«, sagte ich zu ihr, »dich wie ein Mädchen behandeln zu lassen.«

»Aber ich bin doch ein Mädchen«, sagte sie und sah

mich an, als wollte sie mich mit dieser Art von Logik niederwalzen.

Das wirkte. Ich wußte nicht, was ich darauf entgegnen sollte. Ich hatte mit Sicherheit auf etwas anderes abgezielt, etwas, worin ich anderer Meinung war als sie, aber ich konnte nicht in Worte fassen, was das genau war und worüber ich mich so empörte.

Im Frühjahr 1967 machte sich für uns in der fünften erstmals so richtig bemerkbar, daß die sechste Klasse die Schule verlassen würde.

An manchen Tagen saßen nur ein paar Mädchen aus der sechsten im Klassenzimmer, der Rest legte dann gerade irgendeine Aufnahmeprüfung für eine weiterführende Schule ab. Mehr als die Hälfte der Mädchen aus der sechsten würde auf die Hauswirtschaftsschule gehen, der Rest auf die Mittelschule. Nur ein Mädchen kam auf die Oberschule.

Dank der Nachhilfestunden unserer Lehrerin war Ara in die Gruppe von Mädchen aufgestiegen, die die Aufnahmeprüfung für die Mittelschule machten, was mich ungeheuer freute, weil wir eine bei uns im Dorf hatten, und es beruhigte mich zu wissen, daß sie in meiner unmittelbaren Nähe blieb.

Ich habe am liebsten alle ganz in meiner Nähe.

Bei meinen Brüdern geht mir das auch so. Die beiden älteren sind auf einer Schule in der Stadt, Willem auf dem altsprachlichen Gymnasium und Makkie auf dem Realgymnasium, und ich bin oft genug in der Stadt gewesen, um zu wissen, daß das alles nicht so furchtbar weit von hier entfernt ist, höchstens fünf Kilometer, aber trotzdem kommt es mir jeden Morgen so vor, als ob sie in eine andere Welt ziehen würden, die nichts mit der Stadt, die ich kenne und in der ich manchmal mit meiner Mutter einkaufen gehe, zu tun hat. Das liegt auch daran, daß sie ein bißchen so aussehen, als gingen sie auf Reisen und kehrten nie mehr zurück, denn weil sie zum Mittagessen nicht nach Hause kommen, macht meine Mutter jeden Morgen eine Plastikbox mit belegten Broten und was Süßem, einem Riegel Schokolade oder einer Rolle Drops, für sie fertig.

Sie streicht morgens auch Brote für meinen Vater, aber das sehen wir nicht, weil unser Vater ganz früh zur Arbeit fährt, wenn wir noch schlafen. Seine Box sehe ich also erst, wenn er sie leer wieder mit nach Hause bringt. Manchmal liegt noch eine halbe Scheibe Brot darin, und darüber klagt meine Mutter dann, weil mein Vater ohnehin schon so mager ist von der ganzen Arbeiterei für uns.

Mein Vater ißt ganz andere Brote als wir, und manchmal esse ich so ein halbes, das er wieder mit nach Hause gebracht hat. Dann verstehe ich ihn vielleicht etwas besser, und dann kann er sehen, daß ich ihn liebe, denn wenn man das ißt, was jemand anders besonders gut schmeckt, auch wenn man es selbst gar nicht so unbedingt mag, dann muß man denjenigen schon besonders gern haben.

Die Brote von meinem Vater sind nämlich ein bißchen altmodisch. Er mag es zum Beispiel, wenn auf eine Scheibe Weißbrot gebratener Speck kommt und dann eine Scheibe Vollkornbrot obendrauf. Das geht ja vielleicht noch, aber was das Ganze wirklich altmodisch macht, ist, daß diese Scheibe Vollkornbrot mit Butter und Sirup bestrichen wird.

Meine Mutter bekommt den Sirup immer noch von meiner Oma, die ihn selber macht, aus Zuckerrüben. Alle Geschwister von meinem Vater bekommen den Sirup noch von ihrer Mutter, denn es ist der einzige, der ihnen schmeckt. Was man im Laden zu kaufen bekommt, heißt Apfelkraut, und damit können sie meinem Vater gestohlen bleiben, das ist alles Fabrikzeug, sagt er.

So was, also daß man nur den Sirup von der eigenen Mutter mag, kann ich sehr gut verstehen. Deshalb erkläre ich mich auch immer bereit, bei Oma Sirup für ihn zu holen, obwohl ich mich in der Gegend nicht mehr sicher fühlen kann.

Es ist viel schwieriger, meinem Vater einen Gefallen zu tun als meiner Mutter, denn mein Vater ist meistens nicht da, und wenn er da ist, dann genügt es ihm schon, wenn er uns alle um sich herum hat, mehr braucht er dann nicht, sagt er.

Wenn ich ihm eine Freude damit bereiten kann, daß ich bei Oma Sirup für ihn hole, dann tue ich das gern, auch wenn ich auf meinem Fahrrad wie eine Irre am Haus von Onkel Stan vorbeipesen muß, denn meinem Vater zuliebe würde man einfach alles tun, aus Dankbarkeit.

Meine Großeltern wohnen am Rande von dem Wald, der unser Dorf umgibt. Ich fahre immer mit dem Rad hin, weil ich mir in so einer Umgebung besser einbilden kann, daß mein Fahrrad eigentlich ein Pferd ist. Am Lenker habe ich zwei Bänder befestigt, das sind die Zügel, mit denen ich mein Pferd dirigiere. Es heißt Fury, und wenn wir superschnell den Hang zum Haus meiner Großeltern hinunterreiten, dann nehme ich die Füße von den Pedalen und gebe

Fury mit der Hacke leicht die Sporen. Das fühlt sich dann richtig echt an. Nach dem Ritt tätschele ich ihm die Flanken und wische ihm mit der flachen Hand den Schweiß ab.

Ich war schon in der sechsten, als es passierte. Oben auf dem Hang, den ich immer hinuntergaloppiere, steht das Haus von Onkel Stan, der zwar kein richtiger Onkel von mir ist, den wir aber Onkel Stan nennen, weil er uns manchmal besucht und mein Vater ihn. Ich glaube, daß mein Vater sich um ihn kümmert, weil er Mitleid mit Onkel Stan hat, der da so ganz allein in dem großen Haus wohnt und keine Frau hat, die für ihn sorgt, denn auf die Unterhaltung kann es ihm nicht ankommen, dafür ist Onkel Stan nicht helle genug, der ist sogar eher ein bißchen zurückgeblieben.

So ist mein Vater nun mal, der hat immer Mitgefühl mit anderen, und darum klopfen alle bei ihm an, wenn sie Hilfe brauchen, denn mein Vater ist ein halber Heiliger, der viel Gutes für die Menschen tut. Deswegen schaut er auch regelmäßig kurz bei Onkel Stan rein, um ein bißchen mit ihm zu reden und ihm Kuchen zu bringen, den meine Mutter extra für ihn gebacken hat, denn solche Leckereien entgehen einem Junggesellen natürlich, sagt sie. So war ich denn auch auf nichts Böses gefaßt, als Onkel Stan mich eines Tages von seinem Hof aus rief und mir zu verstehen gab, daß ich zu ihm hereinkommen solle.

Ich stellte Fury an der Pforte ab, überquerte den Hof und betrat die kleine dunkle Küche – und da packte Onkel Stan mich von hinten. Er sagte nichts. Er lehnte mit dem Rücken an der steinernen Anrichte, zog mich an sich und drückte mich gegen seinen Unterleib. Ich war steif vor

Angst und Scham und noch etwas anderem, einer Spannung und Erregung, wie ich sie bis dahin höchstens empfunden hatte, wenn ich etwas lange und tief durchdachte, etwa wie es ist, tot zu sein. Das war schon seltsam, denn wenn ich eins nicht mehr konnte, als er mich so an sich drückte, dann war es nachdenken. Mein Kopf funktionierte nicht mehr. Ich wußte nicht, was ich tun sollte.

Er hielt mich mit dem linken Arm umklammert, schob mit der rechten Hand meinen Rock hoch und glitt mit seinen dicken Fingern in die Beinöffnung meiner Unterhose. Dort streichelte er mich.

Es ist schön, dort gestreichelt zu werden, aber auch verboten.

Ich kam erst wieder ein bißchen zu mir, als er mit dem Unterleib vor- und zurückstieß, sich über mich beugte, den Mund an mein Ohr legte und Geräusche darin machte. Es waren solche Laute, mit denen man Katzen anlockt. Man schürzt die Lippen und saugt Luft durch die Zähne ein.

Da erst wurde ich wütend. Ich versuchte mich seinem Griff zu entwinden und trat halbherzig mit dem Fuß nach hinten, gegen sein Schienbein, viel zu sanft, wenn man mich fragt, aber ich traute mich nicht, richtig zuzutreten. Erst als das entfernte Motorengeräusch eines Traktors zu hören war und er den Kopf hob, konnte ich mich ganz losreißen und rannte nach draußen. Ich rief, daß ich es meiner Oma erzählen würde, aber für mich stand schon fest, daß ich das nicht tun würde.

Ich erzählte es niemandem.

Es wäre eine zu große Enttäuschung für meinen Vater

gewesen, denn damit hätte sich ja gezeigt, daß er die Menschen falsch einschätzte, daß sie nicht so gut waren, wie er dachte, und für meine Mutter, die so leckeren Kuchen für jemand backte, der das offensichtlich gar nicht verdiente.

Ich beschloß, keinen bleibenden Schaden davon zu bekommen. Es war ja gar nicht so schlimm, so waren die Menschen eben. Diese Bauern, die da irgendwie so allein auf einem Bauernhof hockten, die machten auch schmutzige Sachen mit den Tieren, um sich zu befriedigen, das wußte doch jeder. So waren sie nun mal, man durfte ihnen das nicht zu hart ankreiden, sie waren eben primitiv und beschränkt. Die hatten doch nicht für fünf Pfennig Verstand, die waren dümmer als die Polizei erlaubt, ja, das waren sie. In die ging doch nichts rein, in diese harten, unförmigen, rot angelaufenen, häßlichen, groben, ungläubigen Schädel, nichts, aber auch gar nichts.

Am besten, man sieht alles ganz anders. Alle unangenehmen Erfahrungen erscheinen zum Beispiel in einem anderen Licht, wenn man sie mit dem Untergang der Titanic vergleicht. Die sank auch nicht nur wegen eines einzigen Defekts, sondern weil tausend Dinge nicht in Ordnung waren, ohne daß einer davon wußte, und als dann noch der Sturm dazukam, war das Maß voll.

Kaum hatten die Jungs sich auf den Weg in die Schule gemacht, da vermißte ich sie schon wie verrückt, selbst wenn ich mich gerade erst mit ihnen gestritten hatte. Meine Mutter sagte, das würde sich legen, wenn ich selbst erst einmal auf der höheren Schule sei, aber ich hatte da meine Zweifel, denn mit dem Vermissen ist das bei mir so eine Sache.

Ich hab das zum Beispiel auch abends, wenn ich allein sein möchte und in mein Zimmer gehe, daß ich das nicht genießen kann, wenn ich weiß, daß die Jungs weg sind und nicht gemütlich unten im Wohnzimmer vor dem Fernseher sitzen. Sobald Willem und Makkie aus dem Haus sind, um einen Freund zu besuchen oder im Jugendtreff Billard zu spielen, fühlt es sich ganz anders an, allein in seinem Zimmer zu sitzen.

Auf ähnliche Weise vermißte ich Ara, seit sie auf die Mittelschule ging, aber es war nicht ganz dasselbe. In der Schule kam ich auch gut ohne sie aus und vermißte sie weder beim Unterricht noch auf dem Schulhof. Ich vermißte sie erst, wenn die Schule aus war und ich zu Hause etwas gegessen hatte.

Dann wollte ich nur noch eins: bei Ara sein. Wir brauchten gar nicht unbedingt etwas zusammen zu machen, Hauptsache, ich war in ihrer Nähe, dann war alles gut.

Wenn es nach Aras Mutter ging, durfte ich Ara erst um fünf Uhr sehen, weil sie zuerst ihre Hausaufgaben machen mußte, aber manchmal hielt ich es nicht aus und klopfte schon um halb fünf an der Hintertür.

Ara bekam in ihrer Schule furchtbar viele Hausaufgaben auf, und ihre Mutter war in der Beziehung sehr streng, die konnte mich rückwärts wieder zum Haus rausgucken, wenn ich früher kam und fragte, ob Ara da sei.

Ich wußte natürlich, daß Ara da war und in ihrem Zimmer saß, aber ich wußte nicht, wie ich es sonst anstellen sollte, schon nach oben zu dürfen und so eine halbe Stunde längerer bei Ara sein zu können. Sie antwortete dann nicht gerade bereitwillig, daß Ara in ihrem Zimmer sei und Hausaufgaben mache, und ich mußte mich förmlich verrenken, bis ich nach oben durfte.

Ara selbst möchte auch unheimlich gern etwas lernen, denn als sie die Aufnahmeprüfung bestanden hatte, hat sie vor lauter Freude Luftsprünge gemacht, was sonst gar nicht ihre Art ist, was aber goldig aussah, bei ihrem mächtigen Körper.

Aber sie ist auch unsicher. Andauernd sagt sie, daß sie es doch nicht schafft auf dieser Mittelschule, daß man sich bei den Prüfungsergebnissen bestimmt vertan hat und daß jeden Moment jemand kommen kann, der ihr verkündet, man habe sich geirrt und sie sei durchgefallen. Ich hab ihr bestimmt schon tausendmal gesagt, daß sie als Durchschnittsnote mindestens eine Drei plus hatte und daß sie es sehr wohl schaffen kann, daß sie eine Million Mal klüger ist als die ganze Mittelschule zusammen, samt den Lehrern und Lehrerinnen. Um sie noch mehr aufzupäppeln, habe ich gesagt, daß sie in Niederländisch bald noch besser ist als ich, denn sie liest inzwischen sehr viel, und außerdem ist ihr Vater, was die Sprache betrifft, sehr streng, der weiß genau, wie man sich richtig ausdrückt.

Wenn ich so einen Vater hätte wie Ara, würde ich mich bestimmt auch ständig verrückt machen, denn er hat immer etwas dazu anzumerken, wie man Wörter zu gebrauchen hat. Manchmal traue ich mich gar nicht mehr, den Mund aufzumachen, wenn er dabei ist, denn ehe ich mich versehe, habe ich wieder etwas falsch gesagt, und wenn er mich dann verbessert, schäme ich mich zu Tode. Ich sage dann zum Beispiel, daß Schokolade bei uns zu Hause nie lange hebt, das sagt man auch so in unserem Dialekt, und dann fragt er, wen oder was denn die Schokolade bei uns schon hochgehoben habe, und dann schäme ich mich so sehr, daß ich am liebsten im Erdboden versinken würde. Das sieht er zwar ganz genau, jeder kann mir das ansehen, denn ich bekomme einen furchtbar roten Kopf, wenn ich mich schäme, aber er kann es trotzdem nicht lassen, mich zu verbessern. Das ärgert mich, und deswegen bewundere ich ihn auch nicht, denn meiner Meinung nach müssen Erwachsene sich etwas verkneifen können, wenn sie Kindern damit helfen, auch wenn es ihnen schwerfällt.

Es ist komisch, aber wenn man jemanden nicht bewundert, kann man es auch nicht ausstehen, daß dieser Jemand stolz auf sich ist.

Jeden Nachmittag um fünf führte Ara Brutus aus, und dann begleitete ich sie. Wir nahmen immer dieselbe Route, den kürzesten Weg in den Wald, wo ich sie zum erstenmal mit ihrem Hund gesehen hatte. Es sei der schönste Wald, den sie kenne, sagte sie, so sumpfig und urig, man könne sehen, daß der Mensch hier noch nicht die Finger im Spiel gehabt habe. Wir nannten ihn: Das Land von Moor.

Der Name war Aras Erfindung, denn bei uns im Dorf wurde der Wald nach seinem Besitzer, Herstael, genannt, einem richtigen Baron, der inzwischen blind war und im Rollstuhl saß, der aber, meiner Mutter zufolge, bis nach Belgien spazieren konnte, ohne seinen eigenen Grund und Boden zu verlassen.

Ich hatte den Wald nie als etwas Schönes betrachtet und tat das auch jetzt nicht. Ara wohl. Ara liebte die Natur, und das merkte man auch, denn sie kannte die Namen der Bäume und der Pflanzen. Sie konnte auch die Nase in den Wind stecken und sagen, daß da irgendwo in der Nähe Minze wachse oder so, das könne sie riechen. Sie hatte eine feine Nase, nicht nur für solche Dinge, sondern ganz allgemein, auch für das, was in einem vorging und ob man gute Laune hatte oder nicht.

Eigentlich interessierte der Wald mich überhaupt nicht, nicht als Wald, meine ich. Ich liebte nur Das Land von Moor, unser Land, das sie und ich in Besitz genommen hatten, indem wir es umtauften, und wo wir jeden Tag umherstreiften, wir beide und der Hund.

Anfangs hatte ich manchmal noch meinen eigenen Hund mitgenommen, um auch etwas festhalten zu können, aber es war einfach kein Vergleich gewesen, mein Hund gegen einen richtigen Hund. Ich war zu dem Schluß gelangt, daß alle Tiere, wie zum Beispiel Hunde, ein für allemal Aras Ressort waren und nicht meins, genau wie der Wald und das Wissen, das sie darüber besaß, auch Ara vorbehalten bleiben sollten, und ich für den Rest meines Lebens keine einzige Pflanze würde bestimmen können, weil Ara das konnte und ich Ara dafür brauchte.

Man muß jemanden, den man sehr gern hat, in etwas herausragen lassen können, in etwas, von dem man selbst keine Ahnung hat. So mache ich das auch mit meinen Brüdern.

Bei Willem fällt es besonders schwer zu entscheiden, worin man ihn immer gewinnen lassen möchte, denn Willem ist ein Wunderkind.

Von der ersten Klasse an hat es in den Zeugnissen, die Willem nach Hause brachte, nur so von Einsen gewimmelt. Wenn er mal eine Zwei oder sogar eine Drei hat, dann garantiert in Sport oder Werken, also in einem Fach, für das man keinen Grips braucht, aber in allen anderen Fächern hat er wahnsinnig gute Noten, da wird's einem richtig schwindelig.

Willem hat also unglaublich viel Grips, das ist allgemein bekannt. Man sieht es ihm auch an, finde ich, denn er ist blasser als andere Jungs und macht nie so einen Wirbel wie ich. Der Rektor von der Jungenschule hat schon bei meinen Eltern vorgesprochen, als Willem gerade erst neun war, denn da hatten die schon längst gemerkt, daß er ein helles Köpfchen ist. Der Rektor hat meinen Eltern vorgeschlagen, Willem eine Klasse überspringen zu lassen, aber davon wollte meine Mutter nichts wissen, obwohl sie sehr stolz auf Willem war. Er sei schon wegen seines günstigen Geburtsdatums einer der jüngsten in der Klasse, sagte meine Mutter, und er würde alle seine netten Freunde verlieren, wenn man ihn aus seiner Klasse herausnähme, und vielleicht Mühe haben, sich unter den älteren Kindern zu behaupten. Meine Mutter weiß, was das Beste für Willem ist. Er ist ziemlich zart besaitet, und raufen kann er überhaupt nicht.

»Wenn Willem nur etwas mehr von dir hätte und du etwas mehr von Willem«, sagt meine Mutter mitunter, aber für eine solche Umverteilung ist es zu spät, und dann sollte man sich so was lieber nicht wünschen, das hat keinen Zweck.

Wenn es sich um den eigenen Bruder handelt, den man

sehr gern hat, kann man dafür sorgen, daß er auf seinem Gebiet der Stärkste ist und man ihn da nicht auszustechen versucht, damit es erträglicher für ihn wird, daß er auf einem anderen Gebiet weniger gut ist, im Raufen zum Beispiel. Weil aber Willem in allen Fächern gut ist, findet sich nur schwer etwas, worin man ihn am allerbesten sein läßt, und deshalb nenne ich ihn den Gelehrten, was bedeutet, daß man in allem am meisten weiß. Wenn also zum Beispiel jemand fragt, wie die Hauptstadt von Rußland heißt, dann sage ich nichts, obwohl ich weiß, daß es Moskau ist, sondern lasse Willem antworten, und dann ist jedem klar, daß Willem derjenige ist, der auf jede Frage eine Antwort weiß, egal, worum es sich handelt.

Bei Makkie ist es ein ganzes Stück einfacher, denn Makkie ist überhaupt nicht gut in Niederländisch, aber sehr gut im Erfinden. Er kann gut rechnen, auf seiner neuen Schule heißt das jetzt Mathematik, und darin hat er auch gute Noten. Auf dieser Schule lernt er jetzt auch Physik und Chemie, und das sind Makkies Lieblingsfächer.

Willem hat in diesen Fächern auch gute Noten, aber im Gegensatz zu Makkie kann er nicht erfinden. Willem hat zwei linke Hände, aber Makkie ist technisch begabt und kann alles bauen, was er sich so ausdenkt. Makkie kann meinem Vater zum Beispiel helfen, das Auto zu reparieren, und er will auch gleich ein Moped haben, wenn er alt genug ist und die Polizei es erlaubt. Makkies Sache ist also alles, was mit Elektrizität zu tun hat, und wenn in meinem Zimmer eine Birne kaputt ist, tue ich so, als traute ich mich nicht, selbst eine neue in die Lampe zu schrauben, so daß ich Makkie rufen kann und er von sich aus weiß, daß er bei uns für die technischen Dinge zuständig ist. Zu Chrisje sage ich, daß er ein Superkletteräffchen ist und besser knuddeln kann als sonst irgendwer, denn viel mehr kann er noch nicht.

Ich selbst bin auf keinem Gebiet besonders gut. Ich kann eigentlich nur Sachen, die leicht gehen und Spaß machen, wie Zeichnen und Theater spielen, und Niederländisch natürlich. Meine Lehrerin findet meine Aufsätze immer gut, und das geht doch prima auf, denn von allem, was man in der Schule machen kann und wofür man Noten bekommt, schreibe ich am liebsten Aufsätze – fürs Theaterspielen bekommt man ja keine Noten, und die Note für Kunst fällt nicht ins Gewicht. Aber mit Schreiben kann man keinen großen Ruhm ernten, es ist eher etwas, was man für sich selbst tut, und eigentlich hat sonst niemand etwas davon.

An meinem zwölften Geburtstag hatte Ara mich morgens, bevor ich zur Schule mußte, zu Hause besucht und mir das allerschönste Geschenk gemacht, das ich je von jemandem bekommen habe: ein Tagebuch mit einem Einband aus Stoff und einem Schloß. Vorn hatte sie hineingeschrieben: »Für Kit von Deiner Ara«, und dieses »Deine Ara« war es, ehrlich gesagt, was das Tagebuch zum allerschönsten Geschenk machte. Es war, als hätte Ara mir mit diesem »Deine« sich selbst geschenkt, denn das schreibt man doch nur, wenn man für immer zu jemandem gehören und diese Person niemals verlassen möchte.

An diesem Tag fühlte ich zum erstenmal, was es bedeutet, zwölf zu sein. Ich stand vor dem gähnenden, furchterregenden Abgrund eines persönlichen Lebens, und ich wußte, daß ich von diesem Tag an erst wirklich älter werden und jeder Tag mich einem Alter näherbringen würde, das besser zu mir paßte als jedes andere Alter, das ich bis dahin gehabt hatte.

Essen und Trinken

I

Am Tag, als ich zur Frau wurde, gab es bei uns Pommes frites. Es muß also ein Freitag gewesen sein. Hört sich nach etwas sehr Schönem und Einschneidendem an, wenn man das so liest, zur Frau werden, aber es war etwas rein Körperliches und ganz und gar nicht das, was ich mir davon erhofft hatte. Da hatte die Firmung mehr Niveau.

Als ich mich über meine erste Portion Pommes hermachte, kam in meinem Unterleib ein schon seit Tagen nagender Schmerz zum Ausbruch. So etwas hatte ich noch nie erlebt. Nach einem heftigen Krampf stöhnte ich auf und ließ die Fritte, die ich gerade zwischen den Fingern hielt, auf den Teller zurückfallen. Mein Vater und die Jungs erschraken, meine Mutter nicht. Ich bekam keinen Bissen mehr hinunter, was außergewöhnlich ist, denn normalerweise esse ich meinen Teller immer bis auf den letzten Krümel leer.

Die Jungs sind, was das Essen angeht, viel schwieriger als ich, vor allem Chrisje. Der hat schon mit einem ganz gewöhnlichen Butterbrot zu kämpfen und muß jeden Bissen mit viel Milch oder Seven Up runterspülen. Bei den Mahlzeiten treibt er meine Mutter oft zur Verzweiflung, weil er würgen muß, sobald er einen Löffel voll Gemüse an den Mund führt oder sich bemüht, noch einen weiteren Bissen hinunterzubringen. Eine Unzahl exotischer Gerichte hat meine Mutter eigens für ihn bedacht und zubereitet, aber geholfen hat es nicht.

Mir schmeckt alles. Meine Mutter sagt, daß ich wenigstens ihre Kochkünste stets zu würdigen weiß, und genau das möchte ich ihr auch vermitteln. Es ist zwar nicht viel, aber man kann ihr ja so leicht eine Freude machen.

»Ich hab solche Bauchschmerzen«, sagte ich entschuldigend zu meiner Mutter.

»Ich glaube, Kit hat was mit dem Blinddarm«, sagte mein Vater zu meiner Mutter.

»Ich glaube nicht«, sagte sie.

Jetzt, mit fast zwanzig, beschleicht mich immer häufiger das Gefühl, daß sich nichts tut. Es geht einfach nicht voran. Ehrlich gesagt, bin ich auch ein wenig enttäuscht. Die Dinge, von denen ich früher dachte, daß sie Wendepunkte im Leben darstellen würden, bewirken kaum irgendeine Verschiebung. Selbst jener lang ersehnte Tag, an dem ich mit Riesenbuchstaben in mein Notizheft schreiben konnte, daß ich zur Frau geworden war, genau wie all die anderen Mädchen, die mir darin um Jahre voraus waren, stellte nicht den Beginn einer neuen Ära dar. Die heimliche Erwartung, daß ich mich wie durch Zauberhand in eine Art Erwachsene verwandeln würde, bewahrheitete sich nicht.

Am Morgen danach war ich immer noch eine Sechzehnjährige, jetzt allerdings eine mit Bauchkrämpfen. Schon nach einem Tag kam mir die Aussicht, daß ich mich nun für den Rest meines Lebens mit diesen regelmäßig wiederkehrenden Beschwerden herumschlagen mußte, unerhört grausam vor, und ich fand, daß meine Mutter recht und Ara unrecht hatte.

Meine Mutter hatte wiederholt zu mir gesagt, daß wahrhaftig nichts daran sei, wonach ich mich so zu sehnen bräuchte, wie ich es seit jeher tat, und daß ich Gott für jeden Tag loben und preisen könne, den es mir noch erspart bleibe. Wenn es einmal soweit sei, würde ich mir inständigst wünschen, noch ein paar Jahre verschont zu bleiben, doch dann werde es zu spät sein, denn mein Los als Frau sei von dem Moment an besiegelt und mein weiteres Leben werde auf lange Zeit Monat für Monat denselben Rhythmus aufweisen, nämlich den der Menstruation mit den Blutungen und den Schmerzen.

Ich glaubte ihr kein Wort.

Meine Mutter sah alles viel zu schwarz.

An jenem Freitag meiner Verwandlung lag ich blaß, krank und selig im Bett. In meinem Innern funktionierte alles ordnungsgemäß, und ich gehörte von nun an zu all den anderen richtigen Frauen auf der ganzen Welt. Doch nachdem ich mich stundenlang in Krämpfen gewunden hatte, reichte mir das eigentlich für die nächsten paar Jahre.

Mit mitleidigem Blick hatte meine Mutter mir eine Packung ihrer Monatsbinden auf den Nachttisch gelegt und gesagt, daß ich wohl leider die scheußlichen Schmerzen von ihr geerbt hätte. Sie habe sich auch ein Leben lang damit herumgequält.

»Wie fühlt es sich an?« fragte meine Mutter.

»Anfälle, Messer, Krieg in meinem Unterleib.«

Sie nickte.

Am zweiten Tag fragte sie beiläufig, ob ich wisse, daß ich jetzt gut aufpassen müsse, mit Jungs. Sie stand an der Anrichte und beugte sich noch tiefer über die Schüssel mit dem Abwasch.

»Klar«, sagte ich beleidigt und stolzierte davon. Der Zusammenhang zwischen den Blutungen und der Gefahr war mir zwar nicht in allen Einzelheiten ersichtlich, aber die eigene Mutter war ja wohl die allerletzte, die man in diesem Punkt um Aufklärung bat. So etwas Beschämendes konnte man ihr nicht antun. Ich würde das noch einmal gründlich im *Rotbuch für Schüler* nachlesen, dort fand man alles, worüber man mit niemandem sprechen konnte. Es war das aufregendste Buch, das ich je gelesen hatte, und ich hielt es für unerhört verboten. Es lag unter meiner Matratze versteckt, neben meinen vier geheimen Notizheften. Dank dieses Büchleins hatte ich entdeckt, daß ich mir eigenhändig den wunderbarsten Genuß verschaffen konnte, in aller Ruhe, wo immer ich wollte, ohne daß ich dazu irgendwas oder irgendwen gebraucht hätte.

Auch keine Treppengeländer.

Erst viel später hatte ich einen Zusammenhang hergestellt zwischen dem aus dem Buch erlernten Genuß und einer der beglückendsten körperlichen Betätigungen, der ich seit meinem zehnten Lebensjahr nachging, manchmal zusammen mit Makkie. Dazu setzten wir uns mit gespreizten Beinen auf das Treppengeländer und zogen uns mit den Händen nach oben, wobei wir wie Frösche mit den Beinen trockenschwammen. Am Ende des Geländers angelangt, stiegen wir ab, liefen die zehn Stufen wieder hinunter und begannen von vorn. Ich machte das so oft, bis ich nicht mehr konnte und das wohlige Gefühl zwischen den Beinen, das sich stetig gesteigert hatte, schlagartig verschwunden war. Nach der Kletterei hatten wir beide rote Köpfe vor Erregung. Ich hatte ihn einmal gefragt, ob es für ihn auch so schön sei, und er hatte ja gesagt.

Ohne daß wir es miteinander abgesprochen hätten, drehten wir uns, sobald ein anderes Familienmitglied den Flur betrat, um und ließen uns hintereinander das Geländer hinabgleiten. Das Treppengeländer hinunterzurutschen, war ungezogen, weil sich die Farbe dadurch abnutzte, aber Ungezogensein gehörte zu Kindern, und es war allemal besser als sündig zu sein. Wir wußten zwar nicht, ob es sündig war oder nicht, aber wir gingen lieber auf Nummer Sicher.

Ara litt auch sichtlich, aber nie, ohne es zu genießen. Sie habe dann jeden Monat einmal das Gefühl, ganz Natur zu sein, sagte sie, und von innen wieder ganz sauber zu werden. Sie erduldete ihre Schmerzen stolz und freudig, weil jedes Krampfen ihr sagte, daß ihr Körper in Ordnung war und genauso arbeitete, wie es sich gehörte.

»Ich finde diese Schmerzen schön«, sagte sie. »Mein Körper spricht zumindest eine deutliche Sprache.«

Es waren auch jeweils die einzigen sieben Tage im Monat, in denen sie ungehemmt und ohne Schuldgefühle ihrer grenzenlosen Eßlust nachgab, denn sie fand, daß diese mit den Schmerzen zusammenhänge und daher an diesen Tagen des Monats natürlicher sei als sonst.

»Schmerzen machen hungrig«, behauptete sie.

»Bauchschmerzen nicht«, hatte ich zu ihr gesagt, als ich endlich mitreden konnte. Sie müsse sich in diesem Punkt irren, sagte ich, und daß die Verknüpfung von Schmerzen und Hunger bei ihr eine ganz persönliche Vermischung zweier Kategorien sei, denn bei mir vertrieben die Schmerzen jeglichen Hunger, und manchmal könne ich drei Tage lang so gut wie keine feste Nahrung zu mir nehmen. Dann lebte ich von heißer Schokolade, die meine Mutter literweise für mich zubereitete.

Ara reagierte anfangs mürrisch und verärgert auf meinen Kommentar und brummte, daß es dann wohl bei jeder Frau verschieden sei, daß die eine mehr Hunger bekäme und die andere weniger. Ihre Schwestern seien auch hungriger, wenn sie ihre Periode hätten.

»Kann sein«, lenkte ich ein, weil ich immer fürchtete, ihre Verärgerung könnte anhalten und sie würde dann tagelang kein Wort mehr mit mir wechseln, aber in Gedanken setzte ich das Gespräch fort und sagte ihr, daß sie ärgerlich werde, weil sie sich selbst etwas vorgemacht habe und weil wieder eine Rechtfertigung für ihren Selbstbetrug dahin sei und sie nun nicht einmal die eine Woche pro Monat ohne Schuldgefühle drauflos essen könne.

Für eine Sucht sollte man keine Rechtfertigungen suchen, sondern Beweggründe. Nach Rechtfertigungen sucht man, um Gefühle von Reue und Schuld zu unterdrücken, wohingegen die Suche nach den eigenen Beweggründen gerade ins Zentrum der Schuld führt, und dort, an diesem seltsamen Ort, wo es finster ist vor Unverständnis, Schmerz und Leugnung, nur dort erhält man die Gelegenheit, die eigene Schuld in Erkenntnis umzuwandeln. Mit Erkenntnissen läßt sich leben, mit Schuld nicht.

Die meisten Menschen glauben, daß diese läppische Redensart: *Was ich nicht weiß, macht mich nicht heiß,* auch für die eigene Person gilt, aber das trifft nicht zu. Was man über jemand anderen nicht weiß, weiß man nicht, und solange man es nicht weiß, berührt es einen auch nicht, das ist sonnenklar, aber von sich selbst weiß man gewissermaßen immer alles. Logisch, denn man selbst ist ja der einzige, der das eigene Leben miterlebt und darüber Bescheid wissen kann. Man selbst hat jede Minute des Lebens in irgendeiner Form in sich gespeichert. Wer sonst? Und das macht einen Menschen wenigstens noch interessant, daß er Wissen über zumindest ein Leben in sich birgt: sein eigenes.

Worauf es im wesentlichen ankommt, ist, wie man sich in sich selbst auskennt. Manche Menschen wissen nichts über sich selbst. Sie verfügen nicht über das einzig wahre Wissen und die einzig wahre Geschichte und können sie nicht lesen, weil sie sie am falschen Ort aufbewahren.

Schuld ist so ein Wissen über sich selbst, das im persönlichen Archiv an der falschen Stelle gespeichert ist. Es handelt sich dann nicht um die Kenntnis der Schuld, sondern um etwas, das nicht mehr die Form von Worten hat, und daher kann man nichts damit anfangen und wird höchstens dick davon oder launisch oder lustlos.

Wissen gehört in den Geist. Ich wüßte nicht, wo Worte sich sonst aufhalten könnten. Sie entsprechen dem Geist und der Seele und jenem anderen Nichtgreifbaren, von dem man weiß, daß man es hat, das man aber nicht sehen und über das man praktisch nicht reden kann.

So sehe ich das.

Und deshalb nimmt alles Wissen, das man eigentlich über sich selbst haben müßte und das nicht in dieser unsichtbaren Form von Worten in der Seele wohnen darf, eine andere Gestalt an, eine sichtbare und unangenehme, zum Beispiel als ein Kilo überflüssiges Fleisch am Leib oder etwas anderes, worunter man leidet und was man mit sich herumschleppt und von dem man nicht weiß, warum man es hat, das einem aber jeder anmerken kann, weil es dafür sorgt, daß man immer wieder die gleichen dummen Fehler macht.

»Von Rechtfertigungen hat man nichts, von Beweggründen schon. Keiner hat mehr den Mumm, schuldig zu sein«, murmelte ich, weil ich das letzte Wort haben wollte.

Ara wandte mir den Kopf zu, durchbohrte mich mit ihrem bösen Blick und zog die Braue des linken Auges hoch. Ich hielt jetzt besser den Mund.

So kann ich im Geiste stundenlang weiterpalavern, das gehört für mich zum angenehmsten Zeitvertreib. Alles im Leben sucht nach einer Form, sich auszudrücken, denke ich, und ich bin fast zwanzig und kann mir nichts Schöneres im Leben vorstellen, als alle diese Ausdrucksformen zu entschlüsseln, um sie allesamt auf das zugleich Leichteste und Schwerste überhaupt zurückzuführen: Worte. In Worte zu fassen, was nicht unbedingt auf der Hand liegt, darin liegen für mich Glück und Befreiung.

Gelegentlich mache ich mir Sorgen über meine Zukunft, weil ich mir nicht vorstellen kann, wie die sich gestalten soll, wenn man sein Heil in Denken und Worten sucht.

Manchmal halte ich es auch für eine Schande, daß es mir immer schwerer fällt, laut zu sprechen, und ich mich scheue, längere Zeit das Wort zu haben. Immer häufiger versagt mir die Stimme, und das stets im ungünstigsten Moment.

Die Gespräche, die ich stumm führe, wurden länger und meine Notizhefte voller.

Ara gegenüber war ich noch relativ unbekümmert, wenn ich etwas darlegte, weil sie als einzige ausdrücklich darum bat und mir wirklich das Gefühl vermittelte, daß sie mir gern zuhörte.

An rauhen Wintertagen verbrachten wir lange Nachmittage und Abende in unseren Mädchenzimmern. Wir zogen die Vorhänge zu, zündeten Kerzen an, tranken Coca-Cola und aßen Chips, die wir in pikante Soßen dippten.

Im Sommer zogen wir in Das Land von Moor, zu unserem Fleckchen in der Mitte des Sumpfes, einer kleinen Insel, die nur erreichbar war, wenn man über Pfützen und Wasserrinnen sprang. Wir trugen Gummistiefel, sie unter weiten Bahnenröcken aus Batikstoffen, ich über den engen Beinen meiner Jeans. Im Land von Moor waren wir für niemanden zu finden und konnten ungestört Pläne für die Zukunft schmieden. Ara lehnte mit dem Rücken an einem umgefallenen Baumstamm, ich lag mit dem Kopf auf einem ihrer breiten Schenkel und redete oder schwieg, wie es gerade kam. Ara streichelte mir über den Kopf.

Dies waren ab dem zehnten Lebensjahr die einzigen Momente in meiner Kindheit und Jugend, in denen ich mich vollkommen ruhig fühlte. Eine andere Weise, zur

Ruhe zu kommen, als so in Aras Schoß zu liegen, nur sie in meiner Nähe wissend und sonst niemanden, hatte ich noch nicht kennengelernt. Selbst wenn ich in meinen Büchern las, zu Hause, in einen großen Lehnstuhl vergraben, blieb irgend etwas in mir auf die anderen im Haus fixiert, meine Mutter in der Küche, Chrisje, der vor sich hinspielte, ja sogar auf meinen Vater und meine Brüder, die außer Haus waren, aber dennoch drinnen umhergeisterten, in Verbindung mit all den Dingen im Raum, die nur einen Sinn hatten, weil sie an sie erinnerten.

Wie alle Menschen, die denken, daß sie noch das ganze Leben vor sich haben, dachte ich, daß ich später schon einen Weg finden würde, genauso zur Ruhe zu kommen wie bei Ara, und daß diese Freundschaft mit ihr ein Vorgeschmack darauf wäre, wie es mir irgendwann einmal mit einem Geliebten ergehen würde, wie ich eine solche Nähe dann ertragen und genießen könnte.

Ich wußte noch nicht, daß dies einmalig war und ich niemals wieder so mit jemandem zusammen sein würde wie damals, in diesen Stunden, mit Ara.

Ara und ich konnten uns nicht vorstellen, daß wir jemals nicht zusammen sein würden. Ich sagte ihr, daß niemand meinen Körper so zur Ruhe bringen könne wie sie, und sie sagte, daß sie immer in meinen Worten wohnen wolle.

Das traf sich gut.

Meistens waren sie ja auch für sie bestimmt.

Ara behielt Wort für Wort, was ich gesagt hatte. Zu gegebener Zeit würde sie mich dann an eine bestimmte Bemerkung über sie erinnern. Dann würde sie sich vorbeugen, mich mit ruhigem und strengem Blick mustern und mich fragen, ob ich noch wisse, daß ich an dem und dem Tag, als wir in meinem Zimmer waren und ich die Bluse und die Hose anhatte und wir zum erstenmal diese neuen Chips aßen, die mit Paprikageschmack, zu ihr gesagt hatte, daß sie sich irre, daß sie Schmerzen und Hunger zu unrecht miteinander verknüpfe und ihre Bauchschmerzen nicht der Grund, sondern eine Rechtfertigung für den Hunger seien und daß sich niemand mehr schuldig fühlen wolle. Sie würde mich bitten, ihr das noch einmal zu erklären und mich dabei immer mit meinem vollen Namen ansprechen.

Catherina.

Sie würde alles tun, um zu verhindern, daß ich ihrem Blick auswich, damit ich sah, wie sehr ihr an einer Antwort gelegen war. Ihrem Gesicht würde abzulesen sein, daß ich ihr alles sagen konnte und mich vor nichts zu scheuen brauchte, und gleichzeitig würde es den Ausdruck haben, den ich so gut an ihr kannte, weil sie den immer hatte, wenn sie entdeckte, daß ihr ein Wort abhanden gekommen war. Auf ihrem Gesicht zeichnete sich dann Verdruß, aber auch panisches Entsetzen über ihre eigene Unwissenheit ab.

»Warum esse ich denn so viel, Catherina?« würde sie mich fragen.

Ich gab ihr immer eine Antwort.

Alles in allem kann man getrost behaupten, daß ein Mädchen in aller Seelenruhe zur Frau werden, herumknutschen, entjungfert werden und zum erstenmal mit einem Jungen ins Bett gehen kann – was in meinem Fall natürlich nichts mit Entjungfertwerden zu tun hatte –, ohne ein anderer, reiferer, weiserer oder stärkerer Mensch zu werden. Es tut sich gar nichts. Sie strahlt einen oder zwei Tage lang, weil sie denkt, daß sie sich jetzt ganz anders fühlen müsse, aber dieser Glanz ist eher ein Produkt der Einbildung als der Wirklichkeit, da sich nichts Nennenswertes verändert.

Ich frage mich mehr und mehr, wie man es anstellt, erwachsen zu werden.

Ich möchte es so gerne sein.

Als ich zwölf war, erschienen mir Zwanzigjährige älter und weiser, als ich mich jetzt fühle. Sie waren dann oft schon verlobt und standen kurz vor der Hochzeit, während ich nicht im Traum ans Heiraten denke. Händchen haltend mit einem Jungen durch die Gegend zu spazieren, ist auch nicht so glorreich, wie ich es mir früher immer vorgestellt habe. Ich komme mir völlig idiotisch vor, wenn ein Junge meine Hand nimmt und so mit mir auf der Straße herumlaufen will, aber die Jungen sind alle ganz wild darauf. Entsprechend schwierig ist es, dem, mit dem man offiziell geht, verständlich zu machen, daß man getrennt laufen möchte, jeder für sich, und weder abends in der Kneipe noch bei Tageslicht in aller Öffentlichkeit herumknutschen möchte, denn dann bleiben natürlich kaum noch Gelegenheiten – für mich nach ein bis zwei Wochen ein idealer Zustand, da mich dieses Geknutsche bis dahin sowieso längst anödet.

Ich weiß nicht, was das ist mit dieser Küsserei, für mein

Gefühl müßte es auf etwas anderes hinauslaufen, auf den eigentlichen Zweck des Küssens, doch es kann eine Viertelstunde lang dauern und führt immer noch zu nichts, und deshalb finde ich es so furchtbar langweilig. Es ist, als würde man essen, ohne dabei etwas zu sich zu nehmen, und warum sollte man so was Blödes tun.

Kaum macht man jedoch einen Rückzieher, da beklagen sich die Jungen, daß man sie nicht genügend liebe, was natürlich stimmt, was ich dann aber mit meinem blöden Gequatsche ganz energisch bestreite, mit dem Erfolg, daß sie mich erst recht küssen und streicheln und in die Arme nehmen wollen, und dann kommt schließlich der Moment, da ich das absolut nicht mehr ertragen kann und völlig versteife, wenn mich so ein Junge auch nur ansieht oder einen Finger nach mir ausstreckt. Wann es soweit ist, läßt sich schwer vorhersagen, aber es passiert mir jedesmal wieder und immer ganz abrupt. Dann überkommt mich ein regelrechter Ekel, und ich rieche plötzlich die Ausdünstungen seiner Kleidung oder seiner Lippen nach einem Kuß, und dann kann ich ihn nicht mal mehr ansehen, so überwältigend ist mein Abscheu, das läßt sich dann nicht mehr verbergen.

Wenn ich wieder einmal an diesem Punkt angelangt bin, mache ich innerhalb von einer Woche Schluß. Schlußmachen ist ein ziemlich unerquickliches Stück Arbeit, denn manche Jungen werden ganz krank vor Kummer und setzen mir dann womöglich so zu, daß ich mich noch eine weitere Woche mit ihnen herumschlage, dann aber so kühl bin, daß sie von allein einsehen, wie aussichtslos es mit uns ist und wie wenig Sinn alles Trauern und Klagen hat. Ich bin auch immer in etwa mit dem gleichen Typ befreundet, solchen blassen, hübschen Jungen mit schmalen Hüften, die nie auf Cowboy oder Marlon Brando machen würden, sondern sich eher den Charakter irgendeines manisch-depressiven Bluessängers verleihen, der seinem Weltschmerz durch das Singen trauriger Liedchen über herzlose Eltern, unglückliche Lieben und zuviel Alkohol Ausdruck verleiht. Sie spielen immer Gitarre, schreiben englische Gedichte, sagen, daß sie sich *down* fühlen, und fahren nie Moped. Ein Typ Junge also, dem man nicht gern Kummer zufügt.

Bis jetzt sind anderthalb Monate mein absoluter Rekord. Länger halte ich es mit keinem aus. Jedesmal nehme ich mir vor, für erste nichts Neues anzufangen, weil ich mir ohnehin nichts daraus mache, zu jemandem zu gehören, aber nach ein bis zwei Monaten verliebe ich mich wieder und denke, daß diese Verliebtheit größer ist als je zuvor und ich nicht zur Ruhe kommen werde, ehe ich diesen Jungen nicht habe. Ich vergesse stets, daß sich diese Verliebtheit selbst hinterher als das Schönste herausstellt, was an der ganzen Geschichte dran war, und man sich mit der Eroberung des Jungen des Schönsten, was man hatte, beraubt. Aber auch wenn man sich das zehnmal klargemacht hat, nützt es nicht das geringste. Eine Verliebtheit steuert unweigerlich auf die Ausmerzung dieser Verliebtheit hin.

Meiner Meinung nach funktioniert es mit der Liebe erst, wenn es einem gelingt, sein Verlangen zu stillen, ohne das Verlangen selbst auszumerzen.

Meistens mißlingt das.

Außer bei Ara.

Seit ich zur Frau geworden bin, ist die Liebe allerdings ein zusätzliches Thema, über das ich genauso gerne nachdenke wie über Gott, das Glück, Ara und den Tod. Ich fürchte, daß ich, was die Liebe betrifft, ein wenig sonderbar bin, denn andere Mädchen haben viel mehr für Jungen übrig als ich.

Weil ich ein großes Mundwerk hatte, wurde ich auf der Realschule Jahr für Jahr zur Klassensprecherin gewählt, womit die Aufgabe verbunden war, das Klassenbuch zu führen und den anderen in schulischen Dingen zu helfen, aber was mir so an Problemen aufgetischt wurde, vor allem von den Mädchen, hatte zu achtzig Prozent mit Liebeskummer zu tun. Zumindest entdeckte ich auf diese Weise, daß die meisten Mädchen den Jungen, mit dem sie gehen, nicht so schnell wie möglich wieder loswerden wollen, wie das bei mir der Fall war, sondern daß sie ihn am liebsten für immer an sich binden und dafür alles tun würden. Ich war zu Tode erschrocken, als mir erstmals von einer meiner Mitschülerinnen anvertraut wurde, daß sie fürchte, schwanger zu sein. Das hieß, sie hatte es mit dem Jungen gemacht. Und sie war noch jünger als ich, erst vierzehn oder so.

Ansonsten war dieser Liebeskummer uninteressant, denn im Grunde handelte es sich immer um dieselbe Geschichte. Entweder hatte sich eine in einen anderen verguckt und wußte nicht, wie sie denjenigen für sich gewinnen sollte, oder eine wurde von einem anderen verlassen und wußte nicht, wie sie nun weiterleben sollte.

Puber sind so theatralisch, daß einem schlechtwerden könnte.

Was mich am meisten verblüffte, war, daß meine Klassenkameraden sich derart pubertär verhalten konnten, ohne auch nur eine Sekunde zu merken, daß sie die ganze Skala der pubertären Zustände durchliefen, die all diesen doofen Pubern in dämlichen Puberbüchern angedichtet werden. Man mußte wirklich lange suchen, bis man jemanden fand, der sich nicht gerade mit schwierigen Eltern, Pickeln und Protesten gegen Gott und die Welt herumschlug und der nicht an Liebeskummer litt.

Bei uns zu Hause wurde nicht pubertiert.

Bei uns litt auch keiner an Liebeskummer.

Meine Mutter sagte, daß wir uns von der Liebe vor allem nicht zuviel versprechen dürften, wir sollten lieber noch die Finger davon lassen und uns Zeit nehmen, ehe wir uns mit Haut und Haaren an jemanden banden, wir sollten so lange wie möglich unsere Freiheit genießen.

Das taten wir auch.

Meine älteren Brüder waren schon über zwanzig und hatten noch immer keine feste Freundin. Ein Grund zur Freude für meine Mutter, hätte man meinen sollen, aber dem war nicht so. Sie seufzte laufend, wie merkwürdig es doch sei, daß unsere zwei nie an ein nettes Mädchen gerieten, wo doch die Freunde meiner Brüder längst in festen Händen seien.

»Warum muß ich nur wieder solche unnormalen Kinder haben?« fragte sie.

Wenn Willem und Makkie am Wochenende nach Hause kamen und ihre Taschen mit schmutziger Wäsche in der Waschküche abstellten, meinte sie, es wundere sie nicht, daß unsere zwei kein Mädchen abbekämen, wenn man so herumlaufe, mit diesen langen Fransen im Gesicht und diesen schlottrigen, schmuddligen Jeans. Meine Haare reichten mir inzwischen auch bis weit über die Schultern, und ich machte meine Mutter darauf aufmerksam, daß ich schließlich auch lange Haare hätte und man Jungen mit langen Haaren nun mal besser ansehen könne, daß sie Hippies seien. Meine Brüder müßten in der Großstadt, an der Universität, schon so herumlaufen, um nicht als Außenseiter zu gelten und ausgestoßen zu werden, und wenn unsere Jungs von anderen gemieden würden, hätte sie doch bestimmt noch hundertmal mehr Kummer.

»Da hast du auch wieder recht«, sagte meine Mutter.

Mit meiner Mutter kann man reden. Wenn es darauf ankommt, läßt sie sich gern eines Besseren belehren.

Sie fragte sich, von wem wir wohl den Drang zum Lesen und Lernen geerbt hätten, denn von unserem Vater könne das nicht stammen, und von ihr selbst auch nicht. Seit ihrer Heirat hätten sie beide kein anderes Buch mehr in die Hand genommen als das Gebetbuch, und das gewiß nicht, weil ihnen nichts an Büchern liege. Sie habe gern gelesen, als Kind, und habe sich nichts lieber gewünscht, als weiterlernen zu können, genau wie ihre Geschwister, aber sie hätte nicht gewußt, wo sie die Zeit und die Ruhe hätte hernehmen sollen, bei so vielen Kindern.

»Fang du besser gar nicht erst damit an«, sagte sie zu mir, »das bringt dir nur Leid.«

Stimmt. Ich kann es bezeugen.

Ich bereite ihnen wirklich Sorgen, aber weniger als die Jungs.

»Wegen unserer Kit brauchen wir uns keine Gedanken zu machen«, sagt meine Mutter zu meinem Vater, und der pflichtet ihr bei und meint, ich sei der Sonnenschein im Haus. Das ist eine prima Aufgabe für mich, der Sonnenschein im Haus zu sein, denn wenn es in der Familie jemanden gibt, der alles besonders schwernimmt, dann muß auch jemand dasein, der das nötige Gegengewicht schafft, sonst geht alles den Bach hinunter.

Meiner Mutter zufolge kommen Mädchen im Leben besser zurecht als Jungen. Ein Mann braucht eine Frau, aber eine Frau kann sehr wohl ohne Mann auskommen.

Im Dorf läßt sich das gut bei den Männern und Frauen beobachten, die nach dem Tod ihrer besseren Hälfte allein zurückbleiben. Männer verkümmern innerhalb eines Monats, die Witwen dagegen blühen auf und fangen endlich an, ihr eigenes Leben zu leben.

Von ihr aus hätte es nicht unbedingt sein müssen, sagte meine Mutter, daß ihre Kinder gut lernten und auf die Universität gingen. Andere, mit ganz durchschnittlichen Kindern, hätten es um einiges leichter, denn deren Kinder liefen nach ihrer Berufsausbildung anständig gekleidet herum und verdienten den Lebensunterhalt, so daß die Eltern noch etwas von ihren Kindern hatten, wie sich das auch gehörte und von Leuten wie ihr erwartet wurde. Wir dagegen hätten Flausen im Kopf, weil wir ständig die Nase in Bücher steckten und darin Dinge lasen, die ein einfacher Mensch nicht verstand. Sie und mein Vater taten mir leid.

Eltern haben es in diesem Jahrhundert aber auch verdammt schwer.

Sie hatten schon einen Krieg mitgemacht und einen Hungerwinter, waren selbst nie wie Kinder behandelt worden und wollten bei uns alles richtig machen, damit wir es einmal besser hatten – und dann stellte sich plötzlich heraus, daß man im zwanzigsten Jahrhundert unmöglich ein guter Vater oder eine gute Mutter sein kann. Das wußten sie, ohne je eine Zeile Freud gelesen zu haben.

»Was wir auch tun, wir können es als Eltern doch nie recht machen, wir sind immer an allem schuld«, faßte meine Mutter ihr Schicksal kurz und bündig zusammen.

Ich beschloß, noch eine Zeitlang bei ihnen zu bleiben, mir einen festen Freund zuzulegen, ihnen zuliebe ein richtiges Diplom zu machen und es mal mit einem engen Rock zu versuchen.

Deshalb bin ich jetzt auf der PH und gehe mit Matthias. Da man sich in einem engen Rock unmöglich normal bewegen kann, beschränke ich mich darauf, sonntags einen Plisseerock zu tragen, wenn die auch nicht sonderlich modern sind.

2

Was das Lernen angeht, bin ich so richtig auf den Geschmack gekommen, von der Liebe kann ich das noch immer nicht behaupten.

Einige Fächer lassen bei mir allmählich eine Ahnung aufkommen, was mir liegt, aber die PH hat immer noch den Nachteil, daß ich so viel Unsinniges lernen muß, für das mir der Platz in meinem Kopf eigentlich viel zu schade ist. Was mir wirklich liegt, sind Pädagogik und Psychologie – und einer der Dozenten in diesen Fächern auch. Der Psychologiedozent heißt Verkruysse, und er sieht genauso aus, wie man sich einen Psychologen vorstellt, wenn man noch nie einen gesehen hat.

Verkruysse ist unser Tutor. Mir gegenüber bemerkte er als erstes, daß er sich wundere, wieso eine junge Dame im zweifellos ehrwürdigen und überdies höchst anziehenden Alter von neunzehn Jahren, die ein solches Abschlußzeugnis der Oberrealschule vorweisen könne wie ich und deren sonstige Unterlagen für Freud ein gefundenes Fressen gewesen wären, ausgerechnet die zwar überaus lobenswerte, aber nichtsdestotrotz vielgeschmähte Pädagogische Hochschule besuchen wolle.

Das versuchte ich ihm so gut wie möglich zu erklären.

Der Ton, in dem er danach zu mir sagte: »Sie legen einen weiten Weg zurück, Buts«, hatte nichts Zynisches mehr, und daher wurde ich rot. Er machte es noch schlimmer, indem er näher kam und zu mir sagte, Bescheidenheit sei des Menschen Zier und das Ende sei jetzt in Sicht, ich könne in zwei Jahren mit der eigentlichen Arbeit beginnen.

Einerseits ist es ja sehr schön, wenn jemand hohe Erwartungen in einen setzt, aber andererseits behagt mir das überhaupt nicht. Ich habe keine Ahnung, was ich in zwei Jahren machen werde. Und abgesehen davon ist es doch schrecklich blöde, daß man sich, wenn jemand auch nur ein bißchen nett zu einem ist und es gut mit einem meint, daß man sich dann sofort in ihn verknallen muß.

Das hat wohl was mit den Hormonen zu tun.

Auch wenn man nicht pubertär sein will, in diesem Alter arbeiten die Hormone gegen den eigenen Willen auf Hochtouren.

Die Erklärung, die ich ihm lieferte, stammte nicht einmal von mir selbst. Ich hatte ihm gesagt, daß ich das Lernen erst habe lernen müssen, und genau das hatte mir unser Niederländischlehrer Barten einige Jahre zuvor auf der Realschule gesagt.

Barten war in dem Jahr, als ich die achte Klasse wiederholen mußte, auf der Mittelschule in unserem Dorf eingestellt worden. Ara war schon in der neunten, und die einzige Zeit, die ich bis dahin den Hausaufgaben gewidmet hatte, waren die Stunden gewesen, in denen ich Ara in den Fremdsprachen half. Mit Fremdsprachen hatte sie größere Schwierigkeiten als mit Mathematik, Physik und Chemie, denn sie mußte ein Wort erst hören, bevor sie es gebrauchen konnte. Buchstabierend kam sie nicht dahinter, wie man ein Wort auszusprechen hatte.

»Alle Wörter, die ich spreche und schreibe, muß ich erst persönlich kennengelernt haben«, sagte sie. »Ein Wort, mit dem ich noch nie zu tun hatte, erschreckt mich, zu dem habe ich keinen Zugang.«

Ich hatte ihr gesagt, daß sie ein enorm gutes Gedächtnis haben müsse, besser als irgendwer sonst, da alle Wörter, die sie kannte, demnach auch in ihrem Kopf gespeichert seien. Der einzige, bei dem das auch so sei, sei mein Bruder Willem, aber der brauche die Wörter nicht zu lernen, denn der habe ein fotografisches Gedächtnis; wenn der ein Wort nur ein einziges Mal gelesen habe, könne er es sein Leben lang behalten.

Der Vergleich mit Willem gefiel Ara, und sie meinte, daß sie sich nur klug vorkomme, wenn ich bei ihr sei und solche Dinge zu ihr sagte. Vor lauter Freude sprudelte ich drauflos und beteuerte, daß ich am liebsten ständig neben ihr sitzen wolle, wo sie auch sei, für immer und ewig, während und nach der Schule, damit ich ihr die Wörter, die sie noch nicht kannte, zuflüstern und ihr helfen könne, jeden Tag ein paar Wörter zu erobern, die bis dahin nicht durch ihren Kopf gegeistert waren.

Sie blickte mich ernst an und sagte, daß sie das zwar liebend gern wolle, daß es jedoch nicht so verlaufen werde, unser Leben.

»Warum nicht?« fragte ich ängstlich und neugierig.

»Du wirst eines Tages weggehen«, sagte sie überzeugt.

Für den ersten Aufsatz, den ich bei Barten abgab, bekam ich eine Zwei plus, und er bat mich, ihn der Klasse laut vorzulesen. Ich weigerte mich, denn ich hatte das ganz allein für ihn geschrieben.

Er wolle mich nach dem Unterricht gern unter vier Augen sprechen, sagte er, und ich bekam fünfundvierzig Minuten lang kein einziges Wort mehr mit, so aufgeregt machte mich die Aussicht, mit ihm allein zu sein und vielleicht von ihm zu hören zu bekommen, wieso er den Aufsatz gut fand.

Wir hatten drei Themen zur Auswahl gehabt: *Dein eigenes Zimmer*, *Keiner versteht mich* und *Partir c'est mourir un peu*. Ich hatte mich für das dritte entschieden und es so hingebogen, daß es als Überschrift zu einer detaillierten Schilderung einer meiner liebsten Phantasien paßte, nämlich der, wie es sein würde, alle mir lieben Menschen zu verlassen und mich auf den Weg in den Tod zu begeben.

Es war eine höchst vertrackte Phantasie, für die ich in Gedanken tatsächlich stets denselben Weg zurücklegen mußte, und zwar den, der von meinem Zimmer aus in Das Land von Moor führte und dann weiter und weiter, bis ich mich dem Großen Nichts näherte und mir lebhaft vorstellen konnte, ohne jemanden zu sein, ja, schließlich sogar ohne mich selbst. Letzteres konnte ich nie ganz zu Ende denken, denn ich fürchtete, dann verrückt zu werden. Daher hatte ich den Aufsatz auch mit der Bemerkung abgeschlossen, daß man zu seinen Lebzeiten nur über ein kleines bißchen Sterben nachdenken könne, denn könnte man es sich bis ins letzte vorstellen, würde man sicher durchdrehen. Bei einem Aufsatz muß man sich immer ans Thema halten.

Barten wartete geduldig, bis alle die Klasse verlassen hatten, und bat Mieke Theunissen, die natürlich eine Ewigkeit um meinen Tisch herumgelungert war, in der Hoffnung, sie könne bei dem Gespräch dabeibleiben, die Tür hinter sich zuzumachen. Dann waren wir allein. Ich fürchtete, daß ich vor lauter Nervosität und Verlegenheit kein Wort über die Lippen bringen würde, und hoffte plötzlich inständig, daß sich das Gespräch nicht um meinen Aufsatz drehen würde. Ich schämte mich, daß ich das geschrieben hatte, und fragte mich, was ich damit eigentlich bei Barten hatte erreichen wollen.

Das Lehrerpult stand auf einem kleinen Podest. Barten war davon heruntergestiegen und lief auf einen der Tische in der vorderen Reihe zu. Er zog einen Stuhl zurück und gab mir zu verstehen, daß ich auf dem Stuhl neben ihm Platz nehmen sollte.

Ich fand einen Lehrer allein schon deswegen anziehend, weil er Lehrer war, aber Barten sah auch noch richtig gut aus. Er war jung, mager, groß, hatte glatt herunterhängendes Haar und einen leicht gekrümmten Rücken, der ihn irgendwie leidend aussehen ließ. Um ihn hing der süßliche Geruch von Pfeifentabak. Ich vermutete, daß er in seiner freien Zeit Gedichte schrieb, die er niemandem zu lesen gab. Auch nicht seiner eigenen Frau.

Seine Gesichtszüge waren sanft und freundlich, ohne weichlich zu sein, aber das Außergewöhnlichste an seinem Gesicht waren seine Augen. Sie waren von einer ganz besonderen Art, und solche Augen hatte ich zuvor erst einmal in meinem Leben gesehen, bei Hendrik.

Ich denke, daß dies die Art von Augen sind, von denen man sagt, sie seien tiefliegend. Sie haben etwas Asiatisches, denn vom Oberlid ist nicht mehr zu sehen als so ein schöner, straffer Strich, der mindestens die Hälfte der Iris verdeckt. Ist der Bereich zwischen Augenbrauen und Iris flach und verläuft dieser zarte Strich auch noch schräg nach unten, dann sehen die Menschen, die das haben, so aus, als ob sie sehr viel wüßten und darüber wehmütig geworden wären.

Barten hatte das, und Hendrik auch.

Ab dem zwölften Lebensjahr durfte ich jeden Sommer in ein Ferienlager, mit dem Mädchenclub, und beim dritten

Ferienlager lernte ich Hendrik kennen. Er war in der Jugendarbeit tätig und befaßte sich mit schwererziehbaren Kindern. In jenem Sommer, 1970, arbeitete er mit einem anderen Jungen zusammen als Freiwilliger auf dem Bauernhof, den wir, in Begleitung unserer Betreuer, zu dreizehnt kreischend in Beschlag nahmen.

Das erste, was mir an ihm auffiel, waren diese Augen.

Ich verliebte mich erst in ihn, nachdem er mir die Hände verbunden hatte.

Die Tage im Ferienlager waren vom Aufstehen bis zum Zubettgehen angefüllt mit Spielen und Ausflügen. Am dritten Tag unseres Aufenthalts wurden wir am frühen Abend in Gruppen eingeteilt. Jede Gruppe erhielt einen Auftrag, den sie innerhalb einer bestimmten Zeit ausführen mußte. Die Vierergruppe, zu der ich gehörte, sollte sich einer aktuellen Tageszeitung bemächtigen. Der Bauernhof lag am Rande eines Dorfes, und das nächstgelegene Haus war ein paar hundert Meter entfernt. Als wir losstürmten, geriet ich auf der frisch gepflasterten Einfahrt des Bauernhofs ins Stolpern, fiel und versuchte den Sturz mit den Händen abzufangen. Ich rief den anderen Mädchen zu, daß sie weiterrennen sollten, rappelte mich auf und wartete, daß sie zurückkommen würden. Ich hatte Schmerzen. Meine Hände waren aufgeschrammt und blutig und steckten voller kleiner Steinchen.

Hendrik war aufrichtig besorgt. Er nahm mich mit in die Küche, holte einen Erste-Hilfe-Kasten hervor, nahm meine Hände in seine Hände und entfernte mit einer Pinzette jedes einzelne Steinchen aus meinen Handflächen. Er tat das sanft und äußerst vorsichtig.

Es dauerte sehr lange.

Es dauerte mir nicht lange genug.

An den darauffolgenden Tagen wich ich ihm nicht von der Seite.

Daher ertappte ich ihn auch mit diesem anderen Jungen.

Ich war darüber gar nicht mal so erschrocken. In meinem kleinen roten Büchlein hatte ich schon davon gelesen, und da hieß es, es sei ganz normal und komme häufig vor. Von mindestens zwanzig Prozent der Bevölkerung war sogar die Rede, was ich damals nicht hatte glauben können, denn dann hätten ja auch bei uns im Dorf und bei mir in der Schule welche sein müssen, und ich hatte noch nie einen gesehen.

Hendrik und dieser Junge erschraken allerdings gehörig, und Hendrik fragte mich, ob ich es schlimm fände, sie so zusammen zu sehen. Das fand ich nicht, aber ein bißchen unbeholfen und unpassend sah es für meinen Geschmack schon aus.

»O nein«, sagte ich, »überhaupt nicht.«

Hendrik kam auf mich zu, hob mich hoch und trug mich in die Küche. Wie er das seit meinem Sturz täglich gemacht hatte, wickelte er den Verband von meinen Händen ab und säuberte die Wunden erneut, indem er sie mit Jod betupfte. Er fragte mich immer, ob es weh tue. Diesmal lächelte er mich noch öfter an als sonst, und als er fertig war, sah er mich an und küßte mich zärtlich auf den Mund. Wir hatten ein Geheimnis, wußte ich.

Barten sagte mir dann ohne Umschweife, was er gedacht hatte, als er meinen Aufsatz las. Er hatte gedacht, daß jemand, der so einen Aufsatz schrieb, wohl kaum eine Klasse wiederholen müßte.

Verblüfft über die Wendung des Gesprächs antwortete ich, es sei ganz logisch, daß ich sitzenblieb, denn ich machte nie Hausaufgaben und lernte nicht für die Klassenarbeiten.

Es enttäuschte mich ein bißchen, daß unser Gespräch sich nicht mit meinen Gedanken und dem Tod befaßte und er mich nicht fragte, was ich vom Leben hielt. Unterdessen rätselte ich, was das Schreiben von Aufsätzen denn damit zu tun haben sollte, wie gut man in anderen Fächern war, aber ich traute mich nicht, Barten um eine Klärung dieser Zusammenhänge zu bitten. Er wollte von mir wissen, warum ich meine Hausaufgaben vernachlässigte und meine Klassenarbeiten nicht vorbereitete.

»Faul, dumm?« sagte ich in fragendem Ton.

»Das glaube ich kaum, Kit«, wandte er ein, »dann würdest du keinen solchen Aufsatz schreiben. Langweilst du dich hier vielleicht?«

Ich zögerte, ob ich ihm eine ehrliche Antwort darauf geben sollte. Es muß doch furchtbar kränkend für einen Lehrer sein, wenn er zu hören bekommt, daß man sich im Unterricht zu Tode langweilt. Das ist doch genauso, als würde man sagen, die Schule sei nicht gut und die Lehrer seien zum Gähnen, und womöglich erzählte er das dem Rektor, und dann mußte ich wieder am schulfreien Samstag nachsitzen.

»Manchmal«, sagte ich.

Ich fügte schnell hinzu, daß das nicht an der Schule liege oder an den Lehrern und mir Niederländisch unheimlich viel Spaß mache, am meisten von allem, sondern daß es wirklich meine Schuld sei, daß ich mich nun mal schnell langweilte und daß ich die ganzen Bücher, die ich in der achten bekommen hätte, auch schon mal gelesen hätte, weil ich Ara bei den Hausaufgaben helfen würde, und daß ich deswegen gedacht hätte, ich könnte schon alles und bräuchte nichts mehr zu lernen, daß sich bei Klassenarbeiten dann aber herausgestellt hätte, daß ich doch nicht genug behalten hätte, um alles richtig zu machen.

»Ara ist Barbara Callenbach?«

»Ja«, sagte ich, »sie ist meine Freundin.«

Mit wachsender Begeisterung erzählte ich ihm, wie außergewöhnlich sie sei und wie verrückt sich das mit den Wörtern in ihrem Kopf verhalte und daß ich es gar nicht erwarten könne, in die neunte zu kommen, denn da habe Ara so was Tolles gelernt, in Biologie, bei Frau Mares, etwas, anhand dessen man vorausberechnen könne, ob ein Kind blaue oder braune Augen bekommen würde.

»Vererbungslehre«, sagte Barten. »Biologie findest du also nicht langweilig?«

»O doch«, sagte ich. »Pflanzen zeichne ich nur gern, aber zu lernen, wie man sie bestimmt, finde ich todlangweilig. Ich hatte auch eine Vier in Biologie. Aber diese Vererbungslehre, die macht sicher Spaß.«

»Was macht dir sonst noch Spaß?«

»Turnen, Zeichnen, Literatur, auch fremdsprachige, Referate schreiben, an der Schülerzeitung mitarbeiten und Religion«, sagte ich, »also eigentlich nur unnütze Sachen.«

»Lernen kann man auch lernen, Kit«, sagte Barten daraufhin.

Am nächsten Tag reichte er mir eine Mappe und sagte lächelnd, daß er mich nicht aus Eitelkeit eine von ihm verfaßte Arbeit lesen lasse, sondern aus Vertrauen. Es sei seine Abschlußarbeit in Pädagogik, die er in seinem letzten Jahr an der PH, 1964, geschrieben habe.

Er habe einen Zettel beigelegt, sagte er, auf dem er notiert habe, welche Abschnitte für mich von Belang seien. Den Rest bräuchte ich nicht zu lesen. Wenn ich etwas nicht begreifen würde, könne ich mich an ihn wenden, und wenn ich das Manuskript gelesen hätte, solle ich ihm Bescheid geben, dann würden wir darüber reden.

»Erschrick nicht über den Titel«, sagte er noch im Gehen.

In der Schule erzählte ich niemandem etwas davon, selbst Ara nicht, aber als ich erst einmal zu Hause war, gab ich meiner Mutter gegenüber damit an, daß Barten – der Neue in Niederländisch, ein wahnsinnig netter Typ, der netteste Lehrer von der ganzen Schule – ein besonderes Interesse an mir habe und daß hier in dieser rosa Mappe seine eigene Abschlußarbeit stecke, die ich niemandem, aber auch niemandem zeigen dürfe, nur ich solle sie lesen, um etwas daraus zu lernen, und daher würde ich jetzt gleich in mein Zimmer gehen und damit anfangen.

An jedem anderen Tag schlich ich schon eine halbe Stunde, bevor wir aßen, in der Küche um meine Mutter herum, um ihr beim Zubereiten der Suppe oder beim Gemüseputzen zuzusehen und den herrlichen Duft von brutzelndem Fleisch zu schnuppern, das gerade mit heißer Butter in Berührung gekommen war.

Ich war immer hungrig.

Bäuchlings auf dem Bett liegend, hatte ich den Duft des vergilbten, säuberlich mit Maschine beschriebenen Papiers eingeatmet, auf der ersten Seite von Bartens Arbeit zu lesen begonnen und keinen Hunger mehr verspürt. Selbst als meine Mutter unten an der Treppe rief, das Essen sei fertig, regte sich in meinem Magen nichts, und es kostete mich einige Überwindung, die Arbeit beiseite zu legen und nach unten zu gehen.

»Da muß ja was ganz Besonderes drinstecken, in dieser Mappe«, sagte meine Mutter, »daß die dich von der Küche fernhalten kann.«

»Ja«, sagte ich.

»Wie heißt die Arbeit?«

»*Quälgeister*«, antwortete ich, »aber das ist positiv gemeint, weißt du.«

Es war so positiv gemeint, daß ich mir kaum vorstellen konnte, ich hätte etwas mit den von Barten beschriebenen Kindern gemeinsam. Nach jedem Kapitel folgte eine Art Geschichte über ein Kind, mit dem Barten während seines Praktikums in einer Schule für Kinder mit Lernstörungen gearbeitet hatte. Fallgeschichten hießen sie in seiner Arbeit, und sie waren alle mit dem Vornamen eines Mädchens oder Jungen überschrieben. Meistens eines Jungen. Es ging um Kinder, die aus lauter Langeweile eine ganze Klasse auf den Kopf stellten, aber Barten zufolge langweilten sie sich nicht, weil sie den Unterricht zu schwierig fanden, sondern weil er zu leicht für sie war. Manche dieser Kinder stellten sich auch absichtlich dümmer, als sie waren, weil sie fürchteten, sonst von der Klasse oder der eigenen Familie ausgeschlossen zu werden.

Solche Befürchtungen hatte ich nicht im geringsten. Und die Frage, ob der Unterricht nun schwierig oder leicht war, stellte sich mir nicht; ich fand ihn vor allem langweilig, weil ich keinen Sinn darin sah. Wer will schon in seinem Kopf haben, auf welchem Breitengrad Belgrad liegt oder was eine Fremdbestäubung ist? Ich hielt es für eine Verschwendung des begrenzten Platzes in meinem Gehirn, dort derart blödsinniges Zeug zu speichern, und über Kinder, die fürchteten, nicht genügend Platz in ihrem Kopf zu haben, stand nichts in *Quälgeister.*

Vielleicht kam das ja noch. Zu den Kapiteln vier und fünf, die Barten mir besonders empfohlen hatte, war ich noch nicht vorgedrungen. Sie trugen die Überschriften »Draußen«, und »Drinnen«, und Bartens Zettel zufolge würde die Fallgeschichte von Johnny in Kapitel fünf mich bestimmt ansprechen.

Weit mehr als das. Nach der Lektüre des fünften Kapitels von *Quälgeister* zerriß es mir fast das Herz, so sehr wünschte ich mir das Unmögliche: Ich wollte, ich wäre 1962 Schülerin der Schule für Schwererziehbare mit Lernstörungen gewesen, und zwar so, wie ich war, jedoch mit dem Charakter von Johnny, ich wäre das schwierige Kind gewesen, auf dem Barten vom ersten Tag an seinen liebe- und verständnisvollen Blick ruhen ließ und das er von da an mit aller Macht vor dem sicheren Untergang zu retten suchte.

Johnny ist viel origineller als ich, und er ist auch um

einiges schlechter dran. Seine Mutter trinkt, und sein Vater ist nie da, und Johnny spielt daher zu Hause ein bißchen den Vater. Er kümmert sich um seinen jüngeren Bruder und sein Schwesterchen, das liest sich wirklich rührend. Barten schreibt, daß Johnny sich im Unterricht nicht nur so langweilt, weil er klüger ist als der Rest, sondern auch, weil er die Spannung vermißt, die er zu Hause immer verspürt.

Auf mich trifft das alles nicht zu. Ich könnte auf Anhieb vier Mitschüler nennen, die zehnmal klüger sind als ich, und bei uns zu Hause ist alles in bester Ordnung. Meine Mutter trinkt höchstens zu Silvester mal einen Eierlikör mit Sahne, und meinen Vater bekomme ich jeden Tag kurz zu Gesicht.

Was Johnny und ich jedoch gemeinsam haben, ist, daß wir gerne Aufsätze schreiben. Johnny schreibt sich auch die Finger wund, und Barten hat ihn so weit gekriegt, daß er ihn seine Tagebücher hat lesen lassen. Ich darf gar nicht daran denken, daß irgendwann mal jemand meine Tagebücher lesen könnte. Ich würde mich zu Tode schämen.

Ich muß Barten sagen, daß ich begreife, was er mit drinnen und draußen meint und auch mit den schwierigen Wörtern dafür: interne und externe Motivation. Damit hat er vollkommen recht. Genau wie Johnny tue ich auch keinen Handschlag, wenn ich nicht einsehe, wozu. Außerdem muß ich ihn fragen, wie man es anstellt, so eine Arbeit schreiben zu können, denn das ist nun wirklich mal interessant, so etwas tun zu können. Eigentlich weiß ich schon, was er dann sagen wird. Daß das nun also etwas mit externer Motivation zu tun hat. Es dauerte eine ganze Weile, bevor ich einschlafen konnte. Als letztes ging mir noch durch den Kopf, daß ich mich doch nie trauen würde, Barten all das zu sagen, was ich ihm eigentlich sagen wollte.

3

Zuerst kam sie unregelmäßig, nach einem Jahr gar nicht mehr, und im November 1974, wenige Tage nach meinem neunzehnten Geburtstag, wurde ich um elf Uhr vormittags von Dr. van Dalfsen im Städtischen Krankenhaus mit einem Spekulum entjungfert. Es war angewärmt.

Es gibt Mädchen, die es schlechter treffen als ich. Bei der Lebensgeschichte, die sich bis dahin vollzogen hatte, fand ich, daß dieser Verlauf sehr gut zu mir paßte. Aus irgendeinem Grund stellen sich die Dinge bei mir nie so ein, wie sie von sich aus sein sollten.

»Hast du keine Schmerzen mehr?« hatte meine Mutter mich gelegentlich gefragt.

»Nein«, sagte ich dann.

»Na, so ein Glück.«

Ich verschwieg, daß ich auch keine Blutungen mehr hatte.

Das erzählte ich erst, als sie mich leicht verlegen fragte, ob sie mir nicht mal wieder Monatsbinden oder so mitbringen solle, und ich ihr antwortete, daß das nicht nötig sei, weil ich das Ganze wieder los sei.

»Wie, los?«

»Ich hab's nicht mehr.«

»Seit wann?«

»Ich weiß nicht. Eine Weile. Ein Jahr ungefähr, glaube ich.«

Der Hausarzt machte keinen Eingriff; er verschrieb mir nur eine Tablettenkur. Davon würde schon alles wieder in Gang kommen. Von innen her kam zwar nichts in Gang, äußerlich dagegen um so mehr. In kürzester Zeit setzte mein Körper vier Kilo Fleisch an, und ich erschrak, als ich unvorbereitet in einem Schaufenster mein Spiegelbild auffing. Anstelle des kleinen Hänflings lief da ein pummeliges Wesen, das ich eigentlich nicht kannte. In meiner Vorstellung wog ich noch siebenundvierzig Kilo, und was ich da hoppeln sah, paßte nicht zu diesem Gewicht.

Das komme von den Hormonen, sagte der Hausarzt und verschrieb mir noch eine zweite Kur.

»Das Mädchen möchte ich sehen, das darauf nicht anspricht«, meinte er, als er mir das Rezept reichte.

Nach einem weiteren blutungslosen Monat war ich auf dreiundfünfzig Kilo aufgeschwemmt, und der Hausarzt überwies mich ins Krankenhaus. Wenn ich Leute traf, die mich einen Monat lang nicht gesehen hatten, schämte ich mich.

Dr. van Dalfsen wäre sicher behutsamer mit mir umgesprungen, wenn er gewußt hätte, daß ich noch Jungfrau war, und hätte mich dann sicher nicht noch durch drei männliche Assistenten betasten lassen. Die einzige, die etwas merkte, war eine Krankenschwester, die am Kopfende meiner Liege stand und mir ab und zu den Schweiß von der Stirn wischte. Ich schloß sie sofort ins Herz, aber wenn ich ihr am nächsten Tag auf der Straße begegnet wäre, hätte ich sie nicht mehr wiedererkannt.

Man liegt aber auch in einer so lächerlichen Position da und fühlt sich so unwohl dabei. Insgeheim versuchte ich, meine Entjungferung zu genießen, und redete mir ein, daß dies ein wichtiger Augenblick in meinem Leben sei, egal wie. Indem sie mich wie eine Patientin mit ganz gewöhnlichen Beschwerden behandelte, half mir die Krankenschwester, den Genuß dieser außergewöhnlichen Initiation zu verbergen.

Wenn einem jemand in einer prekären Situation zu verstehen gibt, daß er mitempfindet und einem auf die eine oder andere Weise helfen möchte, überflutet einen eine solche Welle der Dankbarkeit, daß man im Gegenzug alles für denjenigen tun möchte. Wenn man aber so hilflos daliegt, wie ich dalag, sind einem die Hände gebunden, und aus lauter Hilflosigkeit überkommt einen dann Liebe.

Um sich so richtig zu verlieben, braucht man nur mal mit jemandem zusammen zu verunglücken oder sich zu zweit in einem Verschlag von ein mal einem Meter einsperren und von einem Halbirren als Geiseln nehmen zu lassen, das funktioniert garantiert. Gemeinsam in einem Boot sitzen und von einem Sturm überrascht werden, wirkt auch Wunder. Dann verliebt man sich sogar in jemanden, mit dem man sich nicht eine Sekunde lang aufhalten würde, wenn man bei vollem Verstand und das eigene Leben nicht in Gefahr wäre, sondern ganz normal und unbeeinträchtigt vor sich hinplätscherte.

Liebe und Angst haben miteinander zu tun, das kann gar nicht anders sein. Deshalb heißt es meiner Meinung nach auch, daß man gemeinsam in See sticht und in den Hafen der Ehe einläuft, weil man, sitzt man erst einmal gemeinsam in einem Boot, natürlich nicht mehr auskneifen kann und die Liebe einen ganz von selbst überkommt, wenn man so aufeinander angewiesen ist.

Das weite Gefühl zwischen meinen Beinen war nicht unangenehm, führte aber dazu, daß ich lief, als hätte ich stundenlang auf einem Pferd gesessen. Bevor ich wieder in die Umkleidekabine zurück durfte, hatte der Arzt mich gebeten, auf einem Stuhl Platz zu nehmen, weil er noch ein Formular ausfüllen müsse. Ich konnte an nichts anderes denken als daran, daß ich keine Unterhose anhatte, und weil ich doch ein wenig verliebt sein wollte in den Mann, der mich entjungfert hatte, wußte ich nicht, was ich auf seine Fragen antworten sollte. Deren Inhalt drang auch gar nicht zu mir durch. Er befühlte meine Hände, murmelte »naß« und notierte etwas auf dem Formular. Er stellte Fragen, erhielt keine Antwort und brummte daraufhin, daß da unten alles tipptopp in Ordnung sei und sich jetzt mal ein Kollege damit befassen solle, wie es da oben ausschaue.

Ich verstand nicht, was er meinte.

An meinem Kopf hatten sie schon mal herumgemacht, mit Kabeln und Strom, wovon ich nichts gespürt, was aber doch ein Ergebnis geliefert hatte, über das mein eigener Hausarzt froh gewesen war.

»Das Gehirn ist Gott sei Dank in Ordnung«, hatte er noch zu mir gesagt, und daß ich deshalb mal von innen untersucht werden müsse. Diese Worte hatten mich verblüfft, denn das hieß ja, daß eine Gehirnuntersuchung nicht als innere Untersuchung galt. Dabei konnte ich mir kaum eine Untersuchung vorstellen, die tiefer ins Innere ging, als wenn jemand mit Hilfe eines Apparates etwas darüber in Erfahrung brachte, wie das Gehirn in meinem Kopf arbeitete.

Während ich in der Umkleidekabine stand und mich anzog, klopfte jemand leise an die Tür und öffnete sie, ohne meine Reaktion abzuwarten.

»Ich denke, daß Sie das hier brauchen werden«, sagte sie und reichte mir eine Camelia.

Es stimmte. Ich hatte es noch nicht mal gemerkt.

Im gelb gefliesten Flur saß meine Mutter auf einer Holzbank. Sie wartete auf mich. Weder davor noch danach hat mich meine Mutter je mit einem so sanften Blick bedacht. Sie hatte Mitgefühl mit mir, das sah ich. Zu meiner Verwunderung schossen mir mit einem Mal die Tränen in die Augen. Das war sonderbar, denn ich wollte auf keinen Fall, daß meine Mutter sich um mich sorgte, aber es war mir viel zu kompliziert, ihr verständlich zu machen, daß sie kein Mitleid mit mir zu haben brauchte und meine Tränen nichts mit dem zu tun hatten, weswegen sie mich so ansah.

»Komm«, sagte sie und bot mir ihren Arm an, »wir gehen jetzt in *De Gulden Zwaan* ein leckeres Stück Kuchen essen.«

Mit vor Glück zugeschnürter Kehle lief ich neben ihr her, überwältigt von Dankbarkeit gegenüber dem Arzt und seinem Spekulum und gegenüber der Schwester und vor allem gegenüber meiner Mutter, die da auf der Bank im Krankenhaus gesessen und mich so angesehen hatte. Das einzige, was ich in dem Moment bedauerte, war, daß ich ihr nicht sagen konnte, weshalb ich so überglücklich war.

Sie erschrak allerdings sehr, als ich ihr erzählte, daß der Arzt mir gesagt habe, ich müsse mich jetzt einmal mit dem Psychiater des Krankenhauses unterhalten.

»Das ist sicher alles meine Schuld«, sagte sie.

Ich beteuerte, daß es reine Routine sei und zu der ganzen Untersuchung dazugehöre und daß sie sich keine Sorgen zu machen brauche, denn sie sei eine tolle Mutter, das fänden wir alle, und wir seien sehr froh über solche Eltern wie sie und Papa, die so viel für uns übrig hätten, und dafür seien wir ihnen auch alle sehr dankbar, auch wenn wir das nur schwer zeigen könnten, vor allem die Jungs, was aber nicht heißen solle, daß sie das nicht genauso empfänden, denn sie seien doch gute Jungs, auch wenn sie jetzt ein bißchen zu lange Haare hätten, sie nähmen ja keine Drogen und so, und sie kämen doch jedes Wochenende nach Hause, und das komme in anderen Familien so gut wie nie vor, daß Kinder, die schon aus dem Haus seien, weiterhin so treu und regelmäßig nach Hause kämen.

»Ja«, sagte meine Mutter, »vielleicht bin ich viel zu gutmütig gewesen.«

Bei unserer Rückkehr aus der Stadt erwartete mich in meinem Zimmer ein Strauß Wiesenblumen, den Ara mir hingestellt hatte. Neben der Vase lag ein zugeklebter Briefumschlag. Ich wartete, bis meine Mutter aus dem Zimmer gegangen war, ehe ich ihn öffnete und die darin steckende Karte las.

»Liebe Kit. Ich hoffe, daß der Arzt dir nicht weh getan hat. Das könnte ich nicht ertragen. Es ist nicht schön, das beim ersten Mal auf künstlichem Wege zu erleben. Natürlich ist es schöner. Ich denke schon den ganzen Tag an dich. Ara.«

Ara begriff es auch nicht. Aber das machte nichts. Wahrscheinlich war es ja auch etwas Eigenartiges bei mir, daß ich stark bezweifelte, ob es mir auf natürliche Weise besser gefallen würde als künstlich.

»Sie kann ja wirklich ganz lieb sein, manchmal«, sagte meine Mutter, nachdem ich wieder unten war, aber als ich meinen Mantel anzog und Anstalten machte, Ara gleich aufzusuchen, war sie wohl ein bißchen beleidigt, weil wir beide doch einen so besonderen Nachmittag verlebt hatten, und nun dachte sie wohl, daß ihre Gesellschaft mir nicht genügte.

»Ara, Ara und immerzu Ara«, sagte sie pikiert. »Sie braucht nur Pieps zu sagen, und schon bist du völlig aus dem Häuschen. Du läufst ihr nach, Kit. Die Blöße solltest du dir nicht geben.«

Ich dachte daran, wie meine Mutter dort im Krankenhaus gesessen und auf mich gewartet hatte, und beschloß, ihr recht zu geben.

Sie hatte auch recht, aber mir machte das nichts aus. Ara konnte sich nun mal viel besser beherrschen als ich, und sie war stolzer und unabhängiger als ich.

Ich bin schrecklich abhängig von Ara, glaube ich. Meine Mutter sagt, das liegt daran, daß ich zu sehr auf eine Person bezogen bin und nur noch Ara im Kopf habe und allen anderen Freundinnen allzu deutlich zu verstehen gebe, daß sie zwar gern mit mir befreundet sein können, aber immer das fünfte Rad am Wagen bleiben werden, weil ich ja Ara habe.

Es ist schon vorgekommen, daß ich, wenn ich früh von der PH zurück war und genau wußte, daß Ara auch zu Hause war, eine ganze Stunde gewartet habe, um zu testen, ob Ara einmal die Initiative ergreifen und mich besuchen würde, weil sie sich genauso nach mir sehnte wie ich mich nach ihr und den Gedanken, daß ich bei mir zu Hause hocke und sie bei sich, wo wir schon eine ganze Stunde zusammen hätten verbringen können, unerträglich fand. Es funktionierte nie. Ara kam nicht. Nach einer Stunde hielt ich es nicht mehr aus und ging leicht eingeschnappt zu ihr.

»Warum bist du denn nicht zu mir gekommen?« fragte ich dann.

»Wieso?«

»Ich bin schon eine Stunde zu Hause.«

»Weiß ich.«

»Warum bist du dann nicht gekommen?«

»Ich weiß doch, daß du kommst«, sagte Ara dann und lächelte ihr mysteriöses, mächtiges Lächeln.

»Aber hast du denn nicht das Bedürfnis, mich gleich zu sehen?«

»Nein«, sagte sie, ohne eine Miene zu verziehen. »Ich brauche dich nicht unbedingt zu sehen. Du bist auch so immer bei mir.«

Das ist einer der Gründe, weshalb ich Ara so bewundere. Sie kann, ohne mit der Wimper zu zucken oder rot zu werden, Dinge von sich geben, die man selbst für ungehörig hält, weil sie so knallhart oder so superromantisch sind.

»Ach, ich bleibe wohl doch besser hier«, sagte ich zu meiner Mutter und zog meinen Mantel wieder aus. Ich war plötzlich sehr müde, und mir war ein wenig übel. Das habe ich öfter, wenn ich nicht weiß, was ich tun soll, weil ich zwei Dinge gleichzeitig will.

»Sehr vernünftig, Kind«, sagte meine Mutter. »Du hast es doch gar nicht nötig, jemandem nachzulaufen. Laß sie ruhig zu dir kommen. Bleib mal schön hier, dann koche ich uns noch eine Tasse Kaffee. Oder soll ich dir eine heiße Schokolade machen? Im Kühlschrank steht auch noch so eine kalorienarme Nachspeise, von meiner Diät, aber die kannst du gern haben, wenn du Appetit darauf hast.«

Seit ich Diät halte, denke ich nur noch ans Essen, und seit ich ans Essen denke, werde ich nur noch dicker. Von jedem Keks, jeder Scheibe Brot oder Aufschnitt, jedem Gramm gedünstetem oder gebratenem Fleisch, von jeder Kelle Gemüse und Kartoffeln und von jedem Stück Obst, Schokolade oder Torte weiß ich mittlerweile, wieviel Kalorien darin sind.

Ich kann mir nichts mehr in den Mund stecken, ohne dabei auch einen Zahlenwert mitzuessen.

Ist mir der Zahlenwert, der zu einem bestimmten Lebensmittel gehört, nicht bekannt, wage ich nicht, es zu essen; ich muß erst wissen, wieviel Kalorien mir das einbringt.

In dem Moment, als ich darüber zu staunen begann, daß Chrisje einfach drei Teller Pommes mit Mayonnaise und einer extragroßen Frikadelle (mindestens 1600 Kalorien) essen konnte, ohne gleich dick davon zu werden, während ich mich mit einer Handvoll Fritten begnügte, die Mayonnaise gegen Mixed Pickles eingetauscht hatte und die Knackwürste gegen eine saure Gurke, so daß mir die ganzen Pommes vermiest waren, fing ich auch an zu begreifen, wo der Fehler lag. Erst recht, als ich eine Stunde nach dem Essen alle kalten Frikadellen aufaß, die noch übrig waren, weil meine Mutter sich nicht daran gewöhnen konnte, daß sie viel kleinere Portionen zuzubereiten brauchte, seit die Jungs aus dem Haus waren.

Man wird nicht dicker vom Essen, wenn man nicht schon dick ist.

Es hat nämlich nichts mit dem Essen an sich zu tun, sondern mit dem Verbot, das man sich selbst auferlegt hat.

Ich mußte einfach aufhören, ständig an verbotenes Essen zu denken.

Aber das ging zu dem Zeitpunkt schon nicht mehr.

Noch ein Jahr lang konnte ich nichts essen, ohne dabei gleichzeitig ans Essen zu denken. Und damit meine ich nicht, daß ich daran dachte, ob es mir schmeckte oder nicht, sondern daß ich in Relation setzte, wie gut das Essen war und mit wieviel Kalorien dieser Genuß in etwa zu Buche schlug.

Ich habe damit aufgehört, die Kalorien zu zählen, weil ich aufgehört habe, dem Essen die Schuld zu geben.

Das Essen ist schuldlos.

Nur Menschen können Schuld haben.

Was ich noch nicht wußte, war, daß ich aufhören mußte, an Essen zu denken, wenn ich *nicht* aß. Dann konnte man vielleicht ans Kochen denken, an den Einkauf von Zutaten und wie man die alle kombinieren würde, und man konnte sich auf die bevorstehenden Gaumenfreuden freuen, aber man durfte nicht an das Essen selbst denken. Ans Essen zu denken, wenn man nicht ißt, gehört nämlich zu den wesentlichen Elementen der Sucht und der Obsession, aber das wußte ich damals noch genausowenig, wie ich wußte, daß ich als Wissenschaftlerin eines Tages die Sucht zu meiner Obsession machen würde.

Ara war verblüfft, als ich ihr erläuterte, wie sich das mit dem Dickerwerden durch Diäten und dem Denken an verbotenes Essen verhielt.

»Hast du denn früher nie ans Essen gedacht?« fragte sie.

»Nicht, daß ich wüßte«, sagte ich.

Sie sagte, daß sie seit ihrem fünften Lebensjahr den ganzen Tag an nichts anderes als ans Essen denke und es unvorstellbar für sie sei, daß andere nicht auch ständig ans Essen dächten.

»Wenn ich morgens wach werde, ist meine erste Sorge, ob ich mich heute wohl beherrschen kann, ob es mir heute wohl gelingen wird, nicht zuviel zu essen. Und dann esse ich beim Frühstück eine Scheibe zuviel, und schon ist der ganze Tag hin. Dann hat wieder das Brot gewonnen, und dann gewinnt das Essen auch für den Rest des Tages.«

Zum erstenmal begann mir aufzugehen, daß zwischen

Ara und mir ein Unterschied bestand, ein Unterschied, der sich bei mir seit Jahren in Form eines Strudels im Kopf oder einer gegenläufigen Bewegung im Magen bemerkbar machte, wann immer Ara etwas für mich Unfaßliches behauptete, doch nie zuvor hätte ich sagen können, was der eigentliche Auslöser war. Als Ara nun von ihrem tagtäglichen Kampf gegen das Essen erzählte, begriff ich plötzlich, daß ihr Erklärungsansatz genau das Gegenteil von dem war, was ich über das Wieso und Warum von so etwas wie meinetwegen dem Essen dachte, und wir demnach in der Frage von Ursache und Wirkung meist völlig gegensätzlicher Auffassung waren.

Ich zögerte, ob ich ihr sagen sollte, was mir gerade durch den Kopf ging, ob ich es in noch unausgereiftem Stadium sofort an sie weitergeben und sie damit beglücken sollte, oder ob ich es noch eine Weile für mich behalten sollte, so daß ich über diesen Gedanken brüten konnte und sie insgeheim besser verstehen würde. Das Verschweigen eines Gedankens brachte mir bei Ara fast genausoviel ein wie dessen Unterbreitung, denn sie spürte haargenau, wenn ich insgeheim etwas über sie in Erfahrung gebracht hatte, und zu wissen, daß ich über sie nachdachte, machte sie stolz und liebevoll, auch wenn sie den Inhalt meiner Gedanken nicht kannte.

»Das Essen ist dein liebster Feind, Ara«, schrieb ich an diesem Abend in mein Notizheft. »Du betrachtest es als ein launisches und unberechenbares Etwas, das dich von außen belauert und bedroht, etwas Verführerisches, dem du verfallen bist. Anstatt das Essen als etwas zu sehen, das du unter Kontrolle und in deiner Macht haben kannst, als etwas, das du wollen oder verweigern kannst, von innen heraus, betrachtest du es als etwas, das die Macht übernommen hat und dich beherrscht. Du kämpfst dagegen, als bestünde es von dir losgelöst und hätte nichts mit dir zu tun. Aber vielleicht ist das ja gerade der Sinn der Sache. Vielleicht soll das Essen dazu dienen, etwas nach außen zu verlegen, was nach innen gehört.

(Das klingt allerdings ziemlich verrückt.)

Wenn du gegen etwas kämpfst, kannst du gewinnen oder verlieren, und du denkst, daß das Essen gewinnt. Meiner Meinung nach ist es aber ein Teil von dir selbst, ein inwendiger Feind, der jeden Tag aufs neue triumphiert. Wer dieser Feind ist, weiß ich nicht. Du auch nicht, fürchte ich.«

»Bis vor kurzem habe ich nie ans Essen gedacht«, sagte ich an diesem Nachmittag.

»Es muß schön sein, nicht ans Essen denken zu müssen«, sagte sie.

»Ja, das hatte wirklich sein Gutes«, sagte ich.

4

Ich war dann noch ganz schön aufgeregt vor diesem Besuch beim Psychiater. Eigentlich bin ich es auch nicht gewöhnt, daß mich jemand über mich selbst befragt, denn nicht einmal Ara tut das oft. Ara und ich denken meistens, daß wir alles voneinander wissen, auch ohne daß wir darüber reden. Fragt sie aber doch mal bei irgendwas nach, dann winde ich mich vor Verlegenheit, und es fällt mir unheimlich schwer, ihr eine ehrliche Antwort zu geben. Richtig dumm ist das von mir, denn im nachhinein bin ich immer sehr glücklich darüber, daß sie den Mut aufgebracht hat, etwas anzusprechen, das sich zwischen uns aufgebaut hatte, und damit wieder alles ins reine bringt. Noch dazu enden solche schwierigen Gespräche unter Garantie damit, daß man einander wieder einmal zu verstehen gibt, wie sehr man sich doch mag, und dann kann ich ihr auch ohne Umschweife sagen, daß unsere Freundschaft für mich das Schönste im Leben ist, und manchmal bin ich sogar derart erleichtert, daß ich zu ihr sage, ich hätte keine Freude am Leben, wenn ich sie nicht hätte. Das ist vielleicht noch gar nicht mal so übertrieben, ich weiß es nicht, aber es stimmt natürlich auch, daß man ein bißchen dick aufträgt, wenn man gerade so glücklich ist.

Ara ist wesentlich ruhiger als ich. Die sagt, ohne mit der Wimper zu zucken, daß wir füreinander bestimmt sind und niemand je etwas daran ändern könnte. Daß sie das weiß.

»Wir sind Schicksal füreinander«, sagt Ara.

Dem pflichte ich dann zwar mehr oder weniger bei, vor allem weil ich Ara nicht entmutigen möchte und sie sich mit genau der Gewichtigkeit ausdrückt, die ich so sehr schätze, wenn es um unsere Freundschaft geht, aber rundheraus zustimmen kann ich nicht, weil das Schwindelgefühl in meinem Kopf mir sagt, daß ich eigentlich etwas anderes denke.

»Ja«, sage ich zu Ara, »ich glaube auch, daß wir Schicksal füreinander sind, aber unser Schicksal hat eine Logik.«

»Wie meinst du das, Kit?« fragt Ara.

»Du bist ein bewußt gewähltes Schicksal«, sage ich.

Nur die eigene Familie ist wirklich Schicksal.

Alle anderen Menschen, mit denen man sich, über die eigenen Blutsverwandten hinaus, in seinem Leben zusammentut, sind nicht Schicksal, sondern freie Wahl. Jede Wahl hat ihre Geschichte und ihre Logik, auch wenn die zu einem guten Teil persönlich, unergründlich und bisweilen nicht mehr nachvollziehbar ist.

Das Schicksal ohne Logik bleibt dem Leben so lange fern, bis man es aus freiem Willen wiederholt und selbst eine Familie gründet. Doch genau das wollte ich nicht.

So sagte ich das auch dem Psychiater.

Er fragte mich, ob vor einem Jahr vielleicht etwas vorgefallen sei, was Ursache für das abrupte Aussetzen der Monatsblutungen gewesen sein könnte.

Ich erzählte ihm, ich fürchtete, selbst die Ursache dafür zu sein, daß die Blutung nicht mehr kam, weil ich mir das so sehr gewünscht hätte, und daß der Geist, wenn man sich etwas so sehr wünscht, wahrscheinlich stark genug sei, etwas im Körper zu verändern.

Vor gut einem Jahr hatte ich unseren Hausarzt aufgesucht. Da ich meiner Mutter nichts davon gesagt hatte, bangte ich die ganze Zeit, es könnte jemand ins Wartezimmer kommen, der meiner Mutter erzählen würde, er habe mich beim Arzt sitzen sehen. Meine Eltern würden sicher nicht gerade entzückt darüber sein, daß ich mich sterilisieren lassen wollte, dachte ich mir.

Unser Hausarzt mußte ein bißchen lachen, als ich ihn darum bat, mir eine Überweisung fürs Krankenhaus auszustellen, denn ich wolle mir die Gebärmutter herausnehmen lassen, weil ich ohnehin nichts damit anfangen könne. Ich sei überzeugt, sagte ich ihm, daß ich niemals Kinder haben wolle, und da ich so überzeugt davon sei, habe es nicht den geringsten Sinn, jeden Monat solche Schmerzen auszuhalten, denn es sei zwar nicht schlimm, Schmerzen auszuhalten, wenn man ihre Notwendigkeit einsehe, aber wenn man doch so felsenfest überzeugt sei, daß man seine Gebärmutter nicht brauche, auch nicht für später, dann könne man sich doch besser gleich alles herausnehmen lassen, da schaffe man doch mehr Klarheit, für sich selbst, weil das, was man vom Verstand her wolle, dann wieder besser damit übereinstimme, wie der Körper sich verhielt. Jetzt sei ich jeden Monat eine Woche lang aus dem Takt und mindestens zwei Tage völlig lahmgelegt, weil ich weder sitzen noch laufen noch radfahren könne vor Schmerzen, und das nur, weil mein Körper unbedingt einem ehernen Gesetz zu gehorchen habe und sich stets wieder auf ein Ereignis vorbereite, von dem ich nicht wolle, daß es jemals stattfinde, nein, niemals. Das Ganze habe keinerlei Nutzen, sagte ich. Blutungen seien bei mir eine Farce.

»Ich habe Sie mit meinen eigenen Händen zur Welt gebracht«, sagte der Arzt.

Ich fand es unfair von ihm, mit so etwas Sentimentalem daherzukommen. Um ihm zu verstehen zu geben, daß ich meiner Sache sicher war, es ganz ernst meinte und mich nicht beirren ließ, entgegnete ich kühl, daß ich mich zwar nicht mehr daran erinnern könne, jedoch davon gehört hätte, und daß ich nicht zu ihm gekommen sei, damit er meinem Leben ein Ende mache, sondern weil ich von meiner nutzlosen und schmerzenden Gebärmutter befreit werden wolle.

Auf seine Frage, weshalb ich so sicher sei, daß ich niemals Kinder haben wolle, war ich vorbereitet und spulte meine Argumente ab, als würde ich im Unterricht abgefragt. Als ich bei dem Argument angelangt war, daß, sollte ich später wider Erwarten doch noch einen Kinderwunsch verspüren, ja genügend bedauernswerte Kinder herumliefen, die man durch eine Adoption glücklich machen könne, unterbrach er mich.

»Wenn Sie etwas älter sind, werden Sie begreifen, daß es beim Kinderkriegen noch um etwas anderes geht. Man will gerade deshalb eigene Kinder, weil man dann ein Stück von sich selbst hat, weil man dann in seinen Kindern weiterleben kann.«

»Aber das ist ja gerade das Egoistische«, sagte ich entrüstet, und daß mir das genauso zuwider sei wie all diese Leute, die ein Kind nach dem anderen in die Welt setzten, ohne eigentlich etwas damit anfangen zu können, nur weil sie sich von irgend so einem blöden Instinkt leiten ließen, der die Menschen dazu verdonnert, sich blindlings fortzupflanzen, und die dann all diesen armen Kindern ein Leben aufhalsten, um das diese nicht gebeten hätten und das noch dazu verdammt schwer sei, fast zu schwer für die Menschen, für Kinder *und* Eltern, daß es so gut wie unmöglich sei, sich gegenseitig glücklich zu machen, erst recht wenn man sich wirklich liebe, und daß im Grunde alle aneinander litten und man sich schreckliche Sorgen umeinander mache, daß ich das alles ungeheuer egoistisch fände.

»Die menschliche Natur ist egoistisch«, sagte der Arzt gelassen. »Das Blut geht seine eigenen Wege.«

Ich sagte ihm, man könne sich auch gegen die Natur auflehnen und brauche den Gesetzen des Blutes nicht unbedingt zu gehorchen, und man täte besser daran, die Sorge für ein Kind auf sich zu nehmen, das nun schon mal da und von seinen Eltern im Stich gelassen worden sei, da habe man diese Existenz selbst zumindest nicht zu verschulden und könne das Leben eines solchen Kindes nur bereichern, und man könne sich, wenn es darum ging, selbst in irgend etwas weiterzuleben, wohl noch andere Mittel und Wege dafür ausdenken.

»Welche denn?« fragte der Arzt ruhig.

»Kunst zum Beispiel«, antwortete ich.

»Bücher und Bilder sind ja wohl etwas anderes als lebende Wesen.«

»Eben. Die kann man also auch nicht unglücklich machen.«

»Wie alt sind Sie jetzt?«

»Achtzehn.«

Der Arzt verschob die vor ihm liegenden Papiere. Mich beschlich das Gefühl, meinen ersten Rechtsstreit verloren zu haben, und ich konnte kaum noch die nötige Konzentration aufbringen, mir sein Schlußplädoyer anzuhören. Es gebe keinen Arzt in den Niederlanden, der eine kerngesunde Achtzehnjährige ohne dringliche medizinische Indikation sterilisieren würde, in ein paar Jahren werde das Leben für mich anders aussehen, und er wolle mir die

Möglichkeit lassen, in dieser Hinsicht noch einige Male in meinem Leben in Zweifel geraten zu können.

Einige Stunden nach diesem Besuch empfand ich zwar eine gewisse Erleichterung, weil ich mich keiner Operation zu unterziehen brauchte, aber meine Wut verebbte erst am späten Nachmittag, als ich, über mein Notizheft gebeugt, Trost in einer schönen Formulierung fand und meine Gebärmutter in *das Organ meines Zweifels* umtaufte.

Am selben Nachmittag hatte sich auch dieser unangenehme Vorfall mit Karel abgespielt, und ich fragte mich, ob ich dem Psychiater auch davon erzählen sollte.

Karel war ein Freund von Makkie. Bevor Makkie in die Stadt zog, spielten sie zusammen in einer Band und hockten stundenlang im Zimmer von den Jungs, um Musik zu hören. Sie hatten permanent den Blues, lasen Jack Kerouac und trampten im Sommer quer durch Europa. Ich hatte nie bemerkt, daß Karel in mich verliebt war. Ich dachte, die Freunde meiner Brüder könnten sich nicht in mich verlieben, weil ich innerhalb der Wände unseres Hauses nur Tochter und Schwester war, also nicht so sehr ein Mädchen. Es war auch sehr schwer, die Freunde meiner Brüder als normale Jungen zu betrachten, denn in meinen Augen waren sie in erster Linie Freunde, und aus diesem Grund kamen sie für mich nicht in Frage.

Einige Monate zuvor hatte Karel mich gefragt, ob ich seine Freundin werden wolle, denn er sei schon jahrelang in mich verliebt.

Ich habe mal eine dicke Spinne hinter dem Schrank in

meinem Zimmer entdeckt. Das hat mich damals furchtbar aufgebracht und angeekelt, aber nicht so sehr, weil ich schreckliche Angst vor dieser Spinne hatte, sondern vielmehr weil mich der Gedanke nicht losließ, daß sie womöglich schon monatelang dort gesessen und mich belauert hatte, ohne daß ich davon wußte.

Genauso aufgebracht und angeekelt war ich auch bei Karels Antrag. Anstatt mich geschmeichelt zu fühlen, wurde ich wütend. Ich fühlte mich verraten und in meinen eigenen vier Wänden heimlich beobachtet. Er hatte sich mich doch tatsächlich angeschaut wie ein Mädchen, das zu haben war. Daß ihn meine Zurückweisung traurig machte, kratzte mich angesichts dessen nicht im geringsten.

In den Monaten nach seinem Antrag sorgte ich dafür, daß ich nicht da war, wenn er Makkie am Wochenende besuchte. Die Male, als er überraschend hereinschneite, sah ich zu, daß ich so schnell wie möglich aus dem Haus kam. Makkie war in der Beziehung sehr lieb.

An dem Tag, als ich bei unserem Hausarzt gewesen war und in meinem Zimmer saß, um in dem Notizheft zu schreiben, klopfte es an meiner Tür. In der Annahme, daß niemand außer meiner Mutter und Chrisje zu Hause war, schlug ich leise mein Notizheft zu, schob es unter ein Lehrbuch und sagte: »Herein.«

Ich erschrak vor allem über das Gesicht von Karel. Er war leichenblaß, hatte weit aufgerissene, gerötete Augen, und seine Stirn glänzte vor Schweiß. Er hatte sich Bart und Schnurrbart wachsen lassen; Schnurrbärte finde ich ja mitunter noch ganz annehmbar, aber Vollbärte sind mir richtig zuwider. Karels Lippen zitterten, als er sagte, daß er es ein letztes Mal bei mir versuchen wolle, daß er keine andere Frau wolle als mich, daß er seit Monaten depressiv sei, sich in ärztlicher Behandlung befinde, Beruhigungs- und Schlaftabletten schlucke und sich etwas antun werde, wenn ich ihm wieder einen Korb geben würde.

»Ich hab die Tabletten bei mir«, sagte er und zog mit bebenden Händen ein paar Schachteln und ein Röhrchen hervor.

Weil ich im Sitzen nirgendwohin ausweichen konnte und mein Rücken ungeschützt war, stand ich ruckartig auf und wandte ihn dem Fenster zu. Ehe ich Karels Absicht erkennen konnte, hatte er mich umklammert und schluchzend den Kopf an meinen Hals gelegt. Seine Barthaare kitzelten an meiner Wange, und voller Ekel spürte ich, wie es an meinem Ohr naß wurde von seinen Tränen und seinem Speichel. Weinend flehte er mich an, ich solle ihn berühren und lieb zu ihm sein, das könne ich bestimmt, denn er sei sich sicher, daß ich das liebste Mädchen der Welt sei, daß er ohne mich nicht mehr leben könne und daß ich ihn auch lieben würde, wenn ich ihn erst mal besser kennenlernte, denn ich liebte doch auch einen so schwierigen Menschen wie Ara, das sehe er doch.

Ich konnte nichts sagen.

Ich konnte mich auch nicht mehr bewegen.

Ich haßte ihn.

Meine Mutter hatte aus Gewohnheit an die Tür geklopft, wartete jedoch nicht auf meine Erlaubnis und kam ins Zimmer gestürmt. Sie hatte die Situation im Nu erfaßt, sah mich besorgt an und nahm Karel bei den Schultern, um ihn von mir zu lösen.

Meine Mutter ist nicht der Typ, der gern knuddelt oder sich knuddeln läßt, und man kann ihr schon gar nicht einfach so um den Hals fallen, deshalb steigerte sich mein Abscheu noch, als Karel sich nun an meine Mutter hängte und sie anflehte, ihn festzuhalten. Über seine Schulter hinweg nickte sie mir zu. Mit ein paar Grimassen signalisierte sie mir, daß sie schon alles klären würde und ich mich lieber aus dem Staub machen sollte.

Ich fürchtete viel zu sehr, daß Karel meiner Mutter etwas antun könnte, und wagte daher erst wegzugehen, als meine Mutter ungeduldig wurde und mir ärgerliche Zeichen gab, ich solle mich verziehen. Als ich mein Zimmer verließ, schnappte ich noch auf, wie sie zu ihm sagte, er könne nicht nur eine Handvoll, sondern ein Land voll haben, ein Spruch, den sie, mit der Variante, daß man zehn an jedem Finger haben könne, auch mir gegenüber bestimmt schon tausendmal losgelassen hatte, was mich immer furchtbar ärgerte, jetzt aber rührte.

Ich habe dann im Wohnzimmer gewartet, bis sie nach unten kamen. Es dauerte zehn Minuten. In dieser Zeit habe ich mir die Fingernägel blutig gekaut. Nägelkauen ist eine schlechte Angewohnheit, die wir zu Hause alle hatten, außer meiner Mutter, und seit er Gitarrespielen gelernt hatte, tat Makkie es auch nur noch zu fünfzig Prozent. Bei ihm waren zumindest rechts Nägel dran, und meine Mutter kaute nicht auf den Nägeln. Hatte sie auch nie getan.

»Ich weiß nicht, ob das alles was damit zu tun hat«, sagte ich zu dem Psychiater, »aber ich erzähle es Ihnen einfach mal.«

»Es ist ganz gewiß von Bedeutung«, sagte der Psychiater, während er einen Blick auf meine Hände warf. »Denken Sie nicht auch, daß es Ihnen außerordentlich unangenehm ist, als Frau begehrt zu werden?«

Es dauerte eine Weile, ehe ich begriff, was er meinte.

»Denkst du, daß es mir unangenehm ist, als Frau begehrt zu werden?« fragte ich Ara nachmittags.

Ara kennt sich in vielem besser aus als ich, vor allem in Frauendingen und so, in Dingen eben, die natürlich sind, weil sie bei allen Menschen vorkommen und Ara zufolge etwas mit dem Körper zu tun haben. Den schmückt sie auch. Ara benutzt Parfüm und viel Make-up, vor allem auf den Augen. Sie zieht mit einem Stift einen dicken schwarzen Strich auf dem oberen Augenlid, läßt den zu einer feinen Spitze an ihrer Schläfe auslaufen und verbindet das Ende dieser Linie mit dem dünnen Strich, den sie unter ihrem Auge zieht. Die Kunst des Stricheziehens habe sie bei Cleopatra abgeguckt, sagt sie, aber über dem Spiegel in ihrem Zimmer hängt eine Ansichtskarte mit Sophia Loren, und die hat auch solche Augen. Meiner Meinung nach glaubt Ara sogar, daß sie Sophia Loren ein bißchen ähnlich sieht, was überhaupt nicht stimmt, aber das sage ich ihr nicht.

Das Gesicht schminken gehört also zu den Dingen, von denen Ara behauptet, sie seien für Frauen ganz natürlich. Sie hat mir beigebracht, wie man sich Mascara auf die Wimpern schmiert, und wenn ich daran denke, tue ich es auch, aber ich murkse nicht so gern an mir herum wie Ara. Als ich es zum erstenmal unter ihrer Aufsicht machte, kriegte sie sich gar nicht mehr ein vor Lachen, denn während es bei Ara aussieht wie im Film, wirkt es bei mir immer furchtbar stümperhaft, wenn ich mir das Gesicht anmale, weil ich von Natur aus keine Eleganz habe.

Seit Ara sich die Augen so schwarz anpinselt, bin ich, was meine Meinung über ihr Make-up betrifft, einigermaßen zwiespältig, und wenn man zwiespältig ist, kann man sich nur schwer äußern, denn wenn man zwei Dinge gleichzeitig sagen will, kann man genausogut gleich den Mund halten, finde ich, man stiftet damit nur Verwirrung bei anderen, während man sich im Grunde selbst in irgendwas verheddert hat und einfach noch etwas länger nachdenken muß, bevor man weiß, was man wirklich von der Sache hält.

Wenn jemand schon anfängt mit so einer Bemerkung, daß alles zwei Seiten hat, klinke ich mich sofort aus, denn das ist für mich eine derart gräßliche Platitüde, daß sich mir jedesmal der Magen umdreht, wenn ich das höre, und man hört es wirklich sehr oft. Meistens sagen die Leute, daß etwas zwei Seiten hat, wenn sie einen glauben machen wollen, daß sie über irgend etwas reiflich nachgedacht haben und nach jahrelangem Grübeln zu einer weisen Ansicht gekommen sind, während sie in Wahrheit viel zu faul zum Nachdenken sind und schlichtweg keine eigene Ansicht haben, denn daß eine Sache meistens zwei Seiten hat, sieht doch jedes Kind, und darum geht es doch auch gar nicht, es geht darum, welche Seite man betrachtet und was man davon hält, ob man die Vorderseite schöner, besser, wertvoller und wichtiger findet als die Rückseite und welche Seite man für wert hält, daß man sich für sie entscheidet.

Solange ich also selbst noch hin- und hergerissen bin, weil es mir einerseits gefällt, daß Ara sich so auffällig zurechtmacht, und ich es andererseits abscheulich finde, muß ich noch länger nachdenken, denn dann habe ich irgend etwas noch nicht richtig begriffen.

Mag man sich etwas auch noch so scheußlich ausgemalt haben, es gibt garantiert noch eine scheußlichere Variante. Wenn ich das Gefasel über die zwei Seiten einer Sache auch wirklich ganz, ganz schrecklich finde, so ist es immer noch viel schlimmer, finde ich, wenn das stillschweigend geschieht, wenn also jemand gewissermaßen zwei Dinge gleichzeitig behauptet, und das so raffiniert, daß man es kaum mitbekommt und infolgedessen nicht weiß, weshalb man plötzlich ganz ratlos wird vor Nervosität und unschlüssig im Kreis herumgeht, weil man nicht mehr weiß, ob man nun vor- oder zurücklaufen soll.

Auf der PH habe ich gelernt, daß das passiert, wenn jemand in einem Atemzug von einem verlangt, man solle gleichzeitig vor- und zurücklaufen. Und das geht natürlich nicht.

Seit dem ersten Tag auf der PH weiß ich, daß ich niemals Lehrerin werden will, aber zum erstenmal in meinem Leben lerne ich Dinge, mit denen ich etwas anfangen kann. Didaktik und Pädagogik sind an sich keine berauschenden Fächer, aber es gibt einige interessante Teilgebiete. Entwicklungspsychologie zum Beispiel, das ist ein sagenhaftes Fach, darüber kann ich gar nicht genug Bücher von der Bibliothek heranschleppen. In einem dieser Bücher habe ich auch das Wort gefunden, das genau ausdrückt, was ich meine, wenn ich mit den Nerven am Ende bin, weil jemand eine Bemerkung gemacht hat, die mich völlig blockiert, weil sie zwei Seiten hat.

Das Wort versetzte mich derart in Aufregung, daß ich mit dem Lesen aufhören mußte, es machte mich einfach überglücklich, daß es dieses Wort gibt. Wie ein tollwütiger Hund sprang ich durch mein Zimmer und tanzte um das Buch herum, das ich erst wieder aufzuschlagen wagte, als die Erregung in meinem Kopf ein bißchen abgeklungen war, denn ein solches Maß an Verstehen war fast zuviel für mich, das konnte ich nicht in einem Rutsch bewältigen. Es paßte fast nicht in mich hinein, so fühlte sich das an.

Ich hatte erstmals seit langem keinen sinnlosen Hunger mehr.

Die erste, der ich das damals erzählt habe, war Ara.

Ich mußte nicht nur an sie loswerden, daß ich ein Wort gefunden hatte, durch das ich auf einen Schlag ganz viel begriffen hatte, sondern ich mußte ihr auch unbedingt von dieser großen Erregung erzählen, daß ich fast nicht mehr hatte atmen können vor Glück und es in meinem Bauch, Magen und Kopf derart rumort hatte, daß ich plötzlich auch wußte, daß man vor Glück tatsächlich platzen kann.

Ara ist sowieso die einzige, die wirklich versteht, was ich meine, und mit niemandem rede ich lieber über das, was ich lerne und mir zurechtdenke, als mit ihr. Wenn Ara einem zuhört, zeigt sie sich von ihrer besten Seite, und man würde am liebsten stundenlang weiterreden, nur weil sie dann so sanft und dankbar dreinschaut und den Blick wirklich nicht eine Sekunde von einem abwendet und man dann so richtig spürt, daß man Menschen durch ein bißchen mehr Wissen glücklich machen kann und man jemandem wirklich etwas damit gibt, wenn es auch nur Worte sind, die man nicht festhalten kann.

Sie ist selbst sehr lernbegierig, aber ein Buch lesen kostet sie fünfmal so viel Zeit und Mühe wie andere, und daher findet sie es schön, wenn ich ihr erkläre, was in den Büchern steht, die ich lese. Das Verrückte an Ara ist, daß vieles, was sich mir als etwas völlig Neues offenbart, für sie ganz selbstverständlich zu sein scheint.

Ich glaube, daß sie von sich aus weise ist, und ich nicht. Ara sieht sich die Welt und die Menschen einfach gut an, während ich immer Geld auf der Straße finde und nicht mitbekomme, was um mich herum passiert, weil ich immer noch keinen Schritt machen kann, ohne dabei auf den Boden zu starren, obwohl ich die Zeit des Liniengehens inzwischen hinter mir gelassen habe. Von Tieren lernt sie auch viel, denn ich kann mit den spektakulärsten Theorien daherkommen, sagen wir mal darüber, wie Kinder sich die Grundlagen der Mathematik erschließen, es kann noch so etwas Verrücktes sein, Ara weiß immer noch eins draufzusetzen, indem sie ein balinesisches Ferkel oder dergleichen anführt, wie das die Zitzen der Mutter findet, daß das vergleichbar sei mit dem Erlernen von Mathematik. Das paßt mir zwar nicht immer, aber ich verstehe, daß Ara etwas besser erfassen kann, wenn sie es mit eigenen Augen gesehen hat, oder wenn sie es mit etwas in Zusammenhang bringen kann, von dem sie viel weiß.

Weil ich's nicht so mit Tieren hab, bin ich froh, wenn ich mal was lerne, bei dem mit Sicherheit kein Aal, keine Ratte und kein Schimpanse zum Vergleich herangezogen werden kann, weil es etwas ist, das ausschließlich Menschen tun oder können.

Das ist ohnehin das einzige, was mich wirklich interessiert.

Double-bind war so durch und durch menschlich, das kam bei Tieren nicht vor, dessen war ich mir sicher, und daher hatte ich mich damals besonders darauf gefreut, Ara haarklein zu erläutern, was das war und weshalb ich glaubte, schon mein Leben lang darunter zu leiden, auch ihretwegen.

»Ich glaube schon, daß es dir gefällt, als Frau begehrt zu werden«, sagte Ara gelassen, »aber du möchtest eher deines Verstandes als deines Körpers wegen begehrt werden, und das ist bei den meisten Frauen anders.«

Das ist typisch Ara. Sie schwimmt gegen den Strom und sagt genau, was sie denkt, mag auch ein Psychiater etwas anderes gesagt haben. Am allerschönsten finde ich, daß ihre Bemerkungen so wohlüberlegt sind, als ob sie schon früher darüber nachgedacht hätte, wie sich das bei mir mit der Begierde und mit meinem Körper verhält. Sie sagt, daß das auch zutrifft, daß sie immer über mich nachdenkt und ich ihr liebstes Studierfutter bin. Laut Ara gibt es außer mir bestimmt niemanden auf der Welt, der denkt, sie gebe wohlüberlegte Kommentare ab. Im Gegenteil, sie hat bei der Arbeit andauernd Reibereien mit Kollegen, weil sie so schroff ist und den Leuten Dinge sagt, die sie verärgern, ohne daß Ara selbst merken würde, was denn so anstößig ist an dem, was sie sagt.

»Ich hab doch ganz höflich gefragt«, sagt sie dann zu mir, erstaunt, daß jemand in einem Lokal ihr schimpfend den Rücken zukehrt, wenn sie um etwas mehr Platz gebeten hat. Sie ist sich selbst dann nicht darüber bewußt, daß sie mit ihren schwarzumrandeten Augen guckt, als könnte sie einem bei lebendigem Leib das Fell über die Ohren ziehen, und wenn das so ist, kann man mit dem Mund noch so höflich sein, die Augen sagen trotzdem, daß man jemanden auf der Stelle umbringen könnte.

Als ich nun das mit dem Double-bind wußte, konnte ich ihr besser erklären, wieso sie Menschen beleidigt, ohne es selbst zu merken.

Die Theorie des Double-bind beeindruckte Ara lange nicht so wie mich, das sah ich, und ich hätte dann, auf eine Bemerkung von ihr hin, sicher nicht sagen dürfen, daß sie mir damit kein besseres Beispiel dafür hätte liefern können, wie man jemanden in eine totale Zwickmühle bringt, indem man etwas gleichzeitig bemängelt und bewundert.

Danach redete sie eine Woche lang nicht mehr mit mir.

5

Kommt eine Mutter mit einem Geschenk für ihr Töchterchen nach Hause. Zwei Pullover hat sie für die Kleine gekauft, einen roten und einen grünen. Die Kleine, überglücklich, läuft schnell in ihr Zimmer, zieht erst den roten Pullover an und stürmt nach unten, um der Mutter zu zeigen, wie gut er ihr steht. Sagt die Mutter: »Gefällt dir der Grüne denn nicht?«

Das Beispiel ging mir durch und durch, so herzzerreißend fand ich es, und ich hatte es Ara voller Leidenschaft erzählt.

»Ist das nicht schrecklich?« meinte ich, als ich sah, daß sie nicht sonderlich beeindruckt war.

»Das ist doch ein Ding der Unmöglichkeit für die Kleine«, hakte ich noch nach.

»Sie kann ja zu ihrer Mutter sagen, daß sie den Grünen auch hübsch findet, der Rote aber nun mal obenauf lag«, sagte Ara trocken und mit einem Anflug von Verärgerung.

»Dann ist das Unglück bereits geschehen«, sagte ich matt.

Man sagt mir nach, daß ich wie ein Jojo bin, weil meine Stimmung von einem Extrem ins andere umschlagen kann, ich gerade noch schallend gelacht habe und gleich darauf in Tränen ausbreche, und das stimmt auch, aber schuld daran ist dann genau so was. Ich bin weiß Gott nicht zimperlich, aber eine einzige Bemerkung in der Art kann mich umhauen, und andererseits bin ich weich wie Butter, wenn man sich mir unverhofft wieder von einer netten Seite zeigt.

Es quält Ara, wenn sie denkt, sie begreife etwas nicht auf die gleiche Weise wie ich, oder wenn sie den Eindruck gewinnt, sie verliere mich, weil ich für eine bestimmte Sache eine Begeisterung an den Tag lege, die meine Liebe zu ihr übersteigen könnte. Meistens nehme ich Rücksicht auf ihre Ängste, aber ich war enttäuscht, daß mein Beispiel sie kaum berührte, und wollte sie deshalb nicht schonen.

»Du kapierst überhaupt nichts«, sagte ich und daß ich

lange nachdenken müßte, um auf ein besseres Beispiel zu kommen.

»Was kapier ich denn nicht, Catherina?«

»Das Drama. Du verstehst das Drama der Zerrissenheit nicht.«

Wahrscheinlich hatte Ara gemerkt, daß mich die mißglückte Darlegung wirklich traurig machte, und wenn sie sich auch manchmal überhaupt nicht darum schert, sagt sie doch meistens, daß sie meinen Kummer nicht erträgt. Auch diesmal entschied sie sich dafür, ihren eigenen Ärger zu unterdrücken und mich wieder in Erzähllaune zu versetzen, indem sie sagte, daß sie die Theorie selbst sehr wohl begriffen habe und es ihr so gut an mir gefalle, daß mir das Nachdenken offensichtlich großen Spaß mache.

So was wirkt bei mir sofort.

Aus Dankbarkeit erzählte ich ihr, welches Glück ich verspürt hätte, als ich vom Double-bind las, wie sehr mich so ein Wort ausfülle und was es alles an Ideen und Einsichten freisetze, so daß ich das Gefühl hätte, tagelang ohne Essen auskommen zu können, weil ich so gesättigt sei von Gedanken. Ich sei mir plötzlich darüber bewußt geworden, sagte ich ihr, daß ein Wort, ein Satz, eine Bemerkung das Leben verändern könne.

»Darum beneide ich dich«, meinte Ara, »daß du so gerne nachdenkst und deshalb immer an dir selbst genug hast.«

Da sagte ich das zu ihr, daß sie mir kein besseres Beispiel hätte liefern können.

Sie bedachte mich mit einem eisigen Blick, grapschte sich blindlings eine Handvoll Erdnüsse aus der vor ihr liegenden Tüte und kippte sie sich alle auf einmal in den Mund.

»Neunzig Kalorien«, sagte ich.

Daraufhin schwieg sie eine Woche lang.

Was uns wieder versöhnte, war mein erster Vollrausch.

Ara und ich besuchten, wenn wir ausgingen, selten dieselben Lokale, weil sie einen ganz anderen Bekanntenkreis hatte als ich. Sie mochte meine Freunde nicht, und ich konnte mit den ihren nichts anfangen. Sie hielt meine Freunde für theatralische, unnatürliche, überkandidelte Angeber und eingebildete Künstler. Ich fand ihre Freunde lasch, schlaff, dumm und uninteressant, denn alle zusammen zeichneten sie sich nur durch ein einziges Merkmal aus, nämlich daß sie sich von Ara verführen ließen und sie kritiklos verehrten.

Ich verehre Ara auch, aber nicht kritiklos.

Zum Beispiel kann ich es nicht ausstehen, wenn sie die Femme fatale mimt und mit so einem Anmachgesicht in die Stadt geht, die Männer um den Finger wickelt und dann monatelang am Gängelband hält, indem sie sich fortwährend bei ihnen in Erinnerung bringt und sie zu sich lockt, um die armen Kerle dann, in völliger Ungewißheit, ob sie beim nächsten Mal Erfolg bei ihr haben werden, wieder nach Hause zu entlassen.

Es empfiehlt sich daher, daß wir am Wochenende abends nicht in derselben Kneipe hocken, denn ich ärgere mich schwarz, wenn ich sie mit so einem Schlappschwanz flirten sehe, der sich auch von jeder x-beliebigen Pute mit einem IQ von 60 anmachen lassen würde. Sie sieht sich nicht mal an, was sie sich zu angeln versucht. Es geht ihr gar nicht um den Fang.

Schaut einer auch nur eine Sekunde zu ihr herüber, ist das für Ara schon Grund genug, ihren Blick in Anschlag zu bringen, selbst wenn sie von einem rothaarigen, buckligen Widerling Ende vierzig angestarrt wird, der jeder nachlaufen würde, die ihm das gestattet. Sie ist auch noch stolz darauf, daß es klappt.

Sie braucht so jemanden nur anzusehen und kann ihn einen ganzen Abend lang mit ihren Blicken in Bann schlagen, so daß der Ärmste nirgendwo anders mehr hinguckt als nur noch in ihre Richtung, aber dennoch nicht näher zu kommen wagt, weil Ara einen mit diesem Blick auf Abstand hält.

Ich möchte das lieber nie mehr mitansehen müssen, denn dann hasse ich sie wirklich ein bißchen.

»Gucken ist mein Umgang«, sagt Ara, wenn wir das gelegentlich zur Sprache bringen. Sie sagt, andere könnten sich mit Worten umgarnen, sie müsse es aber mit den Augen tun, da sie mit dem übrigen Körper nun mal ungenierter sei als mit dem Mund.

»Du hast die Sprache«, sagt sie, »ich nicht.«

Sie braucht nur lange genug so weiterzumachen und wieder davon zu erzählen, daß sie immer fürchtet, es könne einen Kurzschluß in ihrem Kopf geben, die Wörter könnten in einem falschen Kanal stecken und deshalb nicht mehr herauskommen, oder sie habe die richtige Verbindung verloren und könne sich zwar noch erinnern, mal gewußt zu haben, daß zu gegebener Zeit ein Wort wie »kulturell« das einzige sei, was in den Satz passe, habe dieses

Wort aber nicht mehr parat und sage aufs Geratewohl »kriminell«, »maschinell« oder »Naturell«, und ich fließe über vor Rührung und Mitleid und verfluche mich selbst, weil ich sie nicht einfach lassen und darauf vertrauen kann, daß sie schon gute Gründe haben wird, ein Verhalten an den Tag zu legen, das ich lächerlich und ungut finde.

Ich muß mich hin und wieder zwingen, auch weiterhin so zu denken, denn wir bekommen in den letzten Jahren immer häufiger wegen solchen Sachen Streit.

Sie kann mich ganz schön aus der Fassung bringen, wenn sie sagt, ich hätte auf andere denselben Effekt wie ein Kuckucksjunges, und sie könne das auch nur schwer mitansehen.

»Sobald du den Mund aufmachst, fühlt jeder sich veranlaßt, dir etwas hineinzustopfen und dich von nun an unter seine Fittiche zu nehmen.«

Das wußte ich nicht.

Ich dachte, daß ich sehr gut allein für mich sorgen könne.

»Und wie kommt das?«

»Man sieht dir so sehr an, daß du einen unstillbaren Hunger hast, eine maßlose Sehnsucht nach etwas, nach Aufmerksamkeit, Kontakt, Liebe. Du hast Kummer in den Augen, und das hält keiner aus. Von mir würde man das doch nie und nimmer denken, Kit. So sehe ich nicht aus. Wenn man so aussieht wie ich, denken andere, daß man nichts und niemanden braucht. Und das finde ich eigentlich auch schön so.«

Ara sagt das alles sehr bedachtsam, so daß ich nicht den Eindruck habe, sie wolle mich ärgern oder sauge sich etwas aus den Fingern, nur um mich zu verwirren, aber ich werde trotzdem das Gefühl nicht los, daß sie das, was sie meinen Kuckucksjungeneffekt nennt, genausowenig ausstehen kann wie ich das, was ich ihr Blickwerk nenne.

Auch Ara hält es für das beste, wenn wir getrennt ausgehen und nicht in Gesellschaft anderer beisammen sind.

»Ich möchte einzigartig für dich sein«, sagt Ara. »Es wäre nicht schön für mich, wenn du mit jemand anderem hättest, was wir miteinander haben.«

Ja, ich würde es auch schrecklich finden, wenn sie mit jemand anderem hätte, was sie mit mir hat, aber ich verstehe nicht, wie sie da auch nur die geringsten Befürchtungen haben kann. Es stimmt zwar, daß ich auch mit anderen befreundet bin und, seit ich auf die PH gehe, viel mit Marga zusammen unternehme, aber alle Welt weiß, daß Ara meine einzige richtige Freundin ist und bleibt. Selbst Marga, die es nun wirklich nicht gewöhnt ist, die zweite Geige zu spielen, nimmt das so hin, weil sie nicht an der Ernsthaftigkeit meiner Freundschaft zu Ara zweifelt. Die einzige, die je daran zu zweifeln wagt, ist Ara selbst.

Manchmal habe ich es gründlich satt, den Menschen, die ich liebe, stets aufs neue glaubhaft machen zu müssen, daß ich sie wirklich gern habe.

Da kann man Beweise über Beweise erbringen, manche Leute schaffen es trotzdem noch, einem stets wieder das Gefühl zu vermitteln, man habe nichts oder nicht genug für sie übrig, oder man zeige ihnen das nicht richtig.

Das muß wohl mit Unsicherheit zu tun haben, denn meine Mutter ist auch ganz groß darin. Genau wie Ara ist sie ein Faß ohne Boden, in das man so viel Liebe hineinschütten kann, wie man nur aufzubieten hat, es hilft immer nur für ein Weilchen. Meine Mutter sagt, sie habe von früher her einen Minderwertigkeitskomplex, ein Wort, das ich nur ertrage, wenn meine Mutter es benutzt, denn bei einer einfachen Frau wie ihr klingt es richtig goldig, wenn sie mit so einem Modewort daherkommt, weil man dann genau weiß, was in den vergangenen Jahren Thema in der *Libelle* war, und ich kann mir dann vorstellen, daß es auch für meine Mutter Wörter gibt, die sie glücklich machen, weil sie ihr plötzlich etwas klarmachen, über ihr Leben und so, aber ansonsten hasse ich dieses Wort, denn es gibt wohl so gut wie niemanden mehr, der sich nicht selbst einen Minderwertigkeitskomplex andichtet, und wenn es alle haben, dann steckt etwas anderes dahinter, dann ist einfach mal wieder eine neue Macke in Mode.

Für meine Mutter tut es mir leid, denn ich kann es nun einmal nicht ertragen, wenn die Menschen, die ich liebe, unglücklich sind und von sich selbst denken, daß sie nichts wert sind, aber es gibt Tage, an denen ich es grausam und beleidigend finde, wenn meine Mutter und Ara meine Liebe wieder einmal in Zweifel ziehen.

In diesen Pädagogikbüchern wird mir zuviel darauf herumgeritten, von welcher Wichtigkeit Liebe für das Kind ist. Nie steht da, daß es auch andersherum funktionieren muß, daß es vielleicht sogar noch wichtiger ist, auch diese immense, bedingungslose und ohnmächtige Liebe, die das Kind für seine Eltern in petto hat, wahrzunehmen, anzuerkennen und zu empfangen.

Meinen ersten Vollrausch hatte ich in der Disko *Think*. Nachdem ich ihr Schweigen drei Tage lang ausgehalten hatte, hatte ich Ara angerufen und gefragt, ob sie mit ins *De Scherf* gehen würde.

De Scherf ist eine Hafenkneipe in einer Kleinstadt nicht weit von unserem Dorf. Es war das einzige Lokal, das Ara und ich des öfteren gemeinsam aufsuchten, weil keiner aus unserem Freundeskreis es kannte, beziehungsweise, selbst wenn er es kannte, auf keinen Fall dorthin gehen würde. Dorthin kamen nur alte Binnenschiffer, Männer und Frauen mit rauhen, roten Händen, die zu Akkordeonmusik tanzten und unempfänglich waren für Aras Blickwerk oder meinen Kuckucksjungeneffekt. Es roch dort nach abgestandenem Bier, auf den Tischen lagen dicke, rote, teppichartige Decken, und Ara und ich hüteten diesen Ort, wie wir früher Das Land von Moor gehütet hatten, als ein geheimes Fleckchen, an dem es uns möglich war, Gespräche zu führen und einander Dinge zu sagen, die wir einander nirgendwo sonst sagen konnten.

Bestimmte Orte haben die merkwürdige Eigenschaft, daß sie ein Verhalten ermöglichen, das woanders nicht möglich ist. Sobald man über die Schwelle tritt, spürt man, daß man hier über etwas sprechen kann, was man anderswo nicht über die Lippen bringen könnte. In der Küche führe ich eine andere Art von Gesprächen mit meiner Mutter als im Wohnzimmer; für meinen Vater sind das Auto und die Garage Orte für Eröffnungen, und Ara und ich haben seit kurzem diese Kneipe.

Sie hatte geantwortet, daß sie für abends andere Pläne habe, tschüs gesagt und den Hörer aufgelegt.

Seit wann ich damit beschäftigt war, die Summe meines Leids zu addieren, weiß ich nicht, aber Aras Absage war zuviel. Sie wußte, daß mit ins *De Scherf* gehen mehr bedeutete, als mich irgendwohin zu begleiten. Was sie mir verweigerte, war ein mögliches Verhalten. Sie enthielt mir die Beruhigung, die Wiedergutmachung, die Klärung vor, und sie versagte mir die vertraute Begegnung mit ihrem Gesicht, ihrem freundlichen, spöttischen Lächeln, wenn sie die Angst in meinen Augen las und sich darüber bewußt war, daß sie diese mit einer einzigen Berührung verjagen konnte, die Macht hatte sie. Sie wollte mich triezen, indem sie mich absichtlich im unklaren ließ.

Ich ertrage es nicht, im unklaren zu sein.

Davon wird mir speiübel.

In meinem Kopf begannen die Zahlen meiner Summierung Gestalt anzunehmen und sich Gehör zu verschaffen. Aus der Kakophonie von Vorwürfen, Beschwerden, Beschwörungen und Mißfallensäußerungen heraus vernahm ich das monotone Gefasel von Karel, das hilflose Wehklagen meiner Mutter, vor allem aber die stumpfsinnige, kühle Überheblichkeit in Aras Stimme. Um sie alle auf einmal zum Schweigen zu bringen, prangerte ich sie in einem langen, sinnlosen, ungehörten Monolog an, ließ in einer einzigen Schimpftirade die Wut heraus, die ich nie zu zeigen wagte, und verlieh der Schwäche Ausdruck, die ich am liebsten verbarg.

Ich schloß mit: »Ihr könnt mich!«, übergab mich, putzte mir die Zähne, streifte rasch meine schwarze Hose mit Bügelfalte über, holte mein Mofa aus der Garage und fuhr in die Stadt, auf der Suche nach Marga, ohrenbetäubender Soulmusik und einem Weg, wie ich das Denken, das Lieben, meine Abhängigkeit und das leidige Bewußtsein, daß andere die Macht hatten, mich aufzurichten oder kleinzukriegen, abstellen konnte.

Mit der Musik ist das eine merkwürdige Sache, denn sie teilt die Stadt seit Ende der sechziger Jahre in zumindest zwei große Lager. Da ist einerseits der Soul und andererseits der Rock'n'Roll. Man darf keinen Soul mögen, wenn man auch Blues und Rock 'n'Roll mag. Jazz, Country und Klassik sind nicht der Rede wert, denn Jazz ist nur was für Intellektuelle und Freaks, Country was für konservative Bauern und Klassik was für die Eltern reicher Freunde.

Ara spielt nach Herzenslust LPs von Johnny Cash bis hin zu Waylon Jennings, sie tanzt zu den neuesten Schnulzen der »Heidegrillen« und legt an Weihnachten die Gospels von Mahalia Jackson auf. Ich weiß nicht, ob sie weiß, daß Country-Musik verpönt ist, weil sie als konservativ gilt, und ich sage es ihr auch nicht, weil es mir viel zu sympathisch ist, daß Ara macht, was sie will, ohne sich darum zu scheren, ob Country erlaubt ist oder nicht.

Marga ist Soulfan. Wenn man Soulfan ist, geht man nicht einfach in Jeans in die Disko, denn eine Levi's ist die Hose des Blues und zu Tambla Motown gehören schwarze Stoffhosen mit Bügelfalte, weich fallende Gabardineblusen statt rot- oder blaukarierter Holzhackerhemden aus Flanell und spitze Schuhe aus weichem Leder statt Wildlederboots oder Cowboystiefel mit schiefen Absätzen.

Ich bin auf nichts festgelegt.

Ich mag sogar Freddy Quinn.

Nach Meinung meiner älteren Brüder habe ich, was Musik betrifft, überhaupt keinen Geschmack, weil es nicht sein kann, daß man sowohl James Brown als auch Elvis Presley mag. Freddy Quinn ist total daneben, genauso wie Herman van Veen oder Edith Piaf, und wer unter der Dusche lauthals *San Quentin I hate every inch of you* trällert, müßte eigentlich standrechtlich erschossen werden. Finden sie.

Das verstehe ich zwar, aber es kümmert mich nicht. Ich finde, daß es gut zu mir paßt, in puncto Musik keinen Geschmack zu haben. Wenn man sich einmal auf einen Geschmack festgelegt hat, kann man die Hälfte der Diskos und Kneipen in Reichweite unseres Dorfes nicht mehr betreten und darf keine anderen Hosen mehr anziehen als ausgeblichene Jeans, und dann wäre ich vollkommen von den Lokalen ausgeschlossen, wohin Marga und Ara samstags und sonntags zum Tanzen gehen.

Ich habe lieber meine Freiheit als einen guten Geschmack.

Ich wußte, daß ich Marga im *Think* finden konnte.

Marga sieht immer toll aus; sie weiß genau, was ihr steht und was nicht. Man kann es einem Mädchen doch ansehen, ob es mit Schwestern zusammen aufwächst, denn genau wie Ara weiß Marga alles über Make-up, Schönheitsmittel und Tricks, wie man einen Jungen an sich bindet.

Was sie an mir mag, weiß ich bei Marga nicht so genau wie bei Ara, denn mit Marga führe ich ganz andere Gespräche, und wenn ich mal was über ein Buch, das ich gerade lese, oder einen Gedanken, der mich beschäftigt, von mir gebe, dann stöhnt sie schon bald, daß ihr das alles zu hoch sei und sie mir nicht folgen könne. Sie will allen Ernstes Lehrerin werden, denn ihre Mutter ist Rektorin einer Grundschule in der Stadt, und einige ihrer Schwestern unterrichten auch schon seit Jahren.

Die Bücher, die wir für Literatur lesen müssen, findet sie im allgemeinen todlangweilig, außer den Kinderbüchern, wie etwa *Heimatlos* und *Winnie the Pooh*, das raffe sie gerade noch, sagt sie dann lachend, aber am liebsten liest sie Groschenromane mit viel Herz und Schmerz, denn sie steht auf Romantik und Tagträumereien. Sie gibt das ganz offen zu. Das finde ich so apart an ihr.

Marga legt mir Tarotkarten, liest mir aus der Hand, sagt mir die Zukunft voraus und nennt mich »Schatz«. Marga ist also praktisch all das, was ich nicht bin und auch nie sein werde, und alles, wofür sie eine ausgesprochene Vorliebe hat, verbietet sich für mich mehr oder weniger, weil es oberflächlich, belanglos und unwissenschaftlich ist, wie ich von meinen Brüdern weiß.

Wenn man Soulfan ist, muß man sehr gut über Markennamen von Klamotten und über die Molukken Bescheid wissen. Weil ich von beidem keine Ahnung habe, bin ich immer ziemlich unsicher, wenn ich ins *Think* gehe, denn da sind viele Molukker und jeder kann einem ansehen, ob man Markenkleidung trägt oder nicht.

Marga stand an der Bar, fiel mir ausführlich um den Hals, küßte mich auf beide Wangen und wischte mir danach mit professioneller Gebärde ihren Lippenstift wieder ab.

Im Gegensatz zu Ara redet Marga sehr schnell und sehr viel, und sie mußte mir mindestens zehnmal sagen, wie wundervoll sie es finde, daß ich gekommen sei und ihr nun Gesellschaft leiste. Sie hatte einen Arm um meine Hüfte gelegt und wiegte mich zur Musik. Sie war von Jungen umringt, die Mas, Sly oder Annis hießen, und sie verkündete allen, daß ich ihre Freundin sei und sie sich wahnsinnig freue, mich bei sich zu haben.

Sie hatte irgendwann mal in meinen Händen gelesen, daß ich der Typ sei, der leicht süchtig wird, nach welchem Narkotikum auch immer, und daß ich mich davor in acht nehmen müsse. Ich dachte, daß es schon längst soweit sei, denn seit dem zwölften Lebensjahr rauchte ich genau wie meine Brüder und mein Vater Zigaretten, und ich hatte nicht die Absicht, dieser Sucht jemals abzuschwören. Marga hatte mich besorgt angesehen und gesagt, daß es nicht die Zigaretten seien, das könne sie an den Linien in meinen Handflächen sehen, sondern daß es um eine schlimmere Sucht gehe.

»Du darfst nie, aber auch niemals mit diesem widerwärtigen weißen Zeug anfangen, Schatz«, hatte sie besorgt und eindringlich gesagt, »daran habe ich schon zu viele Jungs kaputtgehen sehen.«

Ich war ganz gerührt, daß sie sich so um mich sorgte, aber sie hätte es mir gar nicht zu verbieten brauchen, denn ich hasse Drogen. Ich habe Willem einmal an den Haaren aus einer Kneipe geschleift, wo er eine sonderbar riechende Zigarette rauchte, und ihn draußen auf der Straße derartig zusammengestaucht, daß er sich hüten wird, das Zeug je wieder anzurühren. Es fiel mir auch nicht schwer, die Jungs und Mädchen in dieser Kneipe lächerlich zu machen, und das wirkt bei Willem, denn man muß doch an Gehirnerweichung leiden, wenn man mit Leuten zusammen ist, die alle dasselbe daherreden und nichts anderes zu vermelden haben, als daß Joints drehen, haschen und stoned sein total irre ist, und hat man sie nicht schon, dann fängt man sie sich garantiert ein, wenn man mal länger als eine Stunde mit so 'nem dumpfen Hippie zu reden versucht hat.

Marga gab eine Runde aus, und alle bestellten sich einen Cuba Libre.

»Was ist das?« fragte ich sie.

Sie sagte, es sei ein köstlicher Mix, mit Coca-Cola, von dem man ein bißchen beschwipst werde. Sie bestellte auch einen für mich.

Bis zu diesem Moment hatte ich in Kneipen immer nur Tomatensaft oder Mineralwasser getrunken.

Marga konnte natürlich auch nicht ahnen, daß sie mich an diesem Abend meinem liebsten Feind vorstellte und daß es der Alkohol war, den sie in meiner Hand gesehen hatte.

Nach einem Cuba Libre hatte ich schon gemerkt, daß er mir in den Kopf stieg, daß er mich leicht machte und gesprächig, versöhnlich und übermütig, schamlos, gleichgültig und unvorsichtig. Alles, was mich bis dahin gebremst hatte, löste sich nach dem ersten Glas in Wohlgefallen auf. Ich tanzte mit Marga zu James Brown, ließ mich von Sly küssen und mir von Annis die Brüste betatschen, während das einzige, was mich wirklich beschäftigte, der nächste Cuba Libre war.

Genauso wie mir die ersten zehn Päckchen Zigaretten nicht geschmeckt hatten, schmeckten mir auch die ersten Gläser Alkohol nicht.

Es geht auch nicht um den Alkohol selbst, sondern um die Wirkung des Trinkens.

Ich wollte nur noch mehr trinken, um noch weniger nüchtern zu sein, um bis zu den Grenzen meiner Schamlosigkeit und Gleichgültigkeit vorzustoßen. Das einzige, was ich empfand, war, daß mich in dem Moment niemand auf der Welt davon hätte abhalten können, daß niemand die Macht besaß, mir zu verbieten, so viel zu trinken, wie ich wollte, oder meinem Verhalten Grenzen zu setzen.

Ich fühlte mich unantastbar und unabhängig. Ich fühlte mich souverän, frei und göttlich einsam.

Die Monologe in meinem Kopf waren verstummt, und ich hörte nur noch den kräftigen Rhythmus meines: »Ihr könnt mich!«

Marga hatte ein paar Jungs herbeigerufen, um die Klotür aufzutreten. Ich war in eine Art Schlaf gefallen, aus dem ich nicht mehr erwachen konnte, obwohl ich Margas besorgte Stimme und das Getrommel an der Tür hörte.

Später sagte Marga, daß es kein lustiger Anblick gewesen sei, wie ich da gelegen hätte, aber weitere Details wollte ich lieber nicht hören. Ich konnte mich nur noch daran erinnern, daß ich mit dem Problem zu kämpfen hatte, welcher Körperöffnung ich den Vorrang geben sollte, ob ich mich also zuerst auf die Kloschüssel setzen oder mich lieber zunächst darüber beugen sollte. Und daß ich keine Lösung dafür gefunden hatte.

Daran, daß Ara das *Think* betrat, erinnere ich mich noch gut.

Marga hatte mich mit Unterstützung von Mas, Sly und Annis weggetragen, auf eins der Plüschsofas am Rande der Tanzfläche gesetzt und Ara angerufen.

Ara hatte ein Auto.

Ara hatte alle unsere Träume wahrgemacht, denn wir träumten von einem Auto, und alle Träume, die teuer waren, konnte ich nicht wahrmachen, aber Ara wohl.

»Meine Träume kosten Geld, und deine Träume kosten dich deine Seele«, hat Ara mal gesagt.

Im Dämmerlicht der Disko machte ich plötzlich Aras Silhouette aus. Ihr Blick war schon von weitem auf mich gerichtet, und sie bahnte sich ihren Weg zu mir, ohne die Augen von mir abzuwenden. Sie sah unerschütterlich aus, und die Welle der Übelkeit, die in mir aufbrandete, wurde diesmal von ihrem Anblick ausgelöst, von einem Gefühl der Liebe, das einfach zu groß für mich war. Ich klaubte zusammen, was mir noch an unversehrten, geordneten Worten zur Verfügung stand, um sie angemessen begrüßen zu können. Ich konnte noch »Ara« sagen.

Mehr heile Wörter konnte ich nicht auftreiben, und daher wiederholte ich immer nur dieses eine: »Ara.«

Ara, Ara, Ara.

Sie kniete sich vor mich hin, beugte sich über mich und strich mir mit beiden Händen sanft das Haar aus dem Gesicht. Sie lächelte und sah mich besorgt an.

»Kit, was hast du denn nur angestellt?« sagte sie halb lachend und halb erstaunt.

»Ara«, sagte ich.

6

Mit Matthias wurde es nichts, und das war meine Schuld.

Es gibt Menschen, die es sich schon zur Gewohnheit gemacht haben, für alles die Schuld auf sich zu nehmen, und die sich als Versager hinstellen, wo sie nur können, aber so bin ich ganz und gar nicht, und solchen Leuten traue ich auch nicht über den Weg. Wer schon zu Boden geht, bevor er überhaupt geschlagen wurde, ist ganz einfach feige und kommt gar nicht erst soweit, in irgend etwas zu versagen, denn versagen kann nur, wer etwas versucht hat, und für Versuche braucht es Mut. Genau daran aber mangelt es diesen Leuten, nur wird man sie das niemals sagen hören.

Das mit Matthias war wirklich meine Schuld, das sage ich nicht, um insgeheim für Sympathien zu werben.

Ich konnte nicht ertragen, daß er mich anfassen wollte, das war's.

Matthias nahm mir das nicht ab, denn er sah, daß ich mich in der Kneipe und in der Disko von allen anfassen ließ, und ich konnte ihm einfach nicht begreiflich machen, daß diese Berührungen in aller Öffentlichkeit einen ganz anderen Stellenwert hatten als bei ihm.

Die Disko und die Kneipe machen es mir überhaupt erst möglich, solche Berührungen zu ertragen.

Solange sie spielerisch zustande kommen und nicht auf irgend etwas hinauszulaufen brauchen, finde ich Umarmungen herrlich, wenn ich aber mit jemandem allein bin und derjenige mich mit ernsthaften Absichten festhält und streichelt, gerate ich in Panik und werde steif vor Angst. Ich denke dann, daß etwas von mir erwartet wird, daß diese Berührungen nicht Selbstzweck sind, sondern auf etwas anderes hinzielen, etwas, was ich fühlen oder tun müßte. Aber das einzige, was ich fühle, ist Angst, und das wollte Matthias nun ganz und gar nicht bei mir auslösen.

Er ist ein netter Kerl, aber ich bin jetzt doch zu der Überzeugung gekommen, daß man keine Beziehung mit jemandem anfangen sollte, nur um den Eltern damit einen Gefallen zu tun. Dafür ist das Ganze viel zu schwierig. Das spürt so ein Mann doch.

Es gibt nur einen Menschen, der mich anfassen kann, ohne daß ich mich verkrampfe, und das ist Ara. Sie sagt oft, daß ich eigenartig sei, was Berührungen angeht, und ich ihr vorkäme wie ein mißhandeltes Tier, so schreckhaft sei ich.

»Aber wieso nur«, habe ich zu Ara gesagt, »ich bin in meinem ganzen Leben nicht ein einziges Mal geschlagen worden.«

»Du bist auch in deinem ganzen Leben nicht berührt worden«, sagte Ara ruhig. »Nicht berührt zu werden, ist auch eine Form der Mißhandlung.«

Ara legte die Betonung auf die falsche Silbe, als sie Mißhandlung sagte. Sie legte sie auf ›Miß‹, und dadurch begriff man eigentlich viel besser, worum es ging. Sie habe das schon früh bei mir bemerkt, sagte sie, schon als wir einander gerade erst kennengelernt hatten, auf der Grundschule, als sie einmal unversehens die Hand auf meinen Bauch legte. Sie habe gefühlt, daß der sich ruckartig zusammenzog, und sie habe gesehen, daß ich danach noch gut eine halbe Stunde lang zitterte, weil mein Bauchfell den Schock nur langsam überwinden konnte.

Ara behauptet auch, daß Kühe mehr Milch geben, wenn man sie streichelt, und daß Katzen, die in den ersten sechs Lebenswochen nicht von Menschen auf den Arm genommen werden, ihr ganzes Leben lang scheu bleiben und sich nicht anfassen lassen.

»Du hättest nicht so brav auf die Mutterbrust verzichten sollen«, frotzelte sie gutmütig.

Das gehörte zu der Geschichte, die ich meine Mutter gegen ihren Willen so oft erzählen ließ. Wie sie nach meiner Geburt ernstlich krank wurde und mich nicht stillen konnte. Wie sie es später doch noch probiert, ich mich aber geweigert hatte, bei ihr zu trinken.

»Du konntest noch so einen Hunger haben«, sagte sie, »sobald ich mich mit der Brust näherte, hast du aufgehört zu weinen und die Lippen ganz fest aufeinander gepreßt. So klein du warst, hast du doch gemerkt, daß es mir zu sehr weh tat, dich zu stillen. Aber ich habe sehr darunter gelitten. Ich dachte, ich würde nicht gut genug für dich sorgen. Damals war das ja noch nicht so wie heute. Heutzutage ist es modern, wenn Frauen nicht stillen, aber wenn man früher dem eigenen Kind die Brust vorenthielt, war man eine Rabenmutter.«

Um Ara erzählen zu können, wie es mit Matthias lief, im Bett, mußte ich derartige Hemmungen überwinden, daß ich mich, als ich endlich dazu imstande war, eigentlich schon viel zu müde dafür fühlte.

Ich schäme mich, daß ich mich so schäme.

Ich sagte ihr lediglich, daß Nacktheit mich furchtbar verlegen mache, seine und meine Nacktheit, daß ich die unnatürlich fände, und daß ich es nicht ertragen könne, wenn man etwas von mir erwartete, ein Gefühl, Zärtlichkeit oder Erregung.

»Aber du bist doch oft erregt«, sagte Ara überzeugt.

»Woher willst du denn das wissen?« rief ich mit nervösem Lachen aus.

»Das weiß ich eben«, sagte Ara leicht eingeschnappt. »Das sehe ich Menschen immer an, Kit, vor allem denen, die ich gut kenne.«

»Ja«, räumte ich mit rotem Kopf ein, »ich bin immer so schrecklich erregt im Kopf.«

Ara kann nur schwer glauben, daß ich mich für meinen Körper schäme. Sie sagt, es wäre wohl naheliegender, wenn sie sich schämte, weil sie dick sei, wirklich abnormal, und daß ich einen Körper hätte, für den ich mich nicht zu schämen bräuchte, weil es ein ganz normaler Körper sei, schön und klein und fein, sagt sie.

»Es hat ja auch nichts mit der Beschaffenheit zu tun«, versuche ich ihr zu verdeutlichen, »sondern damit, daß Nacktheit so unnormal ist.«

»Nacktheit ist doch das Natürlichste, was es gibt.«

Nein, gerade das finde ich nicht.

Natürlich ist der Körper die natürlichste Sache der Welt, aber vorzugsweise im bekleideten Zustand. Für Ara gliedert sich die Welt in Körper und Geist, Natur und Kultur, und sie hat Körper und Natur für sich selbst gepachtet und Geist und Kultur mir zugeteilt. Diese Art von Eindeutigkeit sagt mir sehr zu, denn sie erspart einem viel unnützes Getue. Wir brauchen uns nie zu fragen, wer was am besten kann, denn Ara erledigt von vornherein alle praktischen Dinge, und ich bin selig, daß ich mich auf meiner Ungeschicklichkeit ausruhen darf.

Seit ihre Mutter mindestens zehn verschiedenen Klubs beigetreten ist und alle möglichen Kurse besucht, esse ich oft nur mit Ara allein bei ihr zu Hause. Sie erledigt die Einkäufe, kocht und deckt den Tisch. Nach dem Essen räumt sie ab und spült das Geschirr, während ich mich in ein Buch vertiefe. Bei uns zu Hause fühle ich mich mitunter unwohl, weil wir nie im Haushalt helfen und meine Mutter ganz allein für alle kocht, aufdeckt, abräumt und das Geschirr spült, und die Jungs und ich können ihr hundertmal anbieten, den Abwasch für sie zu übernehmen, sie sagt immer, daß es nicht nötig sei, daß wir lieber gemütlich fernsehen oder in unsere Zimmer gehen sollten, um zu lernen.

Bei Ara werde ich nie unruhig oder nervös, wenn sie abwäscht und ich mich in einem Sessel lümmele, vor mich hinstarre, lese oder Notizen mache, weil ich es bei ihr genieße, ein nutzloses Geschöpf zu sein. Sie ist der Meinung, daß sie am besten für die konkrete Nahrung sorgen könne und ich mich um die geistige Nahrung, wie sie es ausdrückt, kümmern solle.

Nur komme ich mit dieser Verteilung in letzter Zeit nicht auf allen Ebenen so ganz klar. Ara gesteht mir nicht genügend Durchblick zu, weder was mich selbst, noch sie, noch andere betrifft.

Manchmal versuche ich es Ara so zu erklären, daß ich mich weigere, frustriert zu sein, jedoch, wenn ich ihr Glauben schenke, wohl frustriert bin, weil man nur als nicht frustriert gilt, wenn man Nacktheit natürlich findet, denn ›natürlich‹ ist plötzlich gleichbedeutend mit selbstverständlich und normal.

»Frustrationen kommen aus dem Geist«, sagt Ara, und wenn ich auch glaube, daß sie damit recht hat, will das doch noch nicht heißen, daß Hemmungen zwangsläufig unnatürlich oder unsinnig sind, denn wieso sollte nicht auch der Geist Natur sein? Irgendwoher muß er doch kommen?

Nahezu atemlos vor Unvermögen erzähle ich Ara, daß man zum Beispiel Kleider, wie ich finde, im allgemeinen viel eher als Natur betrachten kann, als zweite Natur von mir aus, aber auf jeden Fall als Natur. Die Unterschiede in der Kleidung, die verschiedenen Moden und so, die kann man dann ruhig als Kultur betrachten.

Ara hört weiterhin interessiert zu, aber mit gerunzelter Stirn. Ich kann es nicht rüberbringen. Sobald wir dieses Thema anschneiden, fange ich an zu stottern und zu stümpern, was ich gräßlich finde, denn ich möchte immer mein Bestes geben, um etwas klar darzulegen und verständlich zu machen.

Meiner Meinung nach habe ich deshalb so große Schwierigkeiten damit, weil der Gedanke noch nicht ganz ausgereift ist, ich also noch nicht lange genug nachgedacht habe. Da ich nichts dümmer finde, als zu reden, bevor man nachgedacht hat, ärgere ich mich zu allem Überfluß auch noch über mich selbst.

»Und weil ich nicht frustriert sein will, bin ich der Meinung, daß die Unterscheidung zwischen Natur und Kultur nicht hinhaut«, beende ich trotzig das Gespräch mit Ara, und dann lacht sie laut auf, weil sie weiß, daß ich verloren habe, und weil sie mich zum Schießen findet, wenn ich trotzig bin.

»Komm her«, sagt sie kichernd.

Es ist ganz einfach, schmollend, mit leicht unwilliger Miene näher an sie heranzurücken, denn ich bin die Beleidigte, und das hat den Vorteil, daß man sich in dem Gefühl wiegen kann, man brauche nichts zu tun und keiner könne einem was anhaben. Ich fühle mich dann auf einmal wie das Kind, das ich nie war, querköpfig, ungebärdig, ruppig, ein Kind in der Art, wie Makkie es war, eins, bei dem man sich schon ganz schön viel Mühe geben muß, um es wieder versöhnlicher und freundlicher zu stimmen.

Mit fester Hand beugt sie meinen Kopf nach vorn und streichelt meinen Nacken. Ehe ich mich versehe, liege ich lang ausgestreckt auf dem Bauch, und sie zieht mir den Pullover aus und streichelt meinen nackten Rücken, bis ich eindöse.

Ara kann mit mir machen, was sie will, wirklich.

Reden half oft weniger als dieses Streicheln, habe ich gemerkt. Ara konnte mir hundertmal sagen, daß sie meinen Körper schön fand, es machte mich nicht minder scheu.

Ich finde ihren überdimensionalen Körper auch schön, aber das hat nichts zu sagen. Allein die Liebe und die Geschichte sorgen dafür, daß man Schönheit sieht oder nicht. Schönheit ist Menschenwerk, das Ergebnis zwischenmenschlicher Beziehungen, der Beziehung zwischen ihr und mir. Wenn Ara flirtet, und ich sie ein bißchen hasse, finde ich sie abstoßend und häßlich wie die Nacht.

Die Natur ist nicht schön, häßlich, gut oder schlecht.

Wenn jemand eine Weide schöner findet als eine Buche, ein Schwein häßlicher als eine Kuh, einen Geier bösartiger als ein Eichhörnchen, dann hat das mit uns Menschen zu tun, mit der Geschichte des Blicks, mit den Büchern, Gemälden, Filmen, mit den Worten und den Bildern, mit den Behauptungen, die der Mensch über die Natur aufgestellt hat, und damit, wie er die Natur abgebildet hat, früher und heute.

Für mich ist Ara die schönste Frau, die ich kenne.

Mit zunehmendem Alter ist ihr Gesicht kantiger, härter und noch hübscher geworden als früher. Mit einundzwanzig hat sie die ersten silberweiß schillernden Haare an den Schläfen bekommen, was toll aussieht, weil ihr schwarzes Haar dadurch noch mehr glänzt. Sie trägt es seit einigen Jahren etwas länger, so daß es ihren schlanken Nacken etwa halb bedeckt, und weil es gewellt und kräftig ist, läßt es sich gut nach hinten kämmen und umgibt das Gesicht dann immer wie ein Rahmen.

Ara hat nicht einfach nur ein hübsches Gesicht. Bei ihr kann man wirklich von einem Charakterkopf sprechen. Selbst wenn sie zehn Kilo zugenommen hat, sieht man ihrem Gesicht das nicht an, denn die Fläche zwischen den hohen, ausgeprägten Wangenknochen und dem Unterkiefer behält dieselbe ebenmäßige Straffheit, die mit achtzehn bei ihr die Pausbacken abgelöst hat. Wenn sie von sich selbst behauptet, sie müsse wieder ein bißchen abnehmen, weil das mit ihrem Gewicht schon nicht mehr feierlich sei, dann habe ich noch nicht mal bemerkt, daß sie dicker geworden ist.

Ich habe keinen Blick für Äußerlichkeiten, glaube ich. Ara sagt, ich hätte Röntgenaugen. Sie meint damit, daß ich nicht sehe, was um mich herum geschieht oder wie jemand aussieht, sondern daß ich sehe, was jemand denkt.

Das stimmt nicht.

Ich kann nicht sehen, was jemand denkt.

Wirklich nicht.

Es gefällt mir aber, daß Ara das von mir denkt, also lasse ich sie gern in dem Glauben. Es ist nämlich gut, daß sie mir doch ein gewisses Sehvermögen zuschreibt, denn ich habe schon gemerkt, daß es ihr nicht unbedingt immer so recht ist, wenn ich nicht mitbekomme, daß sie einige Kilo zugenommen hat. Das bringt sie nur auf den Gedanken, ich hätte überhaupt kein Auge für sie und das, was sie macht, wie sie sich bewegt, wie sie handelt, wie sie sich kleidet, das würde mir alles entgehen.

Auch das stimmt nicht. Ich sehe eine ganze Menge, nur anders. Mir würde eher auffallen, daß sich ihre Stimme um eine Nuance verändert, daß sie zum Abschied »ciao« sagt statt »tschüs« und daß das untere Lid ihres linken Auges zu zittern beginnt, sobald sie über ihren Vater spricht, als daß sie auf den Hüften jeweils fünf Zentimeter zugelegt hat.

Aras Vater wohnt bereits seit drei Jahren in einer Wohnung in der Stadt, mit einer wesentlich jüngeren Freundin zusammen.

»Das waren seine Überstunden«, sagt Ara beherrscht, wenn sie gelegentlich darauf zu sprechen kommt. Ihre Eltern sind nicht offiziell geschieden, aber Ara will ihren Vater nie mehr wiedersehen. Sie wohnt jetzt allein mit ihrer Mutter zusammen, die ihr ziemlich zusetzt, denn sie wollte für den Mann, der Aras Vater ist, immer nur die perfekte Frau sein, und darin ist sie nun gescheitert. Einen Putzfimmel hatte Aras Mutter ja schon lange, aber jetzt schrubbt sie sich die eigene Haut vom Leib, um noch sauberer zu werden.

»Bei uns verschleißen sogar die Fensterscheiben«, sagt Ara, »die werden dünner und dünner von der täglichen Schrubberei.«

Es ist schon gut, daß Ara über dieses Trauerspiel noch witzeln kann.

Am allerliebsten saß ich neben Ara im Auto, wo ich mit ihrem Duft und der unausweichlichen Fülle ihres Körpers eingeschlossen war, den ich aus dem linken Augenwinkel heraus schemenhaft wahrnahm. Nach ein paar Minuten legte ich mich im Sitz zurück, und dann brauchte ich nicht mal mehr zur Seite zu schauen, um sie sehen zu können. Die wenigen Male, da ich den Kopf zu ihr hinwandte und die kerzengerade Gestalt hinter dem Lenkrad in ganzer Größe in mich aufnahm, mußte ich unweigerlich denken, wie glücklich ich war, wenn wir beisammen waren, wie wenig es zu diesem Glück brauchte und wie umwerfend schön ich sie fand. Sie ignorierte solche Blicke nie. Sie reagierte auf jeden meiner Blicke, indem sie die Augen von der Straße abwandte, meinen Blick beantwortete und dann lächelte.

Sie ist dann auch glücklich, das weiß ich.

Ara hat das bei mir wirklich gut angestellt, mit dem Berühren. Ich glaube, daß sie das so gut kann, weil sie gewohnt ist, mit Tieren umzugehen. Ara kann selbst einen wütenden Stier in die Knie zwingen.

Ab 1976 unternahmen wir gemeinsame Reisen. Ara, damals zweiundzwanzig, war noch nie ohne ihre Familie im Ausland gewesen. Sie machte häufig kleinere Ausflüge mit ihrer Mutter. Wo immer wir auch in einem fremden Land unser Zelt aufschlugen, morgens wurden wir unweigerlich von einem Grüppchen magerer, verwahrloster Hunde geweckt, die ruhelos um unser Zelt strichen und bellten und heulten, bis Ara herauskam und ihnen den Kopf tätschelte oder über die Flanken streichelte.

So macht sie das auch bei mir.

Deshalb ging mir diese ewige Meute ergebener, hungriger Hunde vor unserem Zelt wohl im Laufe der Zeit auch so auf den Geist.

Sie waren immer da. Ob wir nun in Spanien, Frankreich oder Griechenland zelteten, am Morgen des ersten Tages auf dem Campingplatz wurden wir durch schnüffelnde und bellende Hunde vor unserem Zelt geweckt.

Auf unserer ersten Reise fand ich das noch erstaunlich

und dachte, daß die Tiere im Umkreis schon von weitem ihre Magie gerochen hätten und die ganze Nacht heulend vor Sehnsucht nach Ara, der Frau der Tiere, auf der Suche gewesen wären. Erst auf unserer zweiten Reise begriff ich, daß sie diese streunenden Hunde schon gefüttert und angelockt hatte, bevor sie unser Zelt aufstellte.

So was kann ich nicht, Zelte aufstellen.

Wenn Ara mit den Stöcken und der Plane im Gange war, saß ich draußen im Campingcafé und las ein Buch.

Erst als ich sah, wie schwer es Ara fiel, sich von ihrer Mutter zu verabschieden, als wir zum erstenmal mit vollgeladenem Volvo nach Spanien fuhren, begann mir bewußt zu werden, daß Ara weniger souverän und unabhängig war, als ich bis dahin gedacht hatte. Weil es jedoch zu kompliziert war zu glauben, daß ich recht damit hatte, verdrängte ich das Ganze und dachte lieber – denn das war erträglicher –, daß ich mich geirrt hatte, daß sie beim Abschied von ihrer Mutter nur eine so zugeschnürte Kehle und so geweitete Augen gehabt hatte, weil sie sich Sorgen um sie machte und Mitleid mit ihr hatte, da sie sie nun so allein zurückließ.

Es war unvorstellbar, daß Ara Angst hatte, daß sie sich davor fürchtete, auf eigene Faust zu verreisen, und daß sie von ihrer Mutter abhängig war.

So war Ara nicht. Ara war von niemandem abhängig.

Ich hatte sie noch nie nervös, unsicher oder ungeschickt erlebt.

Wer nervös und anhänglich war und zwei linke Hände hatte, das war ich.

7

Im Herbst 1977 wurde ich einundzwanzig, und dieser Geburtstag war Anlaß für den heftigsten Streit, den ich je mit Ara hatte.

Ich bin ganz schlecht im Streiten, aber nachdem ich *Who's afraid of Virginia Woolf* gelesen hatte, hielt ich das nicht mehr unbedingt für ein gutes Zeichen. Wenn Ara und ich wirklich eine Freundschaft hatten, die alles überstehen konnte, dann mußten wir auch leidenschaftlich streiten können, so wie George und Martha, mußten schreien und keifen und uns zur Not auch gegenseitig ohrfeigen können. Tag und Nacht träumte ich von der köstlichen Verzweiflung, dem schamlosen und ungestraften Verletzen und Anklagen, der ungekannten, unvorstellbaren Intimität, die mit einem lautstarken Streit einhergingen.

Den hatten wir einige Tage nach meinem Geburtstag, und er machte mich alles andere als glücklich.

Es ist schon seltsam, daß man jemandem, den man liebt, keine niederen Motive unterstellen kann.

Nie war mir der Gedanke gekommen, Ara könnte meinen Geburtstagsfesten aus anderen als nur guten Gründen stets ferngeblieben sein. Ich war davon überzeugt, daß ihre Entscheidungen auf den besten Absichten beruhten und einer genauen Kenntnis meines Naturells zu verdanken waren und daß es demgegenüber schlecht von mir war, so sehr nach ihrer Anwesenheit auf meinen Festen zu verlangen.

Ich wollte ja nur mit ihr angeben. Ich wollte sie meinen

Freunden vorführen, damit sie mit eigenen Augen sehen konnten, wie außergewöhnlich Ara war, und sich vergewissern konnten, daß diese außerordentliche Frau niemanden so gern hatte wie mich. Ihre Unzugänglichkeit, Schweigsamkeit und mangelnde Anpassungsbereitschaft gereichten mir zum Vorteil, denn jeder konnte sich an fünf Fingern ausrechnen, daß sie ihre Krallen bei mir einzog, also noch eine andere Seite besaß, die nur ich kannte. Ich wollte Lorbeeren mit ihr ernten.

Ara hatte mich gründlich durchschaut, und ich konnte flehen und drängen so viel ich wollte, sie lehnte es, ohne einen großen Staatsakt daraus zu machen oder es mir offen vorzuwerfen, entschieden ab, sich für so etwas Eigensüchtiges herzugeben. Da mußte ich ihr nicht nur recht geben, ja, dafür müßte ich ihr geradezu dankbar sein, fand ich, weil sie mich so gut kannte, so viel Nachteiliges über mich wußte und mir doch nichts verübelte.

»Ich konsumiere dich, wie du bist«, sagte Ara oft, und darüber mußte ich jedesmal wieder lachen.

Sie merkt zwar selbst, daß sie das falsche Wort gebraucht, aber manchmal wäre es wirklich ein Jammer, sie zu verbessern, weil das Wort, das sie umschifft, längst nicht so gut wiedergibt, was sie meint. Ara selbst möchte am liebsten das richtige Wort gebrauchen, das setze ich dann auch schon für sie ein, aber meiner Meinung nach handelt es sich dabei um ein Wort, mit dem Ara sich nicht anfreunden kann, denn es kommt ihr nie glatt über die Lippen. Außer: »Ich absorbiere dich, wie du bist«, sagt sie auch noch: »Ich obsediere dich, wie du bist.« Sie muß selbst darüber lachen, und manchmal habe ich sie im Verdacht, daß sie sich absichtlich vertut, um mich zum Lachen zu bringen.

Sie hatte mir hoch und heilig versprochen, diesmal wirklich zu kommen und sich abends zu der kleinen Runde von Freunden, die ich eingeladen hatte, dazuzugesellen. Der einundzwanzigste sei schließlich ein besonderer Geburtstag, räumte sie ein, wenn sie auch bedaure, daß man sich ausgerechnet den einundzwanzigsten als besonderes Datum auserkoren habe, denn ungerade Zahlen könne sie nicht leiden. Die seien ihr zu spitz.

»Du mußt mal darauf achten«, sagte sie, »alle ungeraden Zahlen sehen aus, als ob man sich daran stechen könnte, aber die geraden Zahlen nicht, die sind weich und rund.«

Am abscheulichsten fand sie die Sieben, die schneide einem an allen Ecken ins Fleisch, und die Drei war für sie nichts als eine gespaltene Acht. Wenn ich sie darauf hinwies, daß es auch gerade Zahlen gibt, die aus einer geraden und einer ungeraden Ziffer bestehen, entgegnete sie, daß sie mit Paaren keine Probleme habe, weil die einander weich machten.

Dieser Sichtweise der Zahlen gemäß fand sie alles, was eine Zweiheit darstellte, schön. Sie sagte, auch der Körper sei so zusammengesetzt, er sei symmetrisch, und man könne alles, was man auf der rechten Seite habe, auch auf der linken finden.

»Wo ist denn dann dein anderes Herz?« fragte ich.

An diesem bewußten Tag im November 1977 wurde ich frühmorgens von einem Ticken an meinem Schlafzimmerfenster geweckt. In herbstlichen Morgennebel gehüllt stand da eine strahlende Ara mit einem Arm voller Blumen. Sie hatte Steinchen an meine Scheibe geworfen. Es war sechs Uhr.

»Herzlichen Glückwunsch, Kleine«, flüsterte sie, aber ich verstand es trotzdem.

Abends waren alle da, außer Ara. Gegen zehn rief sie an und sagte, sie sei krank.

Zum erstenmal, seit ich sie kannte, glaubte ich ihr nicht.

Sie log.

So beiläufig wie möglich teilte ich meinen Freunden mit, daß Ara krank sei und gerade abgesagt habe. Die meisten von ihnen hatten sie noch nie gesehen, aber desto mehr von ihr gehört. In der Schulkantine konnte ich mich während der Pausen lang und breit über Ara auslassen. Ich hatte den unbezähmbaren Drang, stets wieder über sie und ihre Besonderheit zu reden. Nun stellte mein ganzes Fest in meinen Augen auf einmal nichts mehr dar, und deshalb drehte ich viel zu sehr auf.

»Mach dir nichts draus«, sagte meine Mutter, nachdem sie mir in den Keller nachgegangen war, wo ich eine Platte mit Häppchen holen wollte. »Laß sie doch, diese Ara, die bereitet dir doch nur Kummer.«

»Sie wird schon ihre Gründe haben«, sagte ich schroff.

»Was man so Gründe nennt«, erwiderte meine Mutter mit säuerlicher Miene, »es ist doch reine Eifersucht.«

Erst nachts, als ich in meinem Zimmer die Gipseule wiedersah, die Ara mir morgens gebracht hatte, nahm ich wahr, wie geschmacklos, spießig und häßlich ich ihr Geschenk fand. Ich öffnete das Fenster und schmiß es in den Garten der Nachbarn.

Du kannst mich! dachte ich.

Drei Tage lang ließ ich nichts von mir hören, ein neuer Rekord. Mein Notizheft quoll über von Flüchen und Vorwürfen.

In etwas ruhigerer Verfassung listete ich alle meine Beschwerden Punkt für Punkt auf, so daß ich ihr, wenn ich sie wiedersah, ein für allemal aufzeigen konnte, was mir nicht paßte. Ich kam bis Punkt siebzehn.

Sie rief am Vormittag des vierten Tages an. Ob ich abends zu ihr zum Essen kommen wolle. Ich willigte ein, versuchte, so kurz angebunden wie möglich zu klingen, hörte sie über diesen nur halbwegs geglückten Versuch kichern und knallte wutentbrannt den Hörer auf, ohne mich von ihr zu verabschieden.

Streitereien wie in *Virginia Woolf* sind schrecklich und haben nicht den geringsten Sinn. Am Tag nach meinem Besuch bei Ara konnte ich mich kaum noch erinnern, was ich alles gesagt hatte, warum ich, direkt nachdem sie das Essen aufgetragen hatte, brüsk aufgestanden war, so daß sie sich erstaunt aufgerichtet hatte, auf sie zugetreten war, mit geballten Fäusten auf ihre Schultern eingeschlagen hatte und, ohne meinen Mantel anzuziehen, aus dem Haus gerannt war. Von den siebzehn Beschwerden hatte ich höchstens drei vorgebracht.

Ich habe ihr gesagt, daß ich ihre Schikanen endgültig satt hätte, daß sie mich angelogen habe, daß sie mich wie einen Hund behandele, der abgerichtet werden soll, und mich mit Tricks dressiere, die ich nicht durchschauen und verstehen könne, daß sie mich fortwährend gängele, indem sie mich belohne und strafe, wobei ich nie wirklich einsähe, womit ich in drei Teufels Namen Strafe verdient hätte, und daß ich verdammt noch mal keiner ihrer blöden Hunde sei, denen man Kunststückchen beibringen könne, und auch niemals so ein sabberndes Schleimerviech werden würde, niemals.

Mehr nicht.

Zu Hause, im Bett, hatte ich nur immer das Bild vor Augen, wie Ara mit dem Essen zugange war, wie sie aus der Küche ins Zimmer kam und stolz ein wunderschön angemachtes Gericht auf den Tisch stellte, mit dessen Zubereitung sie offensichtlich den ganzen Nachmittag beschäftigt gewesen war. Es war mein Lieblingsgericht, geschmortes Kaninchen mit Backpflaumen. Sie hatte sogar die Läufe mit grünen Papiermanschetten verziert.

In dem Moment, als sie meinen Teller genommen und mir aufgeschöpft hatte, war es aus gewesen mit meiner Beherrschung, und ich hatte sie angegiftet. Ich hatte nicht einen einzigen Bissen von dem Essen genommen und den vollen Teller unangerührt stehenlassen.

Schließlich und endlich sah ich nur noch diesen verschmähten vollen Teller und die grünen Papiermanschetten vor mir und fühlte mich mies und grausam, als ein herzloses Wesen, das einen Teller voll Liebe nicht gewürdigt und zurückgewiesen hatte. Trotz leeren Magens mußte ich mich in dieser Nacht dreimal übergeben. Am Ende kam nichts mehr als gelbe Galle heraus.

Als ich wieder in mein Bett zurückkroch und die Augen zumachte, stellten sich nur noch unangenehme, todtraurige Erinnerungen ein, die alle mit Essen und Schmerz zu tun hatten.

Von denen habe ich eine ganze Menge.

Makkie und ich spielen bei meinen Großeltern im Schuppen. Der Schuppen steht auf einem Hügel, etwa zwanzig Meter vom Wohnhaus entfernt. Meine Großmutter ist klein und alt. Sie kommt auf ihren Pantoffeln den Hügel hinaufgekeucht. In der Hand hat sie zwei Scheiben Weißbrot, bestrichen mit Butter und Sirup. Sie reicht Makkie und mir je eine Scheibe, aber Makkie sagt, daß er nichts möchte, daß ihm solche Butterbrote nicht schmecken. Ich sage zu meiner Großmutter, daß ich sie dann schon alle beide aufesse, daß ich das lecker finde, so ein Butterbrot mit Sirup. Zehn Minuten später ziehe ich Makkie so fest an den Haaren, daß ich zu meiner eigenen Verwunderung ein ganzes Büschel davon in der Hand halte.

Willem erzählt beim Nachhausekommen, daß er in der Mensa das leckerste Essen seit eh und je gegessen hat: Indonesische Reistafel. Als er am darauffolgenden Wochenende nach Hause kommt, hat meine Mutter eine Überraschung: Indonesische Reistafel. Sie hat ein kleines Kochbuch gekauft, von jwd. Gewürze und Zutaten herbeigeschafft, drei verschiedene Sorten Fleisch tagelang in Marinade ziehen lassen, hat gehackt, geschnetzelt und gedünstet. Sie sagt, sie kann sich gar nicht vorstellen, daß es schmeckt, weil diese Sachen so merkwürdig riechen, so muffig und fischig. Der Tisch steht voller Schälchen, Schüsseln und Platten. Es sieht genauso aus wie auf den Fotos in dem Buch, das sie gekauft hat. Sie sagt, wir könnten jetzt den ganzen Abend gemütlich tafeln. Nach einer halben Stunde sind alle Schüsseln leer. Die Jungs fragen, ob sie sich das *Sportstudio* ansehen dürfen.

Nachdem ich eine Hälfte des Butterbrots von meinem Vater aufgegessen habe, denkt er, daß mir seine Schnitten besser schmecken als meine. Jetzt hebt er jeden Tag eine halbe Schnitte von seinem Pausenbrot auf, damit er mir die abends geben kann. Ich traue mich nicht, ihm zu sagen, daß ich das gar nicht will. Erst als meine Mutter eingreift und meint, daß mein Vater sich das Essen für uns vom Mund abspart, sage ich ihm, daß meine Mutter recht hat und er seine Schnitten selber essen muß, anstatt sie für mich aufzuheben.

Die Nachbarin hat Pfannkuchen gebacken, mit Kirschen drin. Sie klopft bei uns an und reicht meiner Mutter einen Teller mit einem dicken Pfannkuchen darauf. Ich will gleich ein Stück davon probieren, aber mit den Augen signalisiert meine Mutter mir, daß ich das nicht tun soll. Als die Nachbarin weg ist, läßt meine Mutter den Pfannkuchen vom Teller in den Treteimer gleiten und spült den Teller ab. Sie sagt, daß die Nachbarin nicht hygienisch ist. Ich soll den gespülten Teller zurückbringen. Der Nachbarin gegenüber schwärme ich, wie köstlich ihr Pfannkuchen geschmeckt hat, fast noch leckerer als die von meiner Mama, sage ich.

Zum erstenmal gehe ich nicht zur Kommunion. Als ich nach Hause komme, erzähle ich meinem Vater und meiner Mutter, daß ich die Hostie nicht genommen habe. Ich frage, ob sie es sehr schlimm finden würden, wenn ich vorläufig nicht mehr in die Kirche gehe. Meine Mutter sagt, daß sie zwar sehr betrübt darüber sind, daß wir aber in diesem Punkt unsere eigenen Entscheidungen treffen sollen, sie könnten uns nicht zum Glauben zwingen.

Mein Vater sagt, er ist davon überzeugt, daß ich in meinem Leben irgendwann noch einmal sehr allein sein und dann niemanden mehr haben werde, an den ich mich wenden kann. Er sagt, daß ihm dieser Gedanke unerträglich ist. Ich will ihnen sagen, daß sie keine Angst zu haben brauchen, daß es weniger mit dem Glauben an sich zu tun hat als vielmehr mit seinen Ausdrucksformen, daß ich es einfach nicht mehr fertigbringe, die Hostie, die Gott ist, hinunterzuschlucken, aber das erscheint mir viel zu kompliziert, und so verzichte ich darauf, ihnen das zu verdeutlichen. Ich sage nur, daß sie sich keine Sorgen um mich zu machen brauchen.

In der Nacht nach meinem Streit mit Ara nahm ich mir vor, sie, mein Elternhaus und das Dorf zu verlassen. Ich würde dem Rat von Verkruysse folgen und ein Studium an der Universität beginnen. Ich würde in die Stadt ziehen. Aber nicht in die Universitätsstadt, in der meine Brüder wohnten, denn ich wollte vor allem möglichst weit weg.

Ich will für eine Weile niemanden um mich wissen, den ich gern habe.

Bevor ich einschlief, überschlug ich, daß ich noch ein

halbes Jahr Zeit hatte, um Ara, meine Eltern und Geschwister auf meinen Weggang vorzubereiten. Das hielt ich für genug.

Ich bin fest entschlossen.

Niemand wird mich davon abhalten können.

Auch Ara nicht.

Niemand.

In den Wochen, nachdem ich mir vorgenommen hatte wegzugehen, schlief ich schlecht, hatte Ohnmachtsanfälle und mußte, kaum war ich ins Bett gegangen und hatte ein paar Minuten auf dem Rücken gelegen, wieder aufstehen, um mich zu übergeben.

Während ich nichts lieber wollte, als dieser stumpfsinnigen Entwicklung, diesem Abnabelungssschmerz ein Ende zu machen, kam ich mir feige vor, schuldig, wie eine Verräterin, die das sinkende Schiff verlassen wollte und alle im Stich ließ. Es machte mich krank, wenn ich daran dachte, daß ich aufgab, daß ich nicht mehr sehen würde, wie Chrisje weiter aufwuchs, daß ich damit gescheitert war, meinen Eltern meine Dankbarkeit zu zeigen, meine Mutter glücklich zu machen, Ara von meiner Treue zu überzeugen, Matthias' Freundin zu sein, mich für ein Fach zu entscheiden, das mir wirklich lag, und den Jungs beizubringen, wie sie leben sollten.

Sobald ich eine gewisse Erregtheit bei mir registriere, das große Verlangen, mit etwas zu brechen, so weit wie möglich wegzugehen, Neues zu entdecken, nach Studium, Stadt, Alleinsein, danach, niemals mehr zu lieben, schäme ich mich und mich quält ein unermeßliches Mitleid mit all denen, die zurückbleiben und, wie ich glaube, allein nicht zurechtkommen.

Unwillkürlich beginnt mich das Bild von unserem Kühlschrank zu verfolgen, wie sauber der ist und wie wohlgeordnet meine Mutter alles darin verstaut hat. An die Stapelbox mit Aufschnitt zu denken, ist besonders schmerzlich. Wenn ich mir den rohen Schinken für meinen Vater, die Cervelatwurst für Willem, den gekochten Schinken für Makkie und das feine Rauchfleisch für Chrisje heranzoome, beginne ich wieder zu zweifeln und frage mich, ob ich nicht für immer bei ihr bleiben müßte.

An dem Morgen, als ich den ersten Ansatz machen und meine Mutter von meinen Plänen unterrichten will, treffe ich sie, wie so oft, weinend an. Sie sitzt am Küchentisch und verbirgt das Gesicht in einem Geschirrtuch. In ihrem rechten Auge ist ein Äderchen gesprungen, ihre Augenlider sind rot und geschwollen, und unter den Augen hat sie tiefblaue Ringe. Sie macht sich ständig Sorgen. Sie schläft nur drei Stunden pro Nacht. Als ich die Küche betrete, reibt sie sich unsanft mit dem Geschirrtuch übers Gesicht und macht sich mit einer Reihe stoßweiser Seufzer Luft.

»Was ist denn, Mama?«

»Ach, nichts, alles, diese schrecklichen Kopfschmerzen«, sagt meine Mutter. Sie verzieht den Mund. Am liebsten würde sie stundenlang weinen, das sehe ich.

»Wein ruhig«, sage ich.

Das tut sie auch. Ich setze mich ihr gegenüber, wie immer. Ich bringe es nicht fertig, mich neben sie zu stellen und den Arm um sie zu legen oder ihr über den Rücken zu streichen, denn ich weiß, daß sie es nicht mag, wenn ich sie anfasse.

»Wann wird es mir denn nun endlich beschert?« fragt meine Mutter, ohne eine Antwort zu erwarten.

Wir müssen mal was an dieser elenden Sprache ändern, schießt es mir durch den Kopf. Die Sprache ist schuld, denn sie sorgt für Mißverständnisse, und diese Mißverständnisse machen die Menschen, machen meine Mutter todunglücklich. Bescheren und Glück gehören nicht zusammen, und Finden und Glück auch nicht.

Menschen, die immer nur auf das Glück warten, warten auf etwas, das sich niemals einstellt. Das Glück wird einem nicht zu Füßen gelegt. Es ist nicht das große, geheimnisvolle Geschenk, das das Leben für jedermann in petto hat und irgendwo verborgen hält, um es einem im passenden Moment zu überreichen, weil man ein Recht darauf hat. Niemand hat ein Recht auf Glück.

Innerhalb einer Viertelstunde habe ich meine Mutter beruhigt, darin bin ich unheimlich gut. Man kann meiner Mutter ohne weiteres sagen, daß sie keine unrealistischen Erwartungen an das Leben haben darf und das Glück nicht einfach irgendwo auf sie wartet, das kommt bei ihr an, wenn Reden allein ihren Kummer auch nicht vollständig vertreiben kann. Ich werfe regelmäßig uns selbst in die Waagschale, uns, die Jungs und mich. Weshalb sie denn nicht sehen kann, was sie hat, uns, die wir sie und Papa so gern haben. Keiner von uns nimmt Drogen. Sie hat doch gute Kinder?

»Ich sehe doch, daß ihr unglücklich seid«, sagt meine

Mutter mit ihrer unerbittlichen, schroffen Ehrlichkeit, »du brauchst mir doch nichts weiszumachen.«

Stimmt, das kann ich auch nicht.

Über meine Absicht, nach dem Examen von zu Hause wegzugehen, beschließe ich vorläufig zu schweigen. Vielleicht verschiebe ich den ganzen Wegzug auch und bleibe irgendwo in der Nähe, suche in irgendeinem Dorf in der Umgebung eine Stelle als Lehrerin. Dann hat sie wenigstens ein Kind unter Dach und Fach. Ich glaube, daß ihr das guttun würde.

Ara war die erste, der ich von meinen Plänen erzählte. Wir saßen im *De Scherf*. Sie hatte es mir nicht übelgenommen, daß ich mich über ihr Fernbleiben an meinem Geburtstag geärgert hatte, wohl aber, daß ich einfach davongelaufen war.

»Das gibt's bei mir nicht«, sagte sie. »Wenn etwas zwischen uns ist, mußt du dranbleiben, den Mut haben, es dir anzusehen.«

Ich hatte ihr recht gegeben.

»Woher weißt du das alles«, fragte ich sie, »daß es so zu sein hat zwischen Menschen?«

»So etwas spüre ich«, sagte sie. »Ich vertraue auf mein Gefühl.«

Die Erinnerung an unseren Streit war noch zu frisch, als daß ich ihr hätte widersprechen können, wenn ich das in der Vergangenheit auch durchaus getan hatte. Da war es immer um Kopf und Herz gegangen und wieso sie – nicht ohne einen gewissen Stolz – folgerte, daß ich, wo sie von Intuition und Gefühl redete, immer von Analyse und Denken sprach, als wäre das minderwertiger, als hätte ich kein Herz.

Das Herz ist der am meisten geknetete, bearbeitete, ausgequetschte und betrogene Muskel, den wir haben. Wenn in unserem Jahrhundert je ein Organ des menschlichen Körpers Objekt des Betrugs und der Infiltration war, dann diese Blutpumpe. Ich verstehe nicht, daß Frauen stolz darauf sein können, als gefühlvoll und intuitiv zu gelten, wenn das nichts anderes heißt, als daß sie sich selbst der Verpflichtung entledigen, etwas deutlich zum Ausdruck zu bringen und zu erläutern. Was hat man denn von Erkenntnissen, die man nicht vermitteln kann? Wie kann man etwas begriffen haben, wenn man niemandem erläutern kann, *was* man begriffen hat?

Das Herz und das Gehirn müssen miteinander verbunden sein, denn eine Erkenntnis kann weh tun und erschüttern, und eine Liebe kann der Anfang großer Einsichten sein. Nun aber haben sie die Verbindung zwischen diesem Muskel und dem Kopf gekappt und dem Herzen nicht nur eine Selbständigkeit zugeschrieben, die es nicht besitzt, sondern es zudem noch hochgejubelt und hübsch ausstaffiert, um es anschließend mit allerhand trügerischem Tamtam den Frauen zu schenken. Darüber bin ich nicht gerade froh.

Ich lasse mich nicht mit leeren Sprüchen abspeisen.

Ich empfinde es nicht als Kompliment, wenn man mir sagt, ich sei so gefühlvoll.

Sobald man das Herz als autonom und eigensinnig betrachtet, sieht man nicht mehr, welche strikte, meinetwegen sehr persönliche, Logik sich hinter einer sogenannten

Leidenschaft oder einem überwältigenden Gefühl verbirgt. Herz und Verstand gehören zusammen. Das Gefühl ist vernünftig, und das Denken ist gefühlvoll.

Solange Ara das nicht sah und weiterhin dachte, daß ihr Herz ihr verläßlichster Ratgeber sei, würde sie nicht in die unerbittliche Logik ihres eigenen Dramas und ihres eigenen Glücks eingreifen können.

Ich schwieg und nickte. Sie merkte mir an, daß ich versöhnlich sein und mich nicht schon wieder wegen einer Meinungsverschiedenheit mit ihr zanken wollte, aber danken tat sie es mir nicht. Ihre Augenbraue verzog sich zum Zirkumflex. Ich tat, als sähe ich es nicht. Ich wollte ihr erzählen, daß ich weggehen und nicht in der sich dafür anbietenden Stadt studieren würde, sondern viel weiter weg, in einer Stadt, in der ich niemanden kannte.

Aber weil ich mich provoziert fühlte und gereizt war, wollte ich meine Ankündigung aufbauschen, dramatisieren, wollte so tun, als wäre es ihre Schuld, daß ich weit von ihr wegzog, wollte jetzt, auf der Stelle, daß mein Wegzug auch mit einem Bruch einherging, mit der unwiderruflichen Beendigung dieser Freundschaft, die genau wie alle meine sonstigen Beziehungen zu schwierig für mich war, zu unmöglich, zu schmerzlich, zu sehr geprägt von Mißdeutungen, Unverständnis und Unvermögen.

Ich tat es nicht.

Zum erstenmal seit ich die Bekanntschaft meines liebsten Feindes gemacht hatte, bestellte ich mir wieder einen Cuba Libre. Nach drei Gläsern erklärte ich ihr meine Liebe, sagte, daß ich niemals eine andere Freundin haben würde, und erzählte, daß ich wegziehen müsse.

»Ja«, sagte sie, »du mußt wegziehen, das habe ich immer so empfunden.«

Seit dem Tag, da meine Eltern wissen, daß ich tatsächlich wegziehe, schreinert mein Vater Tische und Schränke, und meine Mutter kauft alles Nötige für mich ein: Töpfe und Pfannen, Handtücher, Bettwäsche, ein Service; teure Sachen.

»Ich halte nichts von billigem Ramsch«, sagt sie. »Du mußt von allem das Beste kaufen«, rät sie mir, »das habe ich auch immer gemacht. Von guten Sachen hat man länger was.«

Sie packt die Kartons unter Lachen ein.

»Du wirst ja doch nie heiraten«, sagt sie, »also betrachten wir das jetzt mal als deine Aussteuer.«

Beim Wort Aussteuer lacht sie. Sie findet, daß das überhaupt nicht zu mir paßt.

Ich mag es, wenn sie lacht. Ich danke ihr, für alles, was sie tut.

»Ja«, sagt meine Mutter, »ihr habt auch allen Grund, dankbar zu sein. Ich wollte, daß früher auch jemand so gut für mich gesorgt hätte.«

Ein einziges Mal versucht sie mich noch von meinem Entschluß abzubringen. Da sagt sie, daß ich eine gute Lehrerin abgeben würde, daß ich doch so viele Briefe von den Kindern bekäme, in deren Klassen ich mein Praktikum gemacht habe, daß die Rektorin der Schule in unserem Dorf schon nachgefragt habe, wann ich mein Studium abschließe, weil eine Stelle frei wird, daß sie nicht verstehe, warum ich nun noch höher hinaus will, Lehrerin sei doch ein fabelhafter Beruf für ein Mädchen, warum wir uns mit etwas Einfachem nicht zufrieden geben könnten und in die Großstadt wollten, noch mehr lernen, daß ihr das nicht in den Kopf gehe, daß das für Leute wie sie und Papa alles nur schwer zu begreifen sei, daß sie den Wunsch zu studieren zwar noch verstehen könne, aber die Entscheidung für diese Stadt nun wirklich nicht, daß ich mich ausgerechnet für ein so gefährliches Pflaster, zweihundert Kilometer entfernt, entscheiden müsse, daß es doch viel beruhigender wäre, wenn ich in der nächstgelegenen Stadt studieren würde, wo die Jungs wohnen und wir uns umeinander kümmern könnten, aber daß sie ja reden könne, soviel sie wolle, sie könne doch nichts bei uns ausrichten, wenn es darauf ankomme, würden wir ja doch nur das tun, was wir uns in den Kopf gesetzt haben.

Am Morgen meines Umzugs weckt Ara mich, wieder einmal, indem sie Steinchen an mein Fenster wirft.

»Du gehst weg«, flüstert sie, aber ich verstehe es trotzdem. Ich mache ihr unten die Hintertür auf, und wir umarmen einander minutenlang.

»Es ist gut«, sagt sie.

Ich vernehme etwas Ungewohntes in ihrer Stimme. Als ich den Kopf hebe und sie anschaue, sehe ich, daß ihr Tränen in den Augen stehen. Da erst wird mir bewußt, daß ich Ara noch nie habe weinen sehen. Es ängstigt mich und macht mich stolz.

»Wir bleiben trotzdem immer beieinander«, sage ich.

»Ja«, sagt sie, »das weiß ich.«

Sie atmet tief durch und hat sich rasch wieder im Griff.

Sie sagt: »Paß ein bißchen auf dich auf, Kleine, da draußen im Dschungel.«

»Keine Bange«, sage ich, »ich gehöre zu den Raubtieren.«

Arbeit und Liebe

I

Ich bin dreißig und hatte noch nie Liebeskummer. Das kommt daher, daß ich noch nie eine Liebesbeziehung hatte, die ich nicht hätte missen können. Seit meinem zehnten Lebensjahr kann ich zu jeder Zeit auf das Wissen vertrauen, daß immer jemand für mich da ist, und dieser Jemand ist Ara.

Ich bin kein Leben mehr gewohnt, in dem viel passiert, hintereinanderweg. Für mich braucht das Leben nicht abwechslungsreich zu sein.

Ich halte nichts von derartigen Abenteuern.

In den vergangenen zehn Jahren habe ich drinnen gehockt, in einem Zimmer von drei mal sechs Metern, im zweiten Stock, hinter doppelverglasten Fenstern, ohne Zeitung oder Telefon, mit und inmitten von Büchern. Jede Veränderung, jedes Abenteuer, das ich erlebte, spielte sich innerhalb dieser vier Wände ab. Ich habe hier ein paar Freunde und Bekannte, hin und wieder eine flüchtige Affäre, und ich hatte zehn Jahre lang einen Geliebten.

Jetzt nicht mehr.

Er hat mich vor einer Woche verlassen. Er möchte, daß wir gewöhnliche Freunde werden, denn er hat eine neue Frau, die er heiraten will und der er versprechen mußte, nicht mehr mit mir ins Bett zu gehen. Ich dachte, daß ich jetzt endlich einmal Liebeskummer haben würde, doch ich war aufgekratzt und fand es spannend, auch einmal die Verlassene zu sein.

Außer Haus verkündete ich allen, daß Bruno sich von mir getrennt habe. Innerlich wartete ich auf einen mir unbekannten Schmerz, auf das tragische Leiden an der verlorenen Liebe, durch das ich andere schon so schön schlank hatte werden sehen.

Erst als Ara mich darauf hinwies, daß ich über die Trennung von Bruno redete, als hätte ich das Große Los gezogen, begriff ich, daß es mit dem Leiden bei mir nichts werden würde.

Ich litt nicht an der Liebe.

Mit Bruno hatte ich eine Liebe gehabt und verloren, doch sie war nicht so beschaffen gewesen, daß er mich wirklich hätte verlassen können.

Bruno wurde unter Aras Augen zu meinem Geliebten. Das war vor zehn Jahren gewesen, im Herbst 1978, als Ara und ich unser Vorhaben verwirklichten, direkt nach meinem Umzug zusammen eine Woche nach Paris zu fahren. Mit unserem gemieteten VW-Bus campten wir im Bois de Boulogne.

Zum erstenmal seit ihrer Kindheit hatte Ara zehn Kilo abgenommen. In den Monaten vor meinem Weggang hatten wir mehr Zeit miteinander verbracht als je zuvor. Sie sagte, daß sie keinen Hunger habe, wenn sie bei mir sei, daß ihr der Gedanke an Essen dann zuwider sei, und daß sie, sobald sie an Essen dächte, nur mich anzuschauen und mir zuzuhören brauchte, um sich beherrschen zu können.

»Ich würde völlig vom Fleisch fallen, wenn wir ständig zusammen wären«, sagte Ara.

Seit Ara abgenommen hatte, ärgerte ich mich oft über sie. Anfangs störte es mich nicht, aber je länger es anhielt, desto häufiger fand ich, daß sie unmöglich aussah. Vor allem ihr Gesicht, ihr Hals und ihre Schultern waren furchtbar schmal geworden.

Ara hatte die Angewohnheit entwickelt, sich fortwährend zu befühlen.

Sobald wir in Gesellschaft waren, reckte sie den Hals und spannte die Kinnmuskulatur derart an, daß die kräftigen Muskelstränge und Knochen des Halses deutlich hervortraten, zog die Nasenflügel nach unten und die Schultern nach vorn, so daß sich überall Vertiefungen und Schatten bildeten und in ihrem Gesicht alles noch schmaler aussah, als es schon war, und dann legte sie beide Hände in die entstandenen Vertiefungen oder befühlte mit den Fingern die Mulden unter ihrem Kinn.

Sie begrüßt die Sehnen und Knochen, die jahrelang unter Fleisch verborgen waren, dachte ich anfangs und konnte sehr gut nachvollziehen, daß es schön sein mußte, sich selbst zu befühlen. Nur hat eine Begrüßung doch irgendwann ein Ende, und Ara hörte nicht auf damit.

Sie konnte sich nicht mehr normal unterhalten, wenn sie diese Grimassen schnitt, denn dazu hätte sie ihre Muskeln entspannen müssen. Wenn sie so den Hals reckte, wurden ihre Mundwinkel nach unten gezogen; das verlieh ihr eine grimmige Miene, was ich nicht mochte. Das Anspannen und Befühlen der Muskeln fand ich in zunehmendem Maße lächerlich, und es war eine Qual, ihr dabei zuzuschauen, aber ich wagte nicht, ihr das zu sagen. Sie sah aus wie eine böse Krähe mit aufgeplustertem Bauchgefieder, aber ich wußte, daß sie sich schöner und normaler vorkam denn je und die Zeit für gekommen hielt, für nie verwundene Demütigungen entschädigt zu werden, und ich hielt ihre Illusion für zu zerbrechlich, um darauf herumzuhacken. Auch in dem Moment, als wir Bruno zwischen den Bäumen des Bois de Boulogne zum erstenmal erblickten, reckte sie so den Hals.

Je älter ich wurde, desto seltener kam es vor, daß mir ein Mann auf Anhieb gefiel, aber Bruno fand ich, genau wie Ara, auf den ersten Blick unwiderstehlich. Es ist allerdings schwer zu ergründen, worauf das bei ihm beruht.

Viel später hat Ara mir einmal gesagt, daß die Männer, die ich geliebt habe, alle etwas von meinen Brüdern gehabt hätten. Spröde und ehrlich, so von der Sorte. Und auch irgendwie in ihrem Äußeren, was sich aber schwerer in Worte fassen lasse. Daß es manchmal nur der Augenaufschlag, die Kinnpartie oder die Art zu laufen sei. Ara sah es immer, ich nie. Manches Wissen gesteht einem der eigene Kopf einfach nicht zu. Man kann in seinem Leben nicht alles über sich selbst erfahren, fürchte ich.

Zehn Meter von unserem VW-Bus entfernt hatte er mit einem Freund zusammen sein Zelt aufgeschlagen. Ara und ich gingen an ihnen vorüber, als wir morgens zum Laden des Campingplatzes liefen, um frisches Baguette zu kaufen. Wir hörten jemanden Niederländisch sprechen und sahen zwei Männer um die vierzig, die sich in Klappstühlen gegenübersaßen. Sie trugen dicke Wolltroyer. Der eine, ein langer Typ mit flachsblondem Haar und Vollbart, führte das große Wort, der andere hörte zu.

Auf dem Rückweg winkte der Lange uns jovial zu und sprach uns in einem Französisch an, das nicht holländischer hätte klingen können. Ara und ich mußten unwillkürlich lachen. Er bot uns Kaffee an, und wir teilten unser erstes Baguette mit ihnen. Der Lange hieß Pim, und der andere, das war Bruno.

Zwei Tage später kroch ich abends in ihr Zelt, als Pim und Ara einen Spaziergang durch den Wald machten. Ich schmiegte mich in Brunos Armbeuge, er legte die Arme um mich, streichelte mir kurz über den Rücken und schlief wieder ein. Ich staunte, welch seltsame Mischung aus Erregung und Ruhe ich dabei empfand und war mir auf einmal sicher, daß es Bruno sein würde, bei dem ich die ersten Versuche unternehmen würde, mich von einer unliebsamen Hypothek aus Angst, Scham und Schuld zu befreien.

Es war Bruno.

Es waren Versuche.

Er war einundvierzig, verheiratet und hatte zwei Kinder, er spielte Posaune in einem Berufsorchester, lebte in der Nähe von meinem Wohnort, und er besuchte mich erstmals im Januar 1979, weil ich ihm, wie er sagte, beim besten Willen nicht aus dem Kopf gegangen sei. Das freute mich. Ich hatte seit unserem Abschied in Paris ständig an ihn gedacht und sehnte mich mit der nervösen Begierde einer Verliebten nach ihm. Ihm zu schreiben oder ihn anzurufen, hatte ich nicht gewagt, weil er verheiratet war.

Er blieb in jener Nacht und wurde zu meinem Geliebten. Er konnte nicht lügen und erzählte es seiner Frau. Drei Jahre lang versuchte sie damit zu leben, konnte es nicht und brauchte danach noch zwei Jahre, um sich von ihm scheiden zu lassen.

Das hatte ich ganz und gar nicht beabsichtigt.

Bruno besuchte mich nach seiner Scheidung immer öfter. In all den Jahren, die ich ihn kannte, war mein Verlangen nach ihm nur noch gewachsen. Sobald ich ihn sah, setzte ein leichtes Zittern in meinen Knien ein, und das hörte erst auf, wenn ich keinen Boden mehr unter den Füßen hatte, ob kurz oder lang, spielte keine Rolle, und wo wir landeten, auch nicht.

Jedesmal wieder war ich stolz darauf, zu einer Frau geworden zu sein, die Begierde empfand und es ertragen konnte, daß jemand sie anfaßte. Ansonsten war da nicht viel, worauf man hätte stolz sein können, fand ich.

Ein Jahr nachdem seine Frau ausgezogen war, fing Bruno damit an. Er sagte, daß er es schrecklich finde, allein zu sein, zu Hause. So etwas war für mich schwer vorstellbar, denn ich wollte nichts lieber als soviel und sooft wie möglich allein sein.

Er schlug vor zusammenzuziehen, eine geräumige Wohnung zu suchen, in der wir gemeinsam leben könnten. Ich erklärte ihm, daß ich das nicht wolle, zusammen wohnen, daß es für mich undenkbar sei, jemals mit einem anderen gemeinsam in einem Raum zu leben, daß ich das nicht könne und auch keine Lust dazu hätte. Ich sagte ihm, daß ich nicht die Frau von jemandem werden wolle, auch nicht von ihm, daß ich aber durchaus für immer seine Geliebte bleiben wolle, seine Zweitfrau, und daß ich nicht wolle, daß sich das jemals ändere.

»Deine zweite, und das für immer und ewig«, sagte ich.

Ich sagte, daß ich mich immer nach ihm sehnte, daß ich ihn aber auch immer gern weggehen ließe, so daß er wiederkommen könne, wann er wolle.

Er sagte, er liebe mich.

Ich sagte, daß ich ihn auch liebte.

Wenn er es nicht ertragen könne, allein zu sein, müsse er sich wieder eine richtige Frau suchen, meinte ich zu ihm, eine Frau fürs Haus.

Diese Frau hat er im vorigen Jahr gefunden.

Erst vor einer Woche wurde mir klar, daß ich stillschweigend davon ausgegangen war, er würde die Frau, mit der er zusammenleben wollte, nicht lieben. Als würden Liebe und Zusammenleben sich zwangsläufig ausschließen.

Was die Liebe betrifft, waren Ara und ich in gewissem Sinne gleichauf, denn einen Monat nachdem ich erzählt hatte, daß ich in den Westen des Landes ziehen würde, erwählte sie Bing aus der Schar ihrer Anbeter, die ihr die Treue bewahrt hatten. Ara und Bing waren genauso lange ein Paar wie Bruno und ich, nur anders.

Bing ist ein vierschrötiger, stotternder, in den Niederlanden geborener Chinese. Er ist einen Kopf kleiner als Ara, hat eine Stoppelfrisur und eine merkwürdige Lache. Er ist Sohn eines Chirurgen aus der Stadt im Süden, und Ara hat ihn über das Tierheim kennengelernt.

Bing wollte Tierarzt werden, erwies sich aber als ewiger Student und fiel bei fast jeder Prüfung durch.

Ara betrachtet ihn dessenungeachtet als Genie, aber ich finde, Bings Intelligenz hält sich ziemlich im Rahmen. Schlau ist er zwar, aber ich sehe in ihm eher einen mit Versagensängsten behafteten Schussel, der sich bestenfalls durch seine Liebe zu Ara hervortut. Die Art, wie er Ara liebte, gefiel mir allerdings gleich, als ich ihn kennenlernte, und das ist bis heute so geblieben. Darüber hinaus hab ich nichts mit ihm am Hut und sehe auch nicht, wo die Talente liegen sollen, mit denen er, Ara zufolge, so reichlich ausgestattet ist.

»Ein schlummerndes Talent«, nennt Ara ihn. Gut, ich verstehe ja, daß man die Person, mit der man zusammen ist, auch ein bißchen bewundern muß, aber jemanden ein Talent zu nennen, ohne daß man das an irgend etwas ablesen könnte, finde ich ärgerlich. Schlummernde Talente gibt es genausowenig wie verhinderte Genies.

Talent ist die Manifestation von Talent.

Was der Bekundung von Talent vorausgeht, ist der Wunsch nach Manifestation, Äußerung, Offenbarwerdung, Bekanntgabe eines Vermögens. Was schlummert, ist noch nicht fertig.

Ara sagt mir ein bißchen zu oft, daß es in Bings Leben nicht so reibungslos läuft wie bei mir.

»Was läuft reibungslos?« frage ich grantig.

»Na, alles doch, Kit?« sagt Ara in nur ansatzweise fragendem Ton.

Sie sieht mich dabei mit verkniffener Miene an, als sei sie höchst erstaunt, daß das für mich nicht so offensichtlich ist.

»Du traust dir alles zu, und was du anpackst, gelingt dir auch.«

Aber die Unterstellung, mir würde das Glück in den Schoß fallen, ärgert mich. Ich verzichte darauf, ihr das zum ich weiß nicht wievielten Mal zu sagen, und greife zu einem viel gemeineren Mittel, um den Vergleich zwischen Bing und mir vom Tisch zu wischen, ich zeige Ara die Verwandtschaft zwischen Bing und ihr selbst auf.

Bing und sie, erläutere ich, würden beim anderen jeweils die eigenen Versagensängste wiedererkennen.

»Stimmt«, sagt sie.

Ich gehe noch weiter. So ruhig wie möglich erkläre ich ihr, daß ihre Versagensängste vielleicht viel mehr mit ihrem Trotz und ihrem Hochmut zu tun hätten als mit dem so viel sympathischeren und besser angesehenen Gefühl der Unsicherheit.

»Kann sein«, sagt sie.

Ihre Einsichtigkeit dämpft meinen Zorn, und in sanfterem Ton versuche ich noch mehr recht zu bekommen, versuche ich sie für die Idee zu gewinnen, daß Versagensängste und Hochmut zusammengehören, daß weder sie noch Bing das Risiko eingehen wollen, ihren Wahn, etwas Besonderes zu sein, unter Beweis zu stellen, daß sie ihn in ihren vier Wänden, ganz für sich auf ihrem Bauernhof gegenseitig aufrechterhalten können, jedoch nicht wagen, sich damit der Außenwelt zu stellen. Was ich sage, macht Ara traurig. Sie wehrt sich kaum dagegen.

»Trotzdem begreife ich nicht, daß dich immer alle so ungewöhnlich finden und mich nicht«, sagt sie noch. »Ich bin auch ungewöhnlich, aber außer dir findet das niemand.«

»Das spielt für mich überhaupt keine Rolle«, sage ich, »was andere von mir denken.«

Das war eine alte Kontroverse zwischen Ara und mir, und es war mir noch nie gelungen, sie davon zu überzeugen, daß ich recht hatte. Daher schwieg ich, und dieses Schweigen ließ mich verächtlich und gleichgültig werden. Immer seltener machte ich mir noch die Mühe, ihr zu widersprechen und aufs neue zu erklären, daß vieles von dem, was sie als Geschenk betrachtete, als etwas, was einem von außen gereicht wurde und was man annehmen oder zurückweisen konnte, meiner Meinung nach etwas war, was man selber bewirkte, etwas in einem drin, etwas, was mit der persönlichen Geschichte in Zusammenhang stand.

Die Sehnsucht nach Glück, Talent und Besonderheit basiert auf Motiven, Gründen und Ursachen, und die kann man ausfindig machen, wenn man will. Talent ist eine Notwendigkeit.

Das Wort »Glückspilz« konnte ich nicht mehr hören.

Wenn man im Lotto gewinnt, ist man ein Glückspilz.

Ohne noch zu wissen, warum, dachte ich in Momenten, da ich mich ärgerte, aber schwieg: Dann kapier eben nichts, denk niemals nach und bleib einfach dick.

Bing und ich würden es ohne Aras Anwesenheit nicht eine Stunde miteinander aushalten. Bei mir stottert er noch viel schlimmer als bei Ara, und ich würde dann zwar auch gern tun, was sie in solchen Fällen immer macht, wage das aber nicht. Bing bleibt in den Anlauten der Wörter hängen, und entgegen allen Regeln, die besagen, daß man rücksichtsvoll mit Stotterern umgehen soll, fängt Ara laut an zu stöhnen und zu seufzen, wenn es ihr zu lange dauert und Bing nicht über die Schwelle eines Wortes hinauskommt. Stockt er beim P von Plackerei, dann ergänzt Ara schon nach einer halben Sekunde »Plackerei«, so daß Bing das Wort überspringen und im Eiltempo auf die nächste Stockung hinreden kann.

Kann sein, daß es kommt, weil er Chinese ist, aber Bing lacht immer über Aras Ungeduld. Sie sind allmählich so aufeinander eingespielt, daß man nie Bing allein reden hört, sondern mindestens ein Drittel des Gesprächs durch Ara ergänzt wird. Wenn ich sie besuche und meinerseits Ara bei der Ergänzung von Bings Worten verbessere, verheddern wir uns mitunter derartig in der gegenseitigen Korrigiererei, daß wir nicht mehr wissen, wovon eigentlich die Rede gewesen war.

Gestört hat Bing mich nie. Er kann sich so in einem Raum bewegen, daß man ihn nicht wahrnimmt. Wir verreisen auch regelmäßig zu dritt, und das geht sehr gut. Bing huscht ein bißchen um uns herum und überrascht uns am Strand mit Getränken, Obst und Leckereien. Er schiebt sie uns hin, ohne selbst dabei in Erscheinung zu treten, und dann verzieht er sich wieder, um allein spazieren zu gehen oder einfach zu verschwinden. Wir schlafen alle zusammen in einem etwas zu kleinen Zelt. Ara liegt in der Mitte und nimmt am meisten Platz ein, nicht nur weil sie die größte ist, sondern auch weil sie es gewohnt ist, auf dem Rücken zu schlafen und dabei die Arme und Beine weit von sich zu spreizen. Bing und ich liegen rechts und links neben ihr, auf der Seite. Wir machen uns so klein wie möglich.

Ara sagt, daß Bing anders sei als andere Männer, und das glaube ich auch, denn sobald ich bei Ara bin, lächelt Bing und läßt uns in Ruhe. Manchmal setzt er sich in eine Ecke des Zimmers und schaut vergnügt zu uns herüber. Ara zufolge weiß er, was ich ihr bedeute, daß ich ihr wichtig bin, und es gefällt ihm, daß wir diese Freundschaft haben. Ich glaube, es ist tatsächlich eine Besonderheit von ihm, daß ihm das gefällt.

Ich bin nie eifersüchtig auf Bing gewesen, nicht eine Sekunde.

Ich habe mir in den vergangenen zehn Jahren alles, was mir wichtig war, in der Menge zugeführt, in der ich es vertragen konnte. Viel Arbeit, wenig Liebe und allmählich immer mehr die Gesellschaft von meinem liebsten Feind.

Es gehört zu meiner Arbeit zu begreifen, daß ein Zusammenhang besteht zwischen der geringen Menge an Liebe, die ich vertrage, und den Mengen an Alkohol, die ich brauche, um mir darüber nicht ständig allzusehr im klaren zu sein.

Vor vier Jahren habe ich mein Psychologiestudium abgeschlossen, zwei Jahre später auch das Philosophiestudium, und seit anderthalb Jahren bin ich als Dozentin an der Psychologischen Fakultät beschäftigt. Achtzig Prozent meiner Zeit dort darf ich der Arbeit an meiner Dissertation widmen, zwanzig Prozent der Zeit muß ich unterrichten.

Das Unterrichten ist mir vom ersten Moment an sauer aufgestoßen. Abgesehen davon, daß es mir gar nicht behagte, zu einer festgesetzten Zeit irgendwo erscheinen zu müssen, stellte ich fest, daß das stundenlange Reden mich sehr ermüdete und die Aufmerksamkeit, mit der die Studenten mich bedachten, mir höchst unangenehm war.

Einer der größten Vorzüge des Studierens hatte darin bestanden, daß ich nicht unter Menschen zu sein brauchte, wenn ich das nicht wollte.

Ich wollte selten.

Nach einem Vormittag hinter dem Katheder lechzte ich nach der Dunkelheit, Stille und Abgeschiedenheit meiner Wohnung.

Zur gleichen Zeit wie die Bestätigung des Fernmeldeamtes, daß man an dem und dem Tag meinem Antrag entsprechen und in meiner Wohnung einen Telefonanschluß installieren werde, erhielt ich auch die Nachricht, daß das Haus, in dem ich nun schon seit zehn Jahren wohnte, durch die Gemeinde renoviert werden würde und ich für ein halbes Jahr eine Ersatzwohnung im gleichen Stadtteil in Anspruch nehmen oder für den definitiven Umzug in eine andere, größere Wohnung optieren könne. Man könne mir allerdings nicht garantieren, daß sich diese ebenfalls im selben Stadtteil befinden werde.

Innerhalb von drei Monaten mußte ich umziehen.

Ich machte eine Flasche Wein auf.

Der einzige Umzug, den ich bis dahin mitgemacht hatte, war der von meinem Geburtshaus im Dorf in diese Bude in der Stadt gewesen. In den letzten paar Wochen vor meinem Umzug hatten meine große Aufregung und der Wunsch nach Veränderung im Widerstreit mit höchst sentimentalen Anwandlungen gelegen. Ich betrachtete das Dorf, als hätte ich dessen wirkliche Schönheit noch nie bemerkt, ich schwärmte plötzlich für den Wald, den ich nie sonderlich gemocht hatte, ich schätzte meine Eltern und Geschwister als die einzigen Menschen in meinem Leben ein, die mich jemals lieben konnten, und ich war mir auf einmal sicher, daß ich nirgendwo Fuß fassen würde, wenn ich Ara nicht in meiner Nähe hatte. Mir wurde himmelangst, wenn ich bedachte, daß an die Dauer unserer Freundschaft jetzt niemand mehr herankommen konnte, daß jeder in der Stadt mich erst mit zweiundzwanzig kennenlernen würde und daß ich mit ihm niemals die Geschichte meiner Jugend würde teilen können. Außerdem hatte ich nicht mehr lange zu leben, denn da ich mir keine Zukunft vorzustellen vermochte, gönnte ich mir noch höchstens drei Jahre und würde mit etwa fünfundzwanzig den erlösenden Tod sterben, den ich mir schon seit frühester Kindheit so lebendig ausgemalt hatte.

Ich haßte meine eigene Sentimentalität, aber ich konnte nichts dagegen tun.

Ich war jung, unerfahren und bis zu einem gewissen Grad romantisch, und es war für mich noch nicht an der Zeit zu erkennen, daß meine Todesphantasien eigentlich nichts anderes waren als die Sehnsucht, von meinen Träumen und der quälenden Angst und Pflicht, sie wahrzumachen, erlöst zu werden.

Jemand, der seine Träume wahrmacht, ist auf der Stelle kein Romantiker mehr, aber das wußte ich damals noch nicht. Ich wußte noch nicht, wie stark mein Drang, etwas zu unternehmen, immer dann war, wenn mich etwas in unliebsamer Weise belastete.

Je näher der Tag meines Abschieds kam, desto drückender wurde das Gefühl, daß ich mir da etwas Idiotisches aufhalste, und desto stärker hatte ich das Empfinden, daß ich mich freiwillig aus dem Paradies verbannte.

Und das trifft natürlich auch zu.

Das Paradies entsteht erst in dem Moment, in dem man es verläßt, oder in der Zeit, bevor man es betritt. Genausowenig wie die Hölle ist das Paradies der reale Raum, in dem man sich gerade befindet. Das Paradies lag immer schon im Jenseits, und dort wird es wohl auch auf ewig bleiben. So ist das nun mal mit vollkommenen Dingen. Vollkommenheit und Wirklichkeit halten sich selten oder nie beieinander auf, und tun sie es doch, dann nicht für lange Zeit. Sie zerstören sich gegenseitig.

Das Ideal, ja selbst der ideale Raum, wird immer Anreiz sein für Unternehmungen, für den Wunsch, aus einem Ideal Wirklichkeit werden zu lassen. Sobald es Wirklichkeit ist, ist das Ideal auch kein Ideal mehr.

Nach zwei Gläsern nahm ich eine Schere und schnitt mir eigenhändig meine langen blonden Haare ab. Noch in derselben Nacht schrieb ich einen Brief an Ara, in dem ich ihr erklärte, daß ich soeben mein Haar abgeschnitten hätte und nun total debil aussähe, daß ich ganz durcheinander sei, weil ich spürte, daß eine Zeit der Veränderungen anbreche, und sie wisse ja, wie sehr ich mich vor einer Veränderung meiner Umgebung fürchtete.

Das entsprach nicht ganz der Wahrheit.

Ara hatte mir wiederholt gesagt, eine ihrer größten Ängste sei es, daß ich mich irgendwann einmal um hundertachtzig Grad drehen und Entscheidungen treffen würde, die sie nicht mehr nachvollziehen könne, daß ich eines schönen Tages bei ihr vor der Tür stehen würde, um mitzuteilen, daß ich ins Ausland gehen wolle oder daß ich Anhängerin einer Philosophie geworden sei, die sie für mich nun überflüssig mache. Auf jeden Fall, daß ich an einen Ort ziehen würde, sei es auch ein geistiger Ort, an den sie mir nicht mehr folgen könne.

Diese Angst berücksichtigte ich, als ich schrieb, daß ich Ortswechsel haßte, und verschwieg, daß dieser Moment in meinem Leben mir als gar nicht so ungeeignet erschien, um aus meiner Höhle hervorzukommen und einem Verlangen nachzugeben, das sich in den letzten Jahren immer häufiger bemerkbar gemacht hatte und das ich nicht anders umschreiben konnte als das Verlangen nach mehr Wirklichkeit.

2

Ara und Bing halfen mir beim Umzug. Sie waren das gewohnt. Ara war schon dreimal umgezogen, und beim letzten Mal war Bing dann bei ihr eingezogen. Seit etwa sechs Jahren wohnten sie auf einem kleinen Bauernhof im ländlichen Süden, ganz in der Nähe von Aras Mutter. Vierhundert Meter von dem Bauernhof entfernt lag das Tierheim, dessen Besitzerin Ara geworden war. Und wenn sie sich ins Auto setzte und ein bißchen Gas gab, konnte sie in zwei Stunden vor der Tür meiner neuen Wohnung stehen.

Bing war bei ihr angestellt und erledigte die praktische

Arbeit, so daß Ara sich ganz der Schulung und Abrichtung von Polizei- und Blindenhunden widmen konnte.

Davon versteht sie was. Ich kann es bezeugen.

Zu den Trainingseinheiten, die sie am Wochenende gibt, gehe ich manchmal mit. Bei den Männern und Frauen von der Polizei ist sie nicht von einem x-beliebigen barschen Kommandanten zu unterscheiden, aber mit den Blinden geht sie sanft und nachgiebig um. Ich sehe Ara immer gern zu, aber wenn sie mit den Blinden beschäftigt ist, schleicht sich da noch ein besonderes Gefühl ein. Ich glaube, es ist Eifersucht, aber da man auf einen Blinden ja nicht ernstlich eifersüchtig sein kann, handelt es sich um eine angenehme Form der Eifersucht, eine, über die ich selbst lachen muß, sobald sie sich bemerkbar macht. Der Grund ist, daß mir Blindsein, solange man in Aras Nähe ist, plötzlich nur noch erstrebenswert erscheint.

An einem dieser Samstage, an denen ich Ara begleitete, holte sie die Blinden wie gewohnt vom Blindenheim ab, um sie mit ihrem Auto zu der Weide beim Tierheim zu bringen, wo sie sie im Umgang mit ihren Hunden unterrichtete. Diesmal waren es zwei Männer und eine Frau. Sie warteten an einem Tisch im Speisesaal des Gebäudes. Ich war vorausgelaufen und blieb zögernd am Eingang stehen, weil ich mich nicht hineintraute. Ich hatte keine Ahnung, wie man mit Blinden umgeht. Lange bevor ich Ara kommen hörte, sah ich an den Blinden, daß sie deren schweren Schritt erkannt hatten. Die drei Köpfe fuhren alle auf einmal in die Höhe, und ich sah, wie sich auf den drei Gesichtern ein Ausdruck unbezähmbarer Glückseligkeit breitmachte. Wenig später, als Ara dann tatsächlich hereinkam, saßen sie mit schiefgelegten Köpfen bereit, das erwartete Streicheln zu empfangen. Das bekamen sie auch. In Aras Gesicht kamen die Züge zum Vorschein, die bei ihr so selten sind, die einen, wenn sie sie hat, aber ganz schwach machen. Alle Launenhaftigkeit war dann daraus verschwunden, und sie war voller Sanftheit und Mitgefühl.

»Ich wollte, ich wäre blind«, sagte ich abends zu ihr.

»Wieso?« fragte sie lachend.

»Dann *mußt* du jemandem vertrauen, ob du willst oder nicht.«

Immer öfter fragte man bei ihr wegen Trainingskursen an, auch von seiten privater Hundebesitzer. Sie redete neuerdings auch häufiger davon, daß sie ein Buch schreiben wolle, daß sie Lust habe, das mal zu versuchen. Sie sagte, sie wisse jetzt so viel über das Abrichten von Hunden, daß sie mit so einem Büchlein vielleicht was verdienen könne.

Sie drückte sich vorsichtig aus, weil sie wußte, daß sie sich damit in mein Revier vorwagte, aber sie fing stets wieder damit an, wohl um mich davon zu überzeugen, daß es ihr ernst war.

Als sie ihr Vorhaben erstmals angekündigt hatte, war ich schier geplatzt vor Wut. Ich warf ihr vor, daß sie sich, seit ich aus dem Dorf weggezogen sei, selten die Mühe gemacht habe, auch nur auf die eindringlichsten aus dem Strom meiner allwöchentlich an sie adressierten Briefe zu reagieren, und daß sie mich auch noch der Möglichkeit beraubt habe, ihr das zu verübeln, weil sie Schreibangst vorgeschützt habe. Ob die denn auf einmal verflogen sei, hatte ich höhnisch gefragt.

Ein Buch sei etwas ganz anderes als ein Brief, war Aras Entgegnung. Wenn man einen Brief schreibe, könne man keinen Lektor zwischenschalten, der die Schreibfehler verbessere, und sie würde, wenn sie mir einen Brief schicke, etwas Häßliches und Unvollkommenes rausgehen lassen müssen, wo doch nichts so persönlich sei wie die Zurschaustellung der eigenen Unvollkommenheit.

»Aber das ist doch gerade das Entscheidende«, sagte ich.

»Ich mag meine eigene Unvollkommenheit nicht«, sagte Ara.

Sie hatte nur ein einziges Mal in ihrem Leben einen richtigen Brief verschickt, an ihren Vater, als der eine Woche zu einem Kongreß im Ausland war. Vierzehn war sie damals gewesen. Ihr Vater hatte ihr bei seiner Rückkehr den Brief wiedergegeben. Er hatte die Originalität des Inhalts gerühmt, jedoch mit Rotstift alle sprachlichen Fehler im Brief verbessert.

»Es sah aus wie ein Blutbad«, sagte Ara.

»Schrecklich«, hatte ich immer wieder gestöhnt, wenn ich Ara erneut davon erzählen ließ.

Ich hatte immer wieder an diesen Vorfall gedacht und mich damit getröstet, wenn ich vergeblich auf einen Brief von ihr hoffte, denn wer würde schon das Risiko eingehen, ein zweites Mal derart gedemütigt zu werden?

So sehr ich sie auch davon zu überzeugen versuchte, daß ich überglücklich über die eigenartigen, immer sehr kurzen Briefe gewesen sei, die ich im Laufe von zwanzig Jahren von ihr bekommen hatte, daß sie bei mir sicher seien und ich niemals so etwas Hinterhältiges und Gemeines tun würde wie ihr Vater, sie war stur geblieben und hatte in all den Jahren den Großteil meiner Briefe unbeantwortet gelassen.

Als wenn das nicht grausam und demütigend gewesen wäre, sagte ich jetzt.

Ara reagierte gelassen, fast schon hochmütig. Sie sagte, sie habe nicht den Eindruck gehabt, ich würde ihr nur um ihretwillen schreiben, sondern daß ich auch schreiben würde, um zu schreiben, daß ich einfach Spaß daran hätte, am Schreiben an sich.

Das konnte ich nicht leugnen, aber es war nicht die ganze Wahrheit.

»Zweifelst du denn daran, daß sie für dich bestimmt sind«, fragte ich, »daß sie an dich gerichtet sind?«

»Nein«, sagte sie, »sie sind ganz allein für mich, aber ich glaube nicht, daß es etwas ausmacht, ob ich darauf antworte.«

Darauf konnte ich nichts entgegnen.

Sie antwortete nie, wie sollte ich also wissen, wie es sein würde, wenn sie doch antwortete?

Wir redeten nicht mehr darüber.

Während meiner Studienzeit hatte ich es mir zur Gewohnheit gemacht, an jeder Fakultät Vorlesungen zu besuchen, zu der ich irgendwie Zugang erhalten konnte. Sobald ich jemanden traf, der ein anderes Fach studierte als ich, fragte ich nach der meistbesuchten Vorlesung, ob es auffallen würde, wenn sich eine Fremde unter die Studenten mischte, wo und wann sie abgehalten wurde und um welches Thema es ging. Es mußte schon seltsam zugehen, wenn es ein Thema war, das mich nicht interessierte.

Es gab Tage, an denen ich acht Stunden lang schweigend, zuhörend und schreibend im Hörsaal saß und die Pausen dazu nutzte, von der einen Fakultät zur nächsten zu radeln, so daß ich am selben Tag bei den Medizinern die Neurologievorlesung besuchen, bei den Anthropologen den erstaunlichen Abhandlungen über die Initiationsriten lauschen und bei den Biologen Anfangskenntnisse in der Evolutionslehre erwerben konnte.

Ich bekam gar nicht genug davon.

Während ich noch mittendrin steckte, fürchtete ich bereits, daß dies die glücklichsten Jahre meines Lebens waren, daß ich niemals selbstgenügsamer, unabhängiger und unbefangener sein würde als während dieser langen Tage als Studierende, an denen mich nichts anderes beschäftigte als die Befriedigung eines unstillbaren Hungers.

Ara reagierte mit Erstaunen, als ich Biologievorlesungen zu besuchen begann und das Fach sogar zum offiziellen Nebenfach wählte.

»Du veränderst dich so, Kit«, sagte sie, »früher lag dir nichts an der Natur.«

»Auch jetzt noch nicht«, sagte ich. »Ich bin eine Biologin, die die Natur nicht liebt. Sie berührt mich nicht. Das Knospen des Ginsters oder der Anblick aufblühenden Wiesenkerbels lassen mich völlig kalt. Bäche, Bäume und Bienen finde ich wie eh und je todlangweilig, aber diese Wissenschaft gibt mir solche netten Anregungen, daß

Tiere immer jagen, sich paaren, fressen, sich fortpflanzen müssen und wie sie ihre Brut versorgen oder verstoßen. All dieses Zwanghafte beflügelt mich. Keine Bange, ich studiere die Tiere einzig und allein, um sie ausklammern zu können, um festzustellen, was an rein Menschlichem übrigbleibt, wenn man das Tierhafte vom Menschen abgezogen hat. Kannst du dir darunter etwas vorstellen?«

»Bei dir schon«, sagte sie. »Du bist doch eine Animistin.«

Ara sprach das Wort aus, und wie immer, wenn sie einen Fehler machte, rührte es mich. Mir war klar, daß sie dachte, Animismus habe vor allem etwas mit Tieren zu tun und daß man dagegen eine Aversion haben könne, gegen das Animalische. Erst als ich schwieg und sie nicht korrigierte, erkannte ich, daß sie recht hatte, daß ich eine Animistin war und daß es mir nie eingefallen wäre, dieses Wort auf mich selbst anzuwenden.

Von Erkenntnissen bekomme ich oft solche Herzschmerzen, die nichts anderes sind als eine Art Verliebtheit in ein Wort oder eine große Dankbarkeit für dessen Vorhandensein. Es ist eine Art Glück, das vorerst noch in Ruhe gelassen werden und lieber eine Ahnung bleiben möchte, als eine Erkenntnis zu sein, die man äußern kann.

Das Wort paßte zu mir, und ich war ganz erfüllt von dem Gefühl, daß Ara aus einem Mißverständnis heraus etwas Schönes gesagt hatte, etwas, was mir manches begreiflicher machen würde. Ich verriet ihr nicht, daß Animismus etwas anderes ist, als sie dachte, und umarmte sie.

Es ist überhaupt nicht schwierig, zwei Studiengänge zu absolvieren, wenn man das Verhältnis zwischen den beiden Fächern zu seinem Thema macht, und das tat ich. Manchmal schrieb ich simultan. Auf der linken Hälfte meines Schreibtisches lagen meine Aufzeichnungen in Psychologie, auf der rechten die in Philosophie. Was ich links *Hunger* nannte, hieß rechts *Verlangen*.

Um das ging es.

Hunger und Verlangen waren die Eichmarken, anhand derer ich den Vergleich zwischen zwei Denkweisen zog. Indem ich Hunger und Durst als körperliches Pendant zum Verlangen ansah, zu jenem flüchtigen, kaum festzumachenden Etwas von Seele oder Geist, auf jeden Fall zu jenem anderen, mächtigen, unsichtbaren Körper, hoffte ich, die beiden miteinander in Einklang bringen zu können. Sowohl die Geschichte der Psychologie als auch die der Philosophie hatten mir lediglich gezeigt, für wie wichtig es immer gehalten worden war, beides auseinanderzuhalten.

Zeitweilig fand ich mich vor allem geschickt.

Wenn sich ein solches Besessensein von einem Thema herauskristallisiert, kann man, vorausgesetzt man bleibt im theoretischen Bereich, alles mit allem verbinden und so viele Studiengänge abschließen, wie man nur will, denn man liefert nur Varianten zu ein und demselben Thema. Das einzige, was man jedesmal ändern muß, ist der Betrachtungswinkel.

Um Ara das zu verdeutlichen und sie ein bißchen von ihrer Bewunderung für so etwas wie ein Universitätsstudium herunterzuholen, konnte ich mich gar nicht genug darüber mokieren. Ich sagte ihr, daß ich bei geringfügigen Änderungen im Wortschatz mit ein und derselben Arbeit meinen Abschluß in Theologie, Soziologie, Biologie, Geschichte, Sprachwissenschaft und was nicht noch alles erlangen könne.

Sie glaubte mir nicht.

Es stimmt aber.

Ich war nie zufrieden, ehe ich Ara nicht hatte veranschaulichen können, was mich gerade beschäftigte und welcher Entdeckung ich gerade auf der Spur zu sein glaubte. Sobald ich ihr eine Theorie erklären konnte, wußte ich, daß es mir nun auch gelingen würde, meine Theorien zu Papier zu bringen. Es war mir so zur Gewohnheit geworden, das, was ich bisweilen nur mit Mühe aus komplizierten und langweiligen Büchern herauslas, in etwas Einfaches und Interessantes umzuformulieren, daß ich Theorien nur noch verdauen konnte, indem ich sie bereits beim Lesen in eine simplere Form übersetzte, in eine Geschichte, die ich Ara erzählen konnte.

Wenn ich las, redete ich mit ihr.

Das Entmystifizieren, Vereinfachen und Banalisieren dessen, was von der Philosophie als hoch und von der Psychologie als komplex aufgebauscht wurde, wurde mir zur zweiten Natur.

»Betrachte die Philosophie einfach als eine Art Verbraucherbroschüre«, sagte ich zu Ara. »Seit Jahrhunderten tun die Philosophen nichts anderes, als unstoffliche Güter – das Gute, das Schöne und das Wahre – anzupreisen, und sie tun das genauso wie andere Werbefritzen: Sie versprechen dir etwas, sie versprechen dir, daß dich das glücklicher macht. Für die Liebe, die Wahrheit und das Gute ist mehr Werbung gemacht worden als für jedes irdische Produkt. Philosophen verlangen nur einen anderen Preis. Glück ist nicht käuflich. Genaugenommen ist der Preis immer derselbe: Einsicht und Selbsterkenntnis.

Ara fragte mich, wie man dazu komme, zu Einsicht und Selbsterkenntnis.

Ich sagte ihr, meiner Meinung nach komme man durch Nachdenken dazu, dadurch daß man nicht einfach mit der eigenen Sicht der Dinge vorliebnehme, sondern sich frage, welchen Ursprung diese Sicht habe, woher die eigene Einstellung zu den Dingen und den Menschen komme, durch wen und was das eigene Denken und Fühlen bestimmt und beeinflußt seien.

»Und wenn man das alles weiß«, fragte Ara, »wird man dann dünn und glücklich?«

Das fand ich immer so gut an Ara, daß sie mir Fragen stellen konnte, auf die ich nicht zu antworten wagte.

Ich sagte ihr, ich hoffte, das Leben sei so angelegt, daß das Gute belohnt und das Böse bestraft werde, sei mir da jedoch nicht so sicher. Ich fühlte eine Niedergeschlagenheit aufkommen, die ich nicht wollte, und fügte daher hinzu, daß es sich, wie auch immer, auf alle Fälle lohne zu durchschauen, wie man dazu verführt werde, etwas haben zu wollen, ob das nun eine Tafel Schokolade sei oder eine Leidenschaft, daß einen das freier machen werde, daß ich Freiheit immer so beschreiben würde, als das Vermögen, einer Versuchung zu widerstehen.

Mochte ich Ara gegenüber den Status des Universitätsstudiums auch gern ein wenig abtun, ich war nichtsdestotrotz völlig im Bann eines ganzen Wusts von Themen, die alle um den wohl abgedroschensten Fragenkomplex aller Zeiten kreisten: die Verbindung zwischen Körper und Geist.

»Eigentlich studierst du uns beide«, sagte Ara mitunter.

Wenn ich in Gönnerlaune war und ihr einen Gefallen tun wollte, stimmte ich dem zu und sagte, daß ich mich tatsächlich nur damit beschäftigte, um diese Freundschaft zu ergründen. War ich in einer weniger nachgiebigen Stimmung, dann sagte ich ihr, sie müsse mal damit aufhören, sie würde sowohl ihr eigenes als auch mein Leben einengen, wenn sie sich an eine Unterscheidung und Verteilung klammere, die uns früher genutzt und Spaß gemacht habe, die uns aber jetzt nicht mehr gerecht werde.

»Du kannst dich besser darauf verlegen, nach Übereinstimmungen zwischen uns beiden zu suchen«, sagte ich zu Ara, »dann lernen wir uns selbst besser verstehen.«

Erst als ich ein Wochenende bei ihr verbrachte, mit bandagiertem Knöchel, konnte ich ihr einigermaßen verdeutlichen, was ich meinte.

An den Augenblick des Sturzes würde ich mich haargenau erinnern, erzählte ich Ara, und im nachhinein formulierte ich daraus meine Erklärung, was geschieht, wenn man zuviel trinkt, was sich da abspielt.

Ich habe viel getrunken und fahre mit dem Rad nach Hause. Das Radfahren geht gut, ich habe nicht die geringsten Probleme, mich durch den sporadischen nächtlichen Verkehr zu lotsen, und meiner Meinung nach fahre ich schnurgerade, aber das denken alle Betrunkenen, das steht jetzt nicht zur Debatte. Es geht um den Moment, da ich glücklich ankomme, in die mir vertraute Straße einbiege, bis zur der Stelle fahre, wo ich mein Rad gewöhnlich abstelle, und das Rad ausrollen lasse. Ich bin plötzlich todmüde. Das Fahrrad kommt zum Stehen. Ich erinnere mich vage, daß ich, will ich diese Sache gut zu Ende bringen, noch eine wichtige Handlung verrichten muß, aber ich weiß nicht mehr welche. Es fällt mir einfach nicht ein, und es läßt mich eigentlich auch kalt. Als das Rad völlig zum Stillstand gekommen ist, kippe ich um, weil ich nicht mehr weiß, was ich tun muß. Durch den Schmerz fällt mir plötzlich wieder ein, daß man, hat man einmal ein Fahrrad bestiegen, zu gegebener Zeit auch wieder absteigen muß. Ich krieg mich nicht mehr ein vor Lachen.

Ara sah mich besorgt an. Das hatte ich nicht erwartet. Ich hatte versucht, es so zu erzählen, als handele es sich um einen höchst amüsanten Vorfall.

Ich wußte nicht mehr, welche Schlußfolgerung ich mit dieser Geschichte hatte verknüpfen wollen. In Aras Blick lag so etwas wie Mitgefühl, und dieses Mitgefühl verwirrte mich. Alles, was ich als Erklärung für meinen Bänderriß im Fußgelenk anführen würde, würde eine Leugnung dessen sein, was ihr Mitleid auslöste, der Wahrheit. Und diese Wahrheit war für mich unerträglich, davon wollte ich nichts wissen. Zwar war ich neugierig darauf, aber meine Neugier war längst nicht so groß wie der Wunsch, die Wahrheit bei Ara zu lassen, wo sie sicher war und nicht mißbraucht wurde.

Ara mußte viel über mich wissen, was ich nicht über

mich selbst in Erfahrung bringen konnte, das war ein Teil unserer Freundschaft. Sie besaß Kenntnisse über mich, die ich nicht über mich selbst hatte, und ich besaß Kenntnisse über sie, die sie nicht über sich selbst hatte. Und diese unbekannten Kenntnisse über die eigene Person, dieser unzugängliche Besitz, den niemand außer dem jeweils anderen hatte, verband uns.

Diese Unwissenheit sorgte übrigens dafür, daß jede von uns immer zumindest ein bißchen bangte, unsere Freundschaft könnte eines Tages durch die Entdeckung, woraus ihre oder meine Kenntnisse bestanden, und die Mißbilligung dessen beendet oder zerstört werden.

»Ich weiß nicht mehr genau, was ich damit sagen wollte, Ara«, sagte ich.

»Macht nichts, Kleine«, meinte sie.

Sucht hat für meine Begriffe immer etwas mit der Wiederherstellung eines Gleichgewichts zwischen Gefühl und Verstand zu tun. Wer zuviel trinkt, der benebelt seinen Geist, und diese Benebelung dient dazu, die Kontrolle über den Körper zu verlieren. Man hält seinen Körper nur gerade, nährt, wäscht und kleidet ihn anständig, wenn man nachdenkt. Man kann auch zuviel über den Körper nachdenken und ihn dadurch am Erleben von Freude und Genuß hindern.

Abgesehen von dem, was er konkret ist – Fleisch, Wasser, Blut und Knochen –, stellt der Körper genauso ein sprachliches Ausdrucksmittel dar wie die eigentlichen Wörter. Menschen, die den eigenen Körper nicht auch als Symbol behandeln können, nicht mit ihm sprechen können oder sich das aus irgendeinem Grund verboten haben, die fangen an zu trinken, um dieses Verbot aufzuheben, um einen unverhältnismäßigen, zu strengen, angstmachenden Geist zum Schweigen zu bringen und dem Körper endlich einmal die Chance zu geben, sich zu äußern.

Trinker hassen die Lügen ihres nüchternen Körpers, sie hassen diese Sprache, ihre gesprochenen Worte, ihr Lächeln, die unterbundene Begierde ihres Fleisches, dessen Verrat.

Eine Sucht ist die Äußerung einer verbotenen Sprache. Und insofern ist sie selbst eine Sprache, eine Offenbarwerdung, ein zu entzifferndes Zeichen.

Betrunken werden ist etwas anderes als dick werden.

Ich wußte nur, was ich zu tun hatte, wenn ich nachdachte, und von Ara wußte ich, daß nachdenken sie durcheinanderbrachte, sie jedoch immer zu wissen meinte, was sie zu tun hatte. Die erste und bis dahin einzige These, die ich für meine Examensarbeit hatte, lautete: Zeigen Sie mir Ihre Sucht, und ich werde Sie lehren, Ihre verbotene Sprache zu lesen. Ich wußte nicht, ob ich sie benutzen würde, weil ich solche Sprüche eigentlich hasse, gleichzeitig aber finde, daß sie in ihrer Gewagtheit und Anschaulichkeit jeder auch nur ansatzweise nuancierteren Aussage weit überlegen sind.

Ara wußte, daß sie der Auslöser für praktisch alles war, worüber ich gern nachdachte. Mit ihr hatte es begonnen, mit vorsichtigen Versuchen, Erklärungen zu finden für ihren Hunger, ihr Essen, ihren ausufernden Körper und für das Leid, das sie sich selbst damit zufügte. Solange ich selbst die Gesellschaft meines liebsten Feindes zu meiden gewußt hatte und gar nicht oder nur mäßig trank, hatte ich über Sucht nachdenken können, ohne mir bewußt machen zu müssen, daß es auch etwas mit mir selbst zu tun haben könnte.

Meine Raucherei und mein Nägelkauen waren schlechte Angewohnheiten, woran man sterben konnte und wovon man unansehnliche Hände bekam, aber es handelte sich nicht um Süchte.

Ara war süchtig.

Süchtig nach Essen.

Ich dachte über Ara nach.

Indem ich mich ausschließlich mit ihrem Schmerz beschäftigte, hielt ich meinen eigenen jahrelang von mir fern. Ohne zu wissen, was da funktionierte, funktionierte es gut, dieses monomane Rätseln über ihr Wesen, ihre Triebfedern und ihr Glück. So konnte ich mir die Schrecken des Leidens vom Leib halten, bis zu dem Tag, als ich Thomas kennenlernte und Ara mir erstmals Einblick in die Sprache ihrer Sehnsüchte gab.

3

Gleich als ich Thomas zum erstenmal sah, fühlte ich mich an Ara erinnert. Er hatte nicht nur ihre Fülle, ihre Größe und ihre Schönheit, ich fühlte mich auch auf dieselbe Art und Weise gelähmt und mit Stummheit geschlagen wie vor zwanzig Jahren, als ich Ara zum erstenmal erblickt hatte, eine Fremde auf dem Schulhof in unserem Dorf, und in dem Moment nur hatte denken können, daß sie Schicksal war und die Begegnung mit ihr mein Leben nachhaltig beeinflussen würde.

Ich war kein Kind mehr, und über Schicksal dachte ich mittlerweile anders, aber der erste Blick auf Thomas wurde in meinem Kopf von dem Wort *fatal* begleitet, und so sehr ich mich auch bemühte, die penetrante Wiederholung dieses einen Wortes ließ sich einfach nicht abstellen.

Die Psychologie habe ich als ein Studium aufgefaßt, das mich auf mein persönliches Schicksal festnagelte, und die Philosophie als ein Studium, das mich über mein persönliches Schicksal hinausheben konnte, indem es mich das Schicksal anderer teilen ließ. Daß sie beide die Verheißung beinhalteten, ich könne mich mit Hilfe der von ihnen vertretenen Erkenntnisse bis zu einem gewissen Grad vom Schicksal befreien, darin lag wahrscheinlich ihre größte Anziehungskraft.

Es gibt Tage, an denen ich nur den unbändigen Wunsch verspüre, verschont zu bleiben, egal von was, von allem.

Es ist noch stets der Gott meiner Kindheit und Jugend, an den ich mich mit meiner flehentlichen Bitte wende, ob ich mich nicht mal kurz ausklinken, für ein Weilchen von diesem Karussell abspringen dürfe und ein, zwei Tage nicht mitzumachen brauchte.

»Man wird ein bißchen irre, wenn man Tag für Tag immerzu leben muß«, sagte ich zu ihm.

Am liebsten sah ich mich als Kupplerin zwischen zwei Auffassungen, damit befaßt, sie einander näherzubringen, um das, was der Philosoph Ideen nennt, mit dem zu verehelichen, was der Psychologe Emotionen nennt.

Ich begann erst zu begreifen, warum ich das alles so gern begreifen wollte, als ich Thomas kennenlernte und zum erstenmal einige Kapitel aus dem Skript lesen konnte, das meinem Leben zugrunde liegt. Da erst kam ich dahinter, daß mir ganze Teile völlig unbekannt waren, weil ich sie noch nie vor Augen gehabt, geschweige denn gelesen hatte.

Verliebtheit lockt einen mit ziemlicher Sicherheit in die Falle eines alten Dramas, und jedes Drama ist das einer Verbindung. Ich wußte plötzlich, warum ich die Liebe wohlweislich so lange aus meinem Leben ferngehalten hatte. Sie war nämlich aufgeführt in einem Kapitel über Schmerz, Angst, Unsicherheit, Verwirrung, unsinnige Schuld, Machtlosigkeit, Scham und verzehrendes Mitleid mit jedem, außer mit mir selbst.

Erinnerungen sind in Emotionen verpackt, sie sind mit Gefühl umkleidet und daran gebunden. Wenn man das eine nicht mehr will, den Schmerz und die Angst, bekommt man auch das andere nicht, die Erinnerung, die Einsicht und die Erkenntnis. Und gerade das sind nun mal die Instrumente für das eigene Glück.

Es war Ara, die mir deutlich machte, daß ich nie etwas über die Liebe in Erfahrung bringen konnte, wenn ich mich nicht zu Thomas bekannte.

Sie dürfte höchstens geahnt haben, daß sie mir dadurch auch Einblick in ihre verbotene Sprache gewähren mußte und dieses Wissen unsere Freundschaft verändern würde.

Thomas war ein Meter dreiundneunzig, wog hundertfünfzehn Kilo, war dreiundfünfzig und hatte schwarzes Haar, das mit viel Grau durchsetzt war. Er hatte sonderbar helle Augen unter schweren, dunklen Augenbrauen. Man sah auf den ersten Blick, daß er ein launischer Mensch war. Die Linien in seinem Gesicht verrieten, daß sein Leben eher von Argwohn und Unduldsamkeit geprägt war als von Kummer. Seine Augen nicht. Die Augen waren das seltsamste an Thomas, und es dauerte eine ganze Weile, ehe ich wußte, was ich darin gesehen hatte.

Es war Angst.

Er arbeitete als Entwerfer und Texter für eine Reihe von Werbeagenturen und machte diese Arbeit bei sich zu Hause, allein und in Ruhe. Das hing ihm auch an, dieses Autistische und Klosterhafte, das Menschen ganz automatisch annehmen, wenn sie es gewohnt sind, länger als fünf Stunden am Tag zu schweigen.

Anläßlich der Herausgabe eines Werbeprospekts für das Heim, in dem er arbeitete, hatte Hendrik ein Fest organisiert.

Hendrik war im Laufe der Jahre zu einem meiner besten Freunde geworden, und er kochte so gut wie täglich für mich.

Noch bis vor zehn Jahren wußte ich nicht, wie lange es dauert, bis ein Ei wachsweich gekocht ist und wie man eine Kartoffel gar bekommt. Essen zuzubereiten war unbestritten die Domäne meiner Mutter gewesen, und ich hatte nie den Versuch gewagt, ihr das abzunehmen. Das wäre auch unmöglich gewesen, davon bin ich überzeugt. Das waren ja ihre Liebesbeweise, und die kann man niemandem einfach so abnehmen.

Ich lernte schnell, für mich selbst zu kochen, aber für Verabredungen, Gäste oder sonstige Eindringlinge bei mir in der Wohnung hatte ich nicht viel übrig, und so zog ich nahezu täglich zu Hendrik, der jeden Abend zu Hause war und dort von sechs Uhr an eifrig mit Kohlrouladen, ungewöhnlichen Eintöpfen und wabbelnden Puddings experimentierte.

Solange ich ihn kenne, habe ich gebangt, daß es ihm eines Tages auf einmal zuviel mit mir werden würde, daß er mir das Gefühl vermitteln würde, er habe mal keine Lust, Einkäufe zu machen und das Essen für uns zu kochen, und daß das Essen dann weh tun würde, aber dieser Tag ist nie gekommen. Hendrik stand jedesmal wieder frohgemut in der Küche und begrüßte mich nie anders als freudig und mit einem strahlenden Blick in diesen eigenartigen Augen.

Hendrik machte mich mit Thomas bekannt.

Ara lehrte mich ihn kennen.

»Das ist meine beste Freundin«, sagte Hendrik, während er den Arm um mich legte, »und das ist Thomas Herstael.«

»Hat eine beste Freundin auch einen Namen?« brummte Thomas, ohne mir die Hand zu reichen.

Das erste, was ich dachte, war, daß ich das kannte, diese Stacheligkeit, daß ich mich schon seit zwanzig Jahren mal an der Anziehungskraft und mal an der Abschreckung einer unverblümten Launenhaftigkeit ergötzte, die mich letzten Endes immer wieder verblüffte und an die ich mich nie gewöhnt hatte.

»Ich liebe die Menschen nun mal nicht so sehr wie du«, sagte Ara ohne Zynismus, als ich sie fragte, warum sie nicht einfach mal nett sein könne zu Leuten, von denen sie gar nichts wisse und die eine solche Barschheit noch mit nichts verdient hätten.

»Das hat mit Lieben nichts zu tun«, sagte ich. »Ich liebe die Menschen nicht einfach so. Ich hasse es, wenn Leute sagen, daß sie alle Menschen lieben. Aber es ist eine Sache des Anstands.«

»Bin ich denn unanständig?«

»Ja«, sagte ich, »ein bißchen schon.«

»Ich bin einfach ehrlich«, sagte Ara. »Ich kann das nicht, solche Grimassen ziehen. Ich mag dieses Theater nicht. Wenn ich nichts zu sagen habe, dann sage ich nichts, und wenn kein Grund zum Freundlichsein besteht, dann bin ich auch nicht freundlich. Ihr habt alle so ein Schaltbrett im Kopf, wo man nur auf ein Knöpfchen zu drücken braucht, und schon könnt ihr diese oder jene Miene aufsetzen.

Je mehr sich bei mir der Eindruck verstärkte, daß Ara mich der Theatralität, Unechtheit und Heuchelei bezichtigte, desto größer wurde mein Wunsch, ihr Verhalten, das ich keineswegs nur mißbilligte, sondern insgeheim auch bewunderte und um das ich sie beneidete, mit verletzenden, aber unwiderlegbaren Argumenten zu verurteilen.

Manchmal bin ich in so einer Stimmung, daß ich notfalls zu Unwahrheiten greife, Hauptsache, es trifft und tut ordentlich weh.

»Du bist so anhänglich«, sagte Ara. »Jeder sieht dir das an. Ich bleibe nun mal lieber auf Distanz.«

»Aber gerade das tust du doch nicht«, sagte ich. »Die ideale Weise, auf Distanz zu bleiben, besteht darin, jedem freundlich zu begegnen, sich so zu verhalten, wie es sich gehört, und zu verbergen, in welcher Stimmung man sich tatsächlich befindet. Seine Stimmung zu zeigen, ist doch gerade intim.«

Sie sah mich erstaunt an. Das lag bestimmt an meinem Gesichtsausdruck, der grimmig, verbissen sein mußte.

»Ja, du küßt einen auch immer so merkwürdig«, sagte sie ernst, als fragte sie sich das selbst. »Ehe man sich's versieht, bist du wieder weg, und man hat gar nichts gefühlt.«

»Genau«, sagte ich.

»Komisch«, meinte sie, »daß mir das erst jetzt bewußt wird.«

Sobald ich gewonnen habe, lege ich mich in ihren Schoß. Sie entblößt meinen Nacken und meinen Rücken und streichelt mich, denn sie weiß, daß mich das unheimlich glücklich macht.

Fünf Minuten nachdem Thomas und ich einander vorgestellt worden waren, steckten wir schon mitten in einem Wortgefecht.

Ich hatte ihn gefragt, ob sein Nachname mit ae geschrieben werde, da er den gleichen Nachnamen habe wie der Gutsbesitzer, dem der Wald bei meinem Geburtsdorf gehöre, und ob das vielleicht Familie von ihm sei.

»Ich hab keine Familie«, sagte er daraufhin.

»Jeder hat Familie«, entgegnete ich, und daß das nur gut

sei, denn Sohn oder Tochter von Eltern zu sein, sei so ziemlich die einzige Bedeutung im Leben, die man gratis bekomme, für die man nicht das geringste zu tun brauche und die man nie verlieren könne.

Was ich um Himmels willen damit meinte, fragte er, doch zum erstenmal hatte er mir dabei voll in die Augen gesehen und leicht erstaunt gelächelt.

Mit der Unbeirrbarkeit eines Menschen, der ein Jahr auf einer unbewohnten Insel zugebracht, Kisten voll Bücher verschlungen und sich aus dem Wirrwarr von Gedanken ein noch unverkündetes Weltbild geformt hat, erläuterte ich ihm, was ich meinte, was ich in den vergangenen Jahren aufzuschreiben versucht hatte. Je sanfter sein Gesicht wurde und je länger er mich anzusehen wagte, desto verliebter wurde ich. Mit einem Mal wurde es vorstellbar, daß ich ihn wiedersehen würde, daß er ein Mann war, der mir vielleicht gestatten würde, daß ich ihn liebte.

Die Theorien der Psychologie, die über Verhalten und Gefühl, führen einen unerbittlich zur Familie zurück, in die früheste Kindheit, als die Karten gemischt wurden für ein Spiel, das man nicht kannte, und als man selbst, ohne es zu wissen, mit der Niederschrift der eigenen Spielregeln für das Leben begann. Das Netteste, was man jemandem als Psychologe sagen kann, ist, daß er selbst nichts ausrichten konnte, daß es eine Zeit gab, als er noch nichts zu wollen hatte und unschuldig war, und daß die einzigen, die es besser hätten wissen müssen, die anderen waren, die Menschen, die das Spiel mit ihm spielten.

Schuldige Eltern bringen unschuldige Kinder zur Welt,

aber wenn das zutrifft, dann sind auch sie irgendwann einmal als die unschuldigen Kinder schuldiger Eltern zur Welt gekommen. Ad infinitum. Ewige Verbundenheit von Schuld und Unschuld. Die Menschheit stellt sich als Kette von Schuldigen mit gültigen Entschuldigungen dar, bis man am Anfang der Kette anlangt, wo Eva ihre Freiheit verliert, als sie sich durch Nahrung verführen läßt und damit den Mann zum Hyperunschuldigen macht, weil er seit Anbeginn der Zeiten derjenige war, der niemals den Anfang gemacht hat, sondern schuldig wurde, weil er von einer Frau verführt wurde.

Das muß schon eine starke Geschichte sein, wenn sie so lange Anklang findet.

Das zwanzigste Jahrhundert ist das Zeitalter der Freisprechung, des Opferseins, der Tabuisierung der Schuld. Die Kirche und das Sprechzimmer des Psychologen sind nicht mehr die einzigen Freiräume für den Erwachsenen, nicht mehr die einzigen seltenen Räume, in denen er den seligen Zustand der Schuldlosigkeit und bedingungslosen Vergebung wiedererlangen kann, denn seit einem halben Jahrhundert ist die gesamte Welt zu diesem Raum geworden.

Selbst der Mörder ist ein Opfer. Man frage ihn nur, und er wird seine Entschuldigungen vorbringen.

In der zweiten Hälfte dieses Jahrhunderts sind die Gemeinschaften, die Glaube, Moral, Gesetze, Normen und Rituale teilten, durch Gemeinschaften ersetzt worden, die sich durch Unrecht, Krankheit, Geringschätzung und Demütigung miteinander verbunden fühlen; Gemeinschaften von Opfern.

Die Täter sind die anderen.

Das ist der Denkfehler, denn leider kann es in einer schuldlosen Welt keine Täter und keine Opfer geben. Doch Opfer sind notgedrungen auf Täter angewiesen. Daß stets aufs neue Täter geschaffen werden, ist eine der Inkonsequenzen eines Jahrhunderts, in dem jeder für schuldlos gehalten wird.

Ich denke, daß das Menschen krank machen kann, dieses Doppelbödige, Ambigue und Unlogische.

Anstatt nach Mitteln und Wegen zu suchen, wie man sich aufgrund von persönlichem Einsatz von anderen unterscheiden kann, scheinen alle mehr und mehr auf der Suche nach einer gemeinsamen Verletzung und Demütigung zu sein, nach dem Privileg der öffentlichen, allgemein geteilten Diskrimination und damit nach einer Religion, nach der Bindung an eine Gemeinschaft. Man steht in diesem Jahrhundert schon sehr allein da, wenn man nicht an einem Gruppendefekt leidet und aus diesem Grund zu bedauern ist oder diskriminiert wird. Ohne Frage ist ein ganz besonderer Moment in der Geschichte angebrochen, wenn Frauen sich verzweifelt das Hirn martern, ob sie nicht doch vielleicht verdrängt haben, daß sie früher von ihrem Vater mißhandelt oder mißbraucht wurden. Das Ganze hat was von einer hysterischen Eifersucht, von der Sehnsucht nach einem geteilten Schicksal, das einem Bedeutung verleiht.

Vielleicht ist es das ja auch.

Vielleicht ist die zweite Hälfte des zwanzigsten Jahrhunderts gefärbt von einer schrecklichen Eifersucht auf die einzige Gemeinschaft von Opfern, die unser Jahrhundert hervorgebracht hat, auf das Schicksal einer Masse, die dadurch verbunden ist, ob sie nun will oder nicht.

Es wäre schon abscheulich, wenn es so wäre.

Was auch die Ursache sein mag, ich kann in der Verhimmelung der Schuldlosigkeit nichts anderes sehen als einen feigen Versuch, sich vor Verantwortung zu drücken, auch vor der Verantwortung, selbst dafür Sorge zu tragen, wie man sich von anderen unterscheidet und damit einem einzigartigen Dasein Bedeutung verleiht.

Diskrimination ist eine Voraussetzung für Bedeutung.

Wenn man keinen Unterschied zwischen zwei Personen macht, dann sind sie für sich nicht existent, und keinen Unterschied machen zu können, führt zu Gleichgültigkeit.

Nicht der Haß ist das Gegenteil von Liebe, denn Haß muß man sich immer erst noch verdienen, sondern es ist diese Gleichgültigkeit.

Die Bedeutung, die man durch seine Eigenschaft als Opfer erhält, ist gratis. Dafür braucht man nichts zu tun, und dafür ist man nicht verantwortlich.

Der einzige, der nichts gegen Schuld einzuwenden hat, ist der Philosoph. Daß ein Verhalten verständlich ist, bedeutet für einen Philosophen noch nicht, daß es deshalb nicht schlecht sein kann.

Wir scheuen gut und schlecht mittlerweile als Werturteile.

Der Philosoph ist ein Ankläger. Daher ist die Philosophie nichts für unschuldige Kinder. Alle Theorien über das Denken und die Selbsterkenntnis sind Theorien für Erwachsene. Die Philosophie setzt ein, wenn man einigermaßen in der Lage ist, zu wissen, eine Wahl zu treffen, den eigenen Willen durchzusetzen, Macht zu besitzen, Knecht oder Herr zu werden, verantwortlich zu sein, sich von anderen auf die Probe stellen und beurteilen zu lassen und sich damit der Gefahr auszusetzen, daß man sich schuldig macht.

Ich mag die Langmütigkeit der Psychologie, aber ohne die Gnadenlosigkeit der Philosophie kann ich dem Leben keinen Sinn geben. Wenn man nicht schuld ist am eigenen Leben, dann ist einfach nichts dran, finde ich.

Das einzige Schicksal, das die Philosophie anerkennt, ist die Existenz Gottes oder einer anderen, nicht so groß geschriebenen Allmacht, wie etwa der Sprache, des Geistes, der Produktionsverhältnisse, des Todes oder der Ideen. Sie ist eine Lehrmeisterin, die nur insofern Vergebung schenkt, als sie einräumt, daß man menschlich ist, ein Tier mit einem Gott und Ideen, und nicht anders denken kann, als man denkt, weil Gott die Welt so erschaffen hat oder weil der Verstand nun einmal so funktioniert. Niemals aber, weil man geschlagen wurde, eine schizophrene Mutter hatte oder der Vater im Krieg mit dem Feind kollaboriert hat. Damit hält sie sich nicht auf.

Ich sagte Thomas, daß ich alles am besten begreifen könne, indem ich mir die Menschheit wie eine Sprache vorstellte. In einer Sprache kann ein Wort nie für sich stehen. Um Bedeutung und Sinn haben zu können, ist es von anderen Wörtern abhängig, mit denen es verbunden wird und aus denen es seine Bedeutung ableitet. So ergeht es auch den Menschen. Wir erhalten Bedeutung durch unsere Beziehungen zu etwas oder jemandem, zur Familie, zu Freunden, zum Geliebten und – über die Arbeit – zur Welt. Ich denke, daß es von den persönlichen Beziehungen, die jemand eingehen kann, abhängt, ob er sein Leben als sinnvoll oder sinnlos ansieht. Man ist Mutter durch sein Kind, so verhält sich das. Man ist Geliebte durch den Geliebten, Freund durch den Freund, Schriftsteller durch den Leser. Das ist das Drama der Abhängigkeit, und dagegen ist nichts zu machen.

»Daß du von so was redest«, sagte er.

»Wieso?«

»Es klingt so altmodisch, als würdest du von etwas reden, das längst aus der Mode ist, von etwas Vergangenem, etwas Mottenkugeligem.«

Das Wort könnte von Ara stammen, fuhr es mir durch den Sinn. Ich sagte ihm, daß es, mochte es auch altmodisch sein, eine Erklärung liefere für sowohl alles, was der Mode unterworfen sei, als auch für ewig Modernes wie Sucht und dergleichen, daß ich unter anderem nach Erklärungen suchte, um wirklich zu verstehen, was das sei, Sucht, und daß die meiner Meinung nach einiges zu tun habe mit dem Drama der Abhängigkeit und dem Verlangen nach Bedeutung.

In dem Moment reichte Hendrik eine Platte mit Häppchen herum. Pumpernickel mit Matjes, Rindswurst, Cracker mit Nordseekrabben.

Thomas drehte den Kopf weg, als Hendrik ihm die

Platte hinhielt, und winkte ab. Ich nahm einen Cracker mit Krabben.

»Ich bin auf Diät«, sagte Thomas unwirsch.

»Alle dicken Leute sind auf Diät«, sagte ich, während ich mir den Cracker in den Mund schob.

Je weiter der Abend fortschritt und je mehr ich trank, desto mehr verlor ich den Überblick über mein eigenes Verhalten. Nichts konnte mich mehr davor schützen, schamlos meiner Intuition zu folgen, die mir einflüsterte, daß ich Thomas keine größere Freude bereiten konnte, als ihm die Geschichten aufzutischen, die nach seinem Geschmack waren, Geschichten über Bedeutung und Glück und Liebe, über Essen und Trinken und was das mit der gestörten Beziehung zu seiner Familie zu tun haben konnte. Ich war nicht zu bremsen und achtete nicht mehr genügend auf seinen Blick, den er von einem bestimmten Augenblick an auf mich geheftet und nicht mehr hatte abschweifen lassen, der aber müde geworden war, gesättigt, ohne daß ich es bemerkte.

Darum erschrak ich auch, als er sagte, daß wir jetzt mal tanzen sollten.

Beim Tanzen hatte ich nichts zu sagen. Er führte mich mit fester Hand, wirbelte mich herum, hob mich hoch und lachte. Erst als er seine Hände darauf legte, wußte ich wieder, daß ich Hüften hatte, und durch seine Art zu tanzen wußte ich auch, was für ein Typ Liebhaber er war, so ein wilder, rauhbeiniger, leicht unaufmerksamer Liebhaber, und ich befand, daß es genau das war, was ich brauchen konnte.

Die Berührung mit seinem Körper und die hinterlistigen Küsse, die so dann und wann meinen Hals trafen, erregten mich sehr, und ich wußte jetzt, daß keine Rede von wiedersehen sein, sondern daß er am selben Abend mit mir mitgehen würde und daß wir etwas miteinander anfangen würden, für das wir beide nicht geschaffen waren.

4

Ein Jahr dauerte es, war dieses Heftige und Schreckliche zwischen Thomas Herstael und mir vierundzwanzig Stunden am Tag da, und in diesem Jahr sollte ich, im selben Moment, als ich mich zu ihm bekannte, auch den Bund mit meinem liebsten Feind schließen.

Diese zwei gehörten zusammen, der Alkohol und die Liebe, die ich mal Liebe nennen will, weil mir ansonsten auch nichts Besseres dafür einfällt.

Von Anfang an, wenn ich mir ansah, wie ich mich verändert hatte, seit ich mit Thomas zusammen war, wie ich plötzlich zu Hause blieb, um auf seinen Anruf zu warten, war mir mit geradezu beängstigender Deutlichkeit bewußt, daß es kein Zurück gab. Die Verbindung, die ich mit einem Mann und mit dem Alkohol eingegangen war, würde nur gewaltsam aufzulösen sein, das heißt, indem ich mir selbst Gewalt antat.

Es beginnt sehr bald, gleich in der ersten Woche. Ich erkenne mich selbst nicht mehr und begrüße diese neue Frau mit einem gewissen Vergnügen, ein wenig geringschätzig, aber auch amüsiert, über das Klischee, denke ich. Es besteht nicht mehr der geringste Unterschied zwischen mir und all den anderen Frauen, die ich immer nicht mehr verstanden habe, sobald sie einen Mann hatten, weil sie sich dann plötzlich wie die hinterletzten dummen Gänse aufführten, denen nur noch sein Glück und seine Aufmerksamkeit am Herzen lag.

Jetzt verstehe ich das.

Ich bin nicht anders.

Ich bin auch so.

Zum erstenmal kaufe ich Wein ein, ohne daß ich abends Gäste erwarte. Ich kaufe ihn für mich selbst. Zum erstenmal trinke ich für mich allein.

Schon nach einer Woche sitze ich morgens um halb elf mit einem Glas Wein am Schreibtisch, vor mir ein Blatt Papier, auf das ich verzweifelte Sätze kritzele, für Ara. Selbst meine Handschrift ist mir unbekannt. Jede Rundung ist daraus verschwunden, und was übrigbleibt, sind winzige, spitze Buchstaben, die Ara von jetzt an schwer lesbar finden wird.

Auch das wird sich nie mehr ändern.

Ara klagt darüber, besorgt. Sie sagt, sie rätsele manchmal stundenlang herum, weil sie jedes Wort begreifen wolle und fuchsteufelswild werde, wenn sie ein Wort mit nicht zu entschlüsselnder Bedeutung auslassen müsse.

An Tagen, an denen ich mich zu kraftlos fühle, um achtzugeben, um Sorgfalt auf diese Handschrift zu verwenden, tippe ich die Briefe an sie auf der Maschine. Ich tippe sie wüst und schnell. Ara ist bestürzt, als sie den ersten Brief mit Tippfehlern erhält. Sie ruft mich deswegen an und klingt alarmiert.

»Daß du das tust«, sagt sie. »Daß du dich das traust.«

Ich war diejenige, die fehlerlose Briefe schrieb, die einen Brief erst ins unreine schrieb und ihn dann fein säuberlich übertrug, makellos, ohne Fehler und ohne Streichungen.

So war ich. – Auch vorbei.

Nachts, in meinen Träumen, defilieren karnevaleske Umzüge aufgeschlitzter Schweine an mir vorbei. Noch am Tag verfolgen mich die grotesken Bilder der Nacht, die sich mir einprägen und wie realistische Gemälde vor meinen Augen auftauchen, ohne daß ich es wollte, ohne daß ich Gefallen daran hätte. Am Tag jagen sie mir Angst ein.

Ich verstehe diese Träume nicht.

Ich bin im Schlachtmonat zur Welt gekommen. Alljährlich schenkte der Vater meines Vaters jedem seiner zwölf Kinder ein halbes Schwein. Mein Vater teilte sich ein Schwein mit seinem Bruder. In meiner Erinnerung wurde es jedes Jahr an meinem Geburtstag geschlachtet, bei uns zu Hause, auf dem Hof. Das ist gewiß eine unzutreffende Erinnerung.

Vom Fenster aus sah ich, wie das quiekende Schwein in die Mitte des Hofes gezerrt wurde und der Schlachter es mit einem Kopfschuß tötete. Um ihn herum standen alle bereit. Mit einem langen, scharfen Messer wurde die Halsschlagader geöffnet. Eine der Frauen fing das schäumende Blut in einem Eimer auf und machte sich sofort damit an die Arbeit: Panhas und Blutwurst, das wußte ich.

Denn beides aß ich nicht.

Aus Blut durfte man kein Fleisch machen, dachte ich, denn wenn Gott sein eigenes Blut in Form von Wein und seinen Leib in Form von Brot hergegeben hatte, dann stimmte etwas nicht, wenn man Blut in etwas verwandelte, in das man hineinbeißen mußte. So war das, wenn man mich fragte, nicht gemeint gewesen, und ich hielt mich lieber an die alte, vertraute Ordnung.

Ich hatte meiner Mutter das zu erklären versucht, denn ich wußte, daß sie es gar nicht gern sah, wenn ich bei Panhas und Blutwurst die Nase rümpfte, wo es doch ein Geschenk meines Großvaters war und wir dankbar dafür zu sein hatten. Sie hatte geantwortet, daß ich Gott doch nicht mit einem Schwein vergleichen dürfe, daß Schweineblut etwas ganz anderes sei als der Wein, den der Pfarrer in der Kirche trinke, daß man aus Blut keinen Alkohol brauen könne und daß ich mir zuviel zurechtspann.

Da theologische Diskussionen meine Mutter immer nervös machten, schnitt ich die unerhörte Transsubstantiation von Blut in Wurst nie mehr an und aß meine erste Scheibe gebratenen Panhas erst, als ich Ende zwanzig und mein Verhältnis zu Gott ein ganz anderes war als zu meiner Kinderzeit.

Bevor der Schlachter das Schwein aufschlitzte, wurden Eimer mit kochendem Wasser darüber gegossen und die Borsten abgeschrappt, und er machte etwas Grausiges mit einem Haken und den Pfoten.

Nach dem Aufschlitzen traute ich mich nicht mehr hinzusehen. Ich sah das Schwein erst wieder, wenn es aufgeklappt an der Leiter hing und sich plötzlich in zwei spiegelgleiche Hälften verwandelt hatte.

Seltsamerweise hatte es dadurch mehr Ähnlichkeit mit einem Menschen als zu der Zeit, da es noch ganz gewesen war und eindeutig nichts anderes als ein Tier.

In meinen Träumen kehrte dieses Bild zurück, von aufgeklappten, auf Leitern festgezurrten Schweinen, die auf Prunkwagen gestellt worden sind und durch das Dorf gefahren werden.

Thomas erzähle ich nichts von alledem. Auch nicht, daß ich manchmal tagelang weine, daß sich in mir eine Traurigkeit frei gemacht hat, mit der ich nichts anzufangen weiß, die aber sehr groß ist und alt und schwer. Das einzige, was mir zu dieser Traurigkeit einfällt, ist, daß ich ihn nicht damit belasten kann, daß das ungerecht wäre.

Sie gehört voll und ganz zu mir.

Meine Begegnung mit ihm war höchstens Auslöser dafür, daß der Deckel aufsprang, unter dem sie sich verborgen hielt. Meine Verliebtheit, mein Verlangen nach Liebe war geprägt von dem Verlangen zu wissen.

Es geht nicht um Thomas, das ist noch das Schlimmste, was ich über ihn sagen kann.

Im nachhinein betrachtet, hätte Thomas jeder Mann sein können, der, so wie er, gleichzeitig wollte und nicht wollte. Das war die einzige Voraussetzung für die Liebe und den Schmerz, daß es so jemand war.

Das Telefon wird zum Folterinstrument. Jeden Tag warte ich, bis er anruft und einen Vorschlag macht, wie wir den Abend verbringen, ob ich zu ihm zum Essen komme. Thomas kocht gern. Es ist toll, ihn am Herd stehen zu sehen, Gemüse putzen und schneiden, Salat zerrupfen, Fleisch braten zu sehen. Sein Körper wirkt für alles zu groß. Die Küche gleicht einer Spielzeugküche, wenn er darin beschäftigt ist. Wenn ich ihn zeichnen sehe, erscheint es mir kaum vorstellbar, daß solche Riesenhände solche feinen Zeichnungen machen können, wenn er schnipselt und klebt, sieht er aus wie ein kleiner Junge.

Jeden Tag horche ich scharf auf das Timbre seiner Stimme, ob er immer noch für mich da ist, ob er das noch will, so eine Liebe mit mir.

Er sagt, er sei ein wankelmütiger Mensch. Er wolle nichts lieber als diese Liebe, sagt er, aber er wolle sie auch wieder nicht. Er sei besser eingestellt auf jene andere Braut, sagt er, auf seine Einsamkeit, seine Träume. Aber wenn ich ihn frage, wovon er träumt, sagt er, er könne jetzt nur noch von mir träumen. Er wolle nichts lieber, als bei mir sein, neben mir liegen, in mir sein.

»Ich verliere mich bei dir«, sagt er und fügt hinzu, daß er das wunderbar finde, aber auch schrecklich.

»Du darfst dich auch nicht verlieren«, sage ich zu ihm, »denn dann habe ich niemanden mehr, den ich lieben kann.«

Wir liegen am liebsten im Bett, zusammen, eng umschlungen. Ich empfinde eine Selbstsicherheit, wie ich sie nie zuvor empfunden habe. Es ist, als könne ich bei Thomas nichts falsch machen, als sei mir dieser immense Körper vollkommen bekannt und als wisse ich genau, wie ich ihm Genuß verschaffen kann.

Es kommt vor, daß er sich abrupt von mir wegdreht. Dadurch, daß ich ruhig bleibe, nicht darüber erschrecke, ihn frage, was dieses sonderbare Verhalten zu bedeuten hat, komme ich dahinter, daß er schier vergeht vor Eifersucht, daß er sich fragt, wann, wo und von wem ich gelernt habe, einem Mann Genuß zu verschaffen.

Ich bin arglos. Ich kann mir nicht vorstellen, daß jemand meinetwegen eifersüchtig sein kann.

Ich erzähle ihm, daß ich das von einer Frau gelernt habe.

Ara ruft mich täglich an, manchmal auch nachts.

Dann spüre sie, daß es mir nicht gut gehe, sagt sie. Es trifft immer zu. Wenn sie anruft, komme ich weinend und verängstigt ans Telefon.

Sie hat von Anfang an, seit ich ihr von Thomas erzählt habe, das Empfinden gehabt, daß es diesmal anders ist, daß es diesmal anders sein muß.

»Wir sollten diesmal nicht wieder denselben Fehler machen«, sagt sie.

Ohne genau sagen zu können, worauf sie anspielt, verstehe ich dennoch, was sie meint. Sie behauptet, daß sie sich Thomas mühelos vorstellen könne, daß sie, seit ich ihn kennengelernt hätte, das Gefühl habe, mit Thomas verwandt zu sein, ihm zu ähneln.

»Das ist was ganz Eigenartiges«, meint sie.

Ich sage ihr, ich wisse nicht, wie man richtig damit umgehe, mit so einer Liebesbeziehung.

Sie sagt: »Du mußt mit ihm leben wollen.«

Sie sagt: »Du mußt dranbleiben, es dir ansehen. Nicht weglaufen.«

Sie sagt: »Er will dich. So wie dich gibt es keine zweite.«

Sie sagt: »Daß du das willst, so eine Liebe. Wer will das noch?«

Sie sagt: »Ich weiß doch, wie wunderbar es ist, mit dir zusammen zu sein.«

Manchmal muß sie selbst weinen über das, was sie sagt.

Ich behalte jeden einzelnen ihrer Sätze. Tagsüber hämmern sie mir durch den Kopf, und manche schreibe ich auf, mit großen, fetten Buchstaben.

Du mußt mit ihm leben wollen.

Mehr und mehr bekomme ich das Gefühl, daß sie mich sicher durch diese Liebe lotsen wird, daß ich es ohne sie nicht schaffe und die Möglichkeit besteht, daß mich diese Liebe umbringen wird.

Das kommt auch durch den Alkohol.

Der Alkohol, der Tod und die Liebe bilden eine Allianz, die ich nicht durchschaue, die ich wahrscheinlich nicht durchschauen will, und deswegen trinke ich, um das Ganze nicht aufdröseln zu müssen, weil ich fürchte, daß ich diese Liebe dann verliere.

Seit ich mit Thomas zusammen war, wußte ich nur eines mit Sicherheit, nämlich daß ich von jetzt ab nie mehr allein sein konnte. Dabei wußte ich nicht, was es besagte, das Nie dieses neuen Unvermögens, dieses Nie-mehr-allein-sein-Könnens. Ich trank zuviel, um zu der Erkenntnis zu kommen, daß ich nicht dabei war, mich an jemanden zu binden, sondern mit Altem zu brechen, alte Verbindungen aufzulösen.

Durch den Alkohol komme ich vorläufig nicht dahinter, daß ich mich nicht traue, daß es meine Vorstellung von der Hölle ist, mich wieder einmal an jemanden zu binden.

5

Den ganzen Tag denke ich an Thomas, Ara und das Trinken. Solange ich nicht betrunken bin, kann ich noch über das Trinken nachdenken und versuche, darüber zu schreiben.

Es gibt etwas, das ich über alles stelle und vor dem schützen möchte, was mich, nachdem ich es gewollt habe, zu überwältigen scheint, und das ist meine Arbeit. Sobald ich merke, daß ich mich nicht mehr konzentrieren kann, weil ich auf eine Nachricht von Thomas und die Beruhigung durch die Verabredung mit ihm warte, ärgere ich mich über mich selbst und zwinge mich mit aller Gewalt, zur Ruhe zu kommen und mich an den Schreibtisch zu setzen. Es fällt mir schwer. Ich rede stundenlang auf mich ein, um das tun zu können, was ich tun möchte und mich für eine Weile nicht kraft- und willenlos zu fühlen.

Die Wirklichkeit und die Themen, über die ich schreibe, geraten mir immer stärker durcheinander. Manchmal habe ich mich selbst im Verdacht, daß ich eine Unterscheidung zwischen Essen und Trinken forcieren will, weil ich immer noch dabei bin, eher die Unterschiede als die Übereinstimmungen zwischen Ara und mir zu umschreiben und das Wesen dieser Freundschaft auf diese Weise zu ergründen.

Ich will noch nicht wahrhaben, daß diese Freundschaft, Aras Essen, mein Trinken und das Verliebtsein in Thomas miteinander in Zusammenhang stehen.

Auf die Dauer gelingt es mir immer weniger, meine Dissertation zu schreiben, ohne mich selbst mit einzubringen. Mein Wunsch, ein vollkommen anderes Buch daraus zu machen, ein Buch, für das es noch kein Genre gibt, ist das einzige Verlangen, das sich mit der Begierde nach dem Körper und der dauernden Anwesenheit von Thomas messen kann.

Sie ruft mich jetzt mitunter mehrmals täglich an. Sie sagt, sie empfinde es als etwas Gefährliches, dieses Anrufen.

»Es ist, als würde ich mein Geheimnis ausplaudern«, sagt sie. »Ich frage mich, ob du es wohl erträgst, ob du dich nicht von mir abwenden wirst, wenn du alles weißt.«

Es stimmt , daß mich das, was sie mir erzählt, völlig aus der Fassung bringt, aber ohne das geht es für mich nicht mehr.

Die Telefongespräche verlaufen identisch. Erst erzähle ich Ara, was Thomas gesagt oder getan hat, etwas für mich Unbegreifliches, etwas, was mich ängstigt und krank macht. Dann hat Ara das Wort und füttert mich mit Anmerkungen, Vergleichen, Ratschlägen, Deutungen. Ich fühle mich schwach und hilflos, und ich kann ihr gar nicht lange genug zuhören, wenn ich auch das unangenehme Gefühl habe, daß hier etwas Ungeheuerliches geschieht.

Ara redet über Thomas, als spreche sie über sich selbst, und es fällt mir schwerer, die beiden auseinanderzuhalten. Aber da ist etwas anderes, was mich noch viel mehr beunruhigt und in dem Gefühl bestärkt, daß ich mich in einem unentwirrbaren Netz von Verbindungen verstrickt habe.

Um mich selbst zu beruhigen, rede ich mir ein, daß ich erst mal alles geschehen lassen müsse und es dann später schon verstehen würde.

Diese Beunruhigung ist das einzige, was ich Ara gegenüber verschweige. Ich kann ihr nicht sagen, daß ich mir immer mehr wie sie vorkomme, wenn ich bei Thomas bin, wir uns lieben und ich ihm einen Genuß verschaffe, von dem ich weiß, daß er ihn an mich binden wird, so groß ist er.

Als ich einen Monat mit Thomas zusammen war, machte ich ihn mit Ara bekannt. Ara saß schon da und erwartete ihn scheinbar ruhig, als er meine Wohnungstür öffnete und das Zimmer betrat. Die Art, wie sie sich bei Thomas' Eintreten erhob, verriet jedoch ihre Anspannung. Sie schoß förmlich aus dem Sessel hoch, lief auf ihn zu und stellte sich selbst als »Thomas« vor.

»Aber der war doch ich«, sagte Thomas daraufhin lachend.

Nachdem sie Thomas kennengelernt hatte, sprach Ara am Telefon sehr oft von »wir«.

»Du bist so unerreichbar, Kit. Wir haben immer Angst, du könntest verschwinden. Du hast etwas mit dir selbst, an das niemand herankommt, und das finden wir unerträglich. Wir wollen dich ganz. Wir wollen alles über dich wissen. Wir würden am liebsten jeden Buchstaben lesen, den du schreibst, in der Tasche wohnen, in der deine ganzen

Aufzeichungen stecken, das Wort in deinem Kopf sein. Das ist doch schrecklich. Mit so jemandem könntest du doch nicht leben, der solchen Sehnsüchten erliegt? Das würdest du nicht aushalten. Deshalb ziehen wir uns zurück, beherrschen uns. Wir wollen die Macht über uns behalten.«

»Du brauchst keine Angst zu haben, er will dich, das weiß ich. Ich weiß doch, wie es mit dir ist. Du kannst uns so glücklich machen. Von dir kommt man nicht los, wenn man es auch noch so sehr wollte.«

»Für uns war das vom ersten Moment an so, daß feststand, es ist einmaßig, verstehst du? Das Maß bist du. Mehr geht nicht, mehr ist unvorstellbar. Du bist unentrinnbar und süchtigmachend, sonst hätten wir schon längst das Weite gesucht. Aber das geht nicht mehr. Thomas schafft es auch nicht mehr, obwohl du schwierig, fordernd und absoluterisch bist. Ist »irritierend« ein richtiges Wort? Du bist irritierend, und das ist heilsam für uns. Solange wir bei dir sind, lassen wir es geschehen und fühlen uns geheilt. Aber sobald du weg bist, sind wir wieder entheilt, dann ist auch dieses Gefühl weg. Deswegen verhalten wir uns so. Deswegen denkst du, daß wir stets anders sind, wenn wir eine Weile weg waren und wieder zu dir kommen. Wir sind dann auf uns selbst angewiesen gewesen und waren weniger als zu dem Zeitpunkt, da wir von dir weggingen.

Thomas denkt auch viel darüber nach, wie das kommt. Das muß man auch bei dir, nachdenken, und manchmal wollen wir das nicht. Dann wollen wir dich nicht im Kopf haben und stopfen ihn lieber mit Fett zu, so daß er träge und gesättigt ist und zu faul zum Arbeiten.«

»Es ist, als würde ich dich weggeben. Es ist schrecklich, aber es fühlt sich so an, als wenn es sein müßte.«

»Er fühlt mich in dir. Das erträgt er nicht.«

»Du suchst dir immer Menschen wie uns aus, Kit, solche Dickhäuter. Du magst keine Menschen, die sich dir ausliefern. Du willst an jemandem arbeiten können, und bei uns kannst du das, es ist etwas, was wir wollen und was wir uns nur von dir gefallen lassen. Aber nicht immer. Manchmal wird es uns zuviel. Manchmal wirst du uns zuviel.«

»Ich wußte, ich durfte nicht zu dir kommen, aus eigenem Antrieb, um dich zu besuchen. Alle kamen schon zu dir, und du warst die Menschen, die du besitzen konntest, auf die Dauer leid. Du besuchtest mich, weil ich nie zu dir kam, weil ich nicht hinter dir herlief, sondern dir deine Freiheit ließ. So habe ich das immer empfunden. Daß ich so mit dir umzugehen hatte. Thomas empfindet das auch so.«

»Ehrlich gesagt hätte ich nie gedacht, daß du dieses Verlangen tatsächlich hattest, Kit, daß du dich zu jemandem bekennen wolltest. Ich dachte, daß du immer allein bleiben würdest, mit mir im Kopf. Manchmal finde ich das schade. Dann denke ich, daß ich eine Chance verpaßt habe, daß es anders zwischen uns hätte sein können, besser.«

Bis zu dem Tag, an dem Thomas und ich für drei Monate nach Amerika abreisen wollten, labte ich mich an diesen Gesprächen, an ihrer Unterstützung, und ich kam keinen Tag ohne all das aus, ohne daß sie mir den Rücken stärkte und mir von sich und Thomas erzählte, wie sie waren und warum mich das krank machte vor Ohnmacht.

Noch habe ich nichts durchschaut.

Noch weiß ich nicht, daß die Erinnerung an diese Gespräche mich später mit schrecklicher Wut erfüllen wird.

Ohne mir Thomas' Zaudern groß zu Herzen zu nehmen, regelte ich alles mit der Universität, so daß ich mit ihm nach Amerika konnte. Er hatte einen Auftrag von einer großen Werbeagentur erhalten und konnte in New York über eine Wohnung und ein Atelier verfügen; er sagte mir, er wolle und wolle auch wieder nicht, daß ich mit ihm ginge. Ich hörte auf Ara, die mir sagte, ich müsse tun, was ich wolle, ich müsse ihm zeigen, daß ich bei ihm bleiben wolle, weil er sonst nie darauf vertrauen werde.

Ich überlegte mir, es einfach so zu machen, wie ich es sonst auch machte, wenn er maulte und ächzte und stöhnte oder kein Wort mit mir redete und mich nicht einmal anzusehen wagte. Er wollte dann, daß ich aus seinem Haus und seinem Leben verschwand, das merkte ich, aber ich lief statt dessen ins Schlafzimmer und verkroch mich im Bett. Es konnte Stunden dauern, ehe er zu mir kam und sich an mich schmiegte.

Das verlief jedesmal auf die gleiche Art und Weise. Seine immense Gestalt taucht im Schlafzimmer auf. Er steht neben dem Bett und sieht auf mich herab. Ich schaue zu ihm auf. Dann lacht er, und ich sehe, daß es ihn rührt, wie ich da so liege und auf ihn warte. Er sagt dann auch schon mal, es tue ihm leid, daß er so sei, so ein Mensch, der an nichts glauben könne, und er sei froh, daß ich eigensinnig sei und mit so einem verschrobenen Kerl wie ihm zusammensein wolle.

»Ich muß dieses Manna eben annehmen«, sagt er.

Er sagt, er habe das noch nie gekonnt, sich jemandem hingeben.

Ich weiß genau, was er meint, ich kenne diese Sehnsucht, diese Vorstellung, aber ich bin schon dabei, sie auszumerzen.

Das Wort *hingeben* haßte ich allmählich wie die Pest, erzähle ich ihm, und daß ich mir irgendwann mal was darunter hätte vorstellen können, daß ich gedacht hätte, die Leute meinten etwas Körperliches damit, etwas Schönes und Tolles, womit ich nicht dienen konnte und was mich daher ärgerte. Ich sage ihm, daß ich dächte, es gebe Wörter, die die Liebe belasteten, und daß *Hingabe* eines davon sei, und es noch mehr solcher quälenden Wörter gebe. Das Wort, das mir im Kopf herumspukt und mich nun schon wochenlang plagt, ist *Intimität*, aber ich traue mich nicht, es auszusprechen, ich wage kaum mir selbst gegenüber einzugestehen, was ich gerade entdecke.

Es ist zu traurig.

Ich hänge zu sehr an dem Wort, als daß ich es jetzt schon ausmerzen könnte. Lieber trinke ich mich um den Verstand, als zuzugeben, daß Intimität in quälender Weise Produkt der Werbung des zwanzigsten Jahrhunderts ist und keineswegs existiert, wie ich es mir vorgestellt hatte, als etwas ungemein Körperliches, als ein Ineinanderfließen, als etwas, das wie Sterben ist.

Mit dieser Vorstellung werde ich erst aufräumen können, wenn ich weniger trinke, wenn ich damit aufhöre, mich für ein Unvermögen zu bestrafen, das kein Unvermögen ist, sondern eine falsche Vorstellung.

Indem ich Thomas von der Unsinnigkeit des Wortes »hingeben« erzähle, rede ich mich selbst auf die Demontage jenes anderen Bildes hin.

Sich hingeben, das klingt wie sich ergeben, wie dieses martialische Wort aus Indianergeschichten und Gangsterfilmen. Der Feind ergibt sich, wenn man ihm das Messer an die Kehle hält oder eine Pistole gegen die Brust drückt, doch unter Liebenden ist das nicht nötig. Warum ziehen Liebende sich schön füreinander an, wenn der größte Genuß darin bestehen soll, die Kleider abzuwerfen und sich dem Blick auf etwas hinzugeben, das man nicht im geringsten beeinflussen kann? Und wenn die Erfahrung besagt, daß es keinen größeren Genuß gibt als den des Sichkennens, warum tischt man uns dann solche Märchen über Hingabe, über den totalen Verlust von Bewußtsein, Beherrschung und Wissen auf? Was ist das für ein heilloser Zustand, in dem man nicht mehr wissen soll, was mit einem geschieht, man sich also der Voraussetzungen für den Genuß beraubt?

Ein Liebender wird durch die Liebe nur reicher, das ist eine zusätzliche Bedeutung, die man erst erhält, wenn man sich lieben lassen kann und selber liebt, wenn man dieses Talent bekundet. Sonst nicht. Diese Bedeutung kann man nur dadurch bekommen, daß man jemanden liebt.

Es habe weniger mit Hingabe zu tun als vielmehr mit Abhängigkeit, Beherrschung, freier Wahl, Erkenntnis und Vertrauen, sage ich, und daß das als verteufelt schwer und kompliziert empfunden werde. Es frage sich, ob wir das aushalten könnten, sage ich.

Eines Tages liegt ein Ticket nach New York auf dem Küchentisch. Ich soll es sehen, das entgeht mir nicht. Ich hebe die Zeitung hoch, um zu sehen, ob da noch ein zweites Ticket liegt, aber ich weiß bereits, daß es müßig ist, danach zu suchen. Ich warte nicht, bis er nach Hause kommt. Ich gehe gleich ins nächste Reisebüro und bestelle mir mein eigenes Ticket. Für den Tag seiner Abreise ist kein Flug mehr zu bekommen. Es wird ihm guttun, eine Woche allein zu sein, überlege ich, also lasse ich mir ein Ticket für acht Tage nach seinem Abreisedatum ausstellen. Zu Hause erzähle ich ihm, daß ich ihm nachkommen werde, daß ich den ganzen Atlantik überqueren werde, um bei ihm sein zu können.

»Wenn das nur kein Drama gibt«, sagt er.

»Was macht das schon«, sage ich.

Das ist mein Ernst.

Es ist genau das Drama, das ich lesen möchte.

6

Die Woche vor meiner Abreise nach Amerika verbringe ich bei Ara. Bing hat den ehemaligen Stall bezogen, und wir bekommen ihn kaum zu Gesicht. Er sieht mich sorgenvoll an, wenn wir uns auf dem Hof begegnen oder wenn er abends mit uns zusammen ißt. Er sagt, ich sähe mitgenommen aus und sei zu mager geworden. Bing hat sich nie weiter mit mir abgegeben, und ich bin tief beeindruckt, daß er sich traut, so etwas zu mir zu sagen. Aufgrund dessen denke ich auch, daß es wohl schlimm sein muß, daß ich besser auf mich aufpassen muß.

»Bing fürchtet sich vor so viel Liebe«, sagt Ara.

Sowohl Ara als auch ich tun vorläufig so, als sei meine Nervosität vor allem Reisefieber, und sie versucht mich zu beruhigen. Sie streichelt mich und braut merkwürdige Getränke, aus Wurzeln und anderen natürlichen Ingredienzen.

Sie behandelt mich wie eine Kranke.

Nachts schlafe ich nur noch, wenn ich eine Flasche Wein geleert habe.

»Warum trinkst du dauernd, Kit?« fragt sie.

»Um das alles nicht so mitzubekommen«, sage ich, »so viel steht fest.«

»Was denn alles?«

»Das ist es ja gerade«, sage ich, »das muß ich erst noch herausfinden.«

Erst an jenem Augustnachmittag, drei Tage vor meiner Abreise, als ich den ganzen Tag in der Sonne gelegen hatte, vom Alkohol beduselt eingeschlafen war und mit einem gehörigen Sonnenbrand erwachte, erst da begann mir ein Licht aufzugehen. Ara erschrak, als sie meine krebsrote Haut sah. Sie stieg gleich aufs Rad und fuhr ins Dorf, um etwas dafür einzukaufen. Sie kam mit einer Tasche voller Salatgurken zurück.

Mittlerweile hatte ich von dem Sonnenbrand Fieber bekommen und fröstelte und klapperte mit den Zähnen. Ara handelte ruhig und gezielt, ohne dabei zu reden. Sie machte das Kaminfeuer an, schob das Sofa davor und holte ein paar Decken. Eine davon wickelte sie fest um mich herum. Ich war immer noch im Bikini.

»Leg dich hin«, sagte sie.

Sie wickelte mich vorsichtig in die Decken ein, stellte einen kleinen Tisch in Reichweite und schenkte mir ein Glas gekühlten Weißwein ein.

»Ich komme gleich zu dir, mein Tierchen«, sagte sie und lachte lieb.

Ich hatte jeden ihrer Handgriffe genauestens verfolgt und zwang mich dabei zu denken, daß es Ara war, die ich da sah. Hin und wieder entglitt mir dieser Gedanke, und dann war sie wie eine Fremde mit vertrauten Zügen, jemand, den ich zum erstenmal in meinem Leben sah, bei dem es mir jedoch so vorkam, als sei ich ihm schon mal irgendwo begegnet. Dieses Fremde irritierte mich, und ich blinzelte, weil ich wollte, daß das Bild wegging und sich nicht stets über das Bild der mir vertrauten Ara schob.

Mich beschlich ein höchst ungutes Gefühl, das mir Angst machte. Ich hoffte, daß sie bald wieder ins Zimmer kommen und es dann weg sein würde, daß mich ihr außergewöhnlicher Körper, ihre sich wiegenden Hüften, ihre glatte, straffe Haut und das schönste Gesicht, das ich kannte, dann nicht mehr befremden würden. Daß ich das nicht mehr seltsam und absonderlich finden, sondern sie in meinen Augen wieder ganz einfach Ara sein würde, jemand, den ich nicht zu mustern brauchte, als hätte ich ihn noch nie gesehen.

Als sie hereinkam, war es weg.

Vor lauter Erleichterung erzählte ich ihr, daß ich sie einen Moment lang nicht erkannt und sie beäugt hätte wie jemanden, der sich nicht mehr mit dem Foto in meinem Kopf deckte.

»Das kommt vom Sonnenbrand«, sagte sie. »Du mußt viel trinken.«

Sie fragte, ob sie nun wieder sie sei.

»Ja«, sagte ich.

»Gut«, sagte sie, »sonst könnte ich diese wunderbare Sache, die ich jetzt mit dir vorhabe, nicht machen. Ich würde nicht zulassen, daß dich eine Fremde anfaßt, auch nicht, wenn ich es bin.«

Bei meinem befreiten Auflachen merkte ich erst so richtig, wie sehr ich mir den Bauch verbrannt hatte.

Neben dem Sofa stand ein Topf mit Gurkenscheiben. Ara schlug die Decken zurück und nahm mir das Oberteil vom Bikini ab. Ohne meine Haut unnötig zu berühren, streifte sie mir dann das Höschen herunter.

»Wir müssen die Verbrennung rausziehen«, sagte sie.

Sie legte mich flach auf das Sofa und begann meinen Körper mit den kühlen Gurkenscheiben zu bedecken.

Noch immer erstaunt es mich, daß ich das ohne Scham mit mir geschehen lasse und so viel Zuwendung ertrage, und ich bin verblüfft, mit welchem Glück mich diese Berührungen erfüllen.

Sie redete leise auf mich ein und sagte, daß es sie immer

wieder verwundere, wie klein dieser Körper sei, und sie sich manchmal frage, wie jemand darin wohnen könne, wie man sich durchschlagen könne mit so einem knirpsigen Körper, der aussehe, als könne er nichts vertragen, als sei er ohne weiteres umzupusten.

Danach sang sie ein Lied.

Sie sang *You were always on my mind.*

Weil sie gerade dabei war, meine Beine zu bedecken, und mir den Rücken zugekehrt hatte, sah sie nicht, daß ich weinen mußte, aber sie spürte es.

Mitten im Lied hörte sie auf zu singen, drehte sich um und setzte sich neben dem Sofa auf den Fußboden. Schweigend nahm sie meine Hand und sah mich unverwandt an, während ihr nach ein paar Minuten die Tränen über die Wangen strömten, ohne daß sich irgend etwas in ihrem Gesicht regte.

»Du bist völlig fertig«, sagte sie.

Ich nickte.

Nach einer Viertelstunde fing Ara an zu reden.

»Du weinst wieder. Ich hab dich zehn Jahre nicht weinen sehen. Ich hätte nie gedacht, daß ich das eines Tages vermissen würde, aber das habe ich. Ich habe es vermißt, obwohl ich doch früher immer fast vom Stuhl fiel, daß du das konntest, daß du das so oft machtest, auch in aller Öffentlichkeit, so hemmungslos weinen.«

»Ich auch«, sagte ich. »Es war unbeherrschbar, stärker als ich, doch noch etwas Körperliches, Sprache.«

»Du hast zehn Jahre lang nicht geweint, Kit«, sagte sie.

»Fast. Du hast es nicht gesehen«, sagte ich. »Ich war allein. Zweimal habe ich auch draußen geweint, glaube ich.«

»Weswegen denn?«

»Das eine Mal war, als ich erstmals eine Vorlesung über Karl Marx besuchte und der historische Materialismus anhand von Hegels Herr-Knecht-Theorie erklärt wurde, und das zweite Mal, als ich bei Hendrik in einer alten Zeitung blätterte und, Tage im nachhinein, entdeckte, daß Michel Foucault gestorben war. Ohne daß ich es gewußt hätte.«

Mir war erneut zum Weinen zumute, ganz leise.

»Warum gerade da?« fragte sie. Sie hielt noch immer meine Hand und massierte mit den Fingern meine Handinnenfläche.

»Ich weiß es nicht«, sagte ich. »Die Grausamkeit des Nicht-Wissens«, ergänzte ich dann. »Sich betrogen fühlen oder etwas in der Art, weil man nichts gewußt hat. Ich weiß es nicht. Ara?«

»Kit.«

»Mir geht's zu mies, um zu reden.«

»Selber schuld«, sagte sie scherzhaft, »jetzt bist du wirklich unberührbar geworden.«

»Genau das ist es«, sagte ich.

Ich traute mich nicht so recht, das andere zu sagen. Ich schämte mich deswegen. Ich sagte es trotzdem.

»Du bist noch immer die einzige, die mich berühren kann«, sagte ich.

»Thomas doch auch«, sagte sie, aber sie wußte es bereits.

»Nein«, sagte ich, »nicht so.«

Es war dämmrig geworden. Wir sahen nur noch das Gesicht der anderen, das durch die Glut des Kaminfeuers beleuchtet wurde. Wir aßen nicht und sprachen auch nicht davon, was wir essen würden. Ara hatte die Gurkenschichten mit einem Handtuch abgedeckt und darüber wieder eine Decke drapiert. Ich klapperte noch hin und wieder mit den Zähnen. Wir hatten einmal die Küchentür aufgehen hören, hatten Bing aber nicht gesehen. Wir konnten sicher sein, daß er auch den Rest des Abends nicht hereinkommen, sondern uns allein lassen würde.

Ab und zu drehte Ara sich um und warf ein Holzscheit in den Kamin. Sie tat es, ohne meine Hand loszulassen.

Nachdem wir eine Weile geschwiegen hatten, sagte ich zu Ara, daß ich in diese Metropole jenseits des Atlantiks fliegen würde, um Schluß zu machen, um mich im Guten von Thomas zu trennen. Ich sagte ihr, seit diesem Nachmittag wisse ich, daß es das sei, was ich drüben machen würde.

»Ja«, sagte Ara, »mach das.«

Kurz darauf verkrampfte sich ihr Gesicht. Ihre Oberlippe begann zu zittern.

»Er wird dich furchtbar vermissen«, sagte sie, und dann: »Jetzt machst du auch mit mir Schluß.«

Die Traurigkeit fuhr ihr in die Stimme und verzerrte ihr das Gesicht.

Es tat weh, das mit anzusehen, ihre Angst, ihre Panik. Ich fand, daß sie die letzte auf der Welt war, die das verdient hatte, so viel Angst, meinetwegen, und mich überkam eine tiefe, verzehrende Sehnsucht, in ihr aufzugehen, in ihr zu verschwinden, so daß ich ihr nicht mehr weh tun konnte, so daß sie mich los sein würde und mich doch genau da hätte, wo sie mich haben wollte, in sich und bei sich. Und ich war in dem Moment auch überzeugt, daß ich selbst nichts lieber wollte als das, in ihr aufgehen, mit ihr verschmelzen, vom Erdboden verschwinden und in ihr sein, bis ihr Körper starb, und ich mit ihr. Das einzige, was ich behalten wollte, waren meine eigenen Gedanken, aber ich wußte auch, daß das zuviel verlangt war und daß es daher unmöglich sein würde.

Nachdem ich gesagt hatte, daß ich niemals, nein, nie und nimmer von ihr weggehen würde, daß sie mir alles bedeute, daß ich sie auf schreckliche Weise liebte und mir ein Leben ohne sie nicht vorstellen könne, ließ sie mich los und schlug die Hände vors Gesicht.

Ich hatte Ara noch nie so schluchzen gesehen, daß ihr ganzer Körper dabei von unwillkürlichen Krämpfen geschüttelt wurde, die, wie ich wußte, im Bauch und in der Brust saßen und so stark waren, daß sie das Atmen erschwerten und einem das Blut aus dem Kopf sogen. Ich wußte nicht, daß sie solche Tränenfluten und eine solche Ohnmacht in sich hatte und daß sie so aussehen konnte. Zugleich konnte ich jetzt besser verstehen, was sie meinte, wenn sie sagte, es stehe ihr nicht, sich gehenzulassen, traurig und schwer zu sein, das passe nicht zu ihr.

Das stimmte.

Menschen wie Ara bringen die Schwermütigkeit schon durch ihr Fleisch zum Ausdruck. Weinen ist für sie überflüssig, doppelt gemoppelt.

Die Gurkenscheiben glitten von mir ab, als ich sie umfaßte, aufs Sofa hievte, an meine verbrannte Haut zog, sie in meinen Armen hielt und mit klopfendem Herzen wartete, bis die erste Woge ihres Kummers abgeebbt war. Ich glaubte auf einmal alles zu verstehen, alles über sie und mich, doch zum erstenmal in meinem Leben machte mich eine Erkenntnis nicht nur glücklicher. Während ich zu durchschauen meinte, wie sich das all die Jahre verhalten hatte, zwischen ihr und mir, wurde auch diese Wut geweckt, diese entsetzliche Wut, mit der ich sie noch überschütten sollte.

Ein Satz genügte. Sie sprach ihn am Abend vor meiner Abreise aus. Sie sagte: »Deine Treue hat mich stets verblüfft. Unglaublich, daß du immer wiedergekommen bist.«

»Spitzen verteilen kannst du gut«, sagte ich noch relativ lakonisch, aber mit jedem Satz, den ich danach von mir gab, steigerte sich mein Zorn, bis ich nur noch von dem grimmigen Wunsch besessen war, ihr die Schuld für Demütigungen, Schmerz, Schikanen und für das Scheitern meiner Liebe zu Thomas in die Schuhe zu schieben. Je mehr ich redete, desto mehr schwitzte ich, im Gesicht und unter den Armen.

Es war aber auch so schwierig.

Ich wußte nicht, wie ich die ganze Geschichte ordnen und ihr verdeutlichen sollte, was sie an mir verbrochen hatte.

Ara hatte mir so oft vorgeworfen, daß ich so planvoll sei, jemand, der alles strukturiere und immer wisse, was er tue. Das mache sie ganz nervös, sagte sie, diese Ordnung in meinem Kopf, diese Organisiertheit und Beherrschung. Mit der Erinnerung an diese wiederholt geäußerte Unterstellung und die damit einhergehende Verurteilung einer allzu großen Bewußtheit begann ich meine Tirade, so daß ich den Spieß umdrehen und ihr meinerseits vorwerfen konnte, daß, wie mir im vergangenen Jahr bewußt geworden sei, alles, aber auch alles, was mich dreißig Jahre lang verunsichert und krank gemacht habe, krank vor Angst und Widerwillen, krank vor mangelndem Stolz, weil sie mich habe kriechen lassen können, daß hinter alledem Methode stecke, von mir aus instinktiv, aber Methode, eine Strategie, eine Kenntnis, die mir fremd sei, nämlich die Kenntnis, wie man jemanden drille, wie man ein mißtrauisches, widerborstiges Tier genau dahin bekomme, wohin man es haben wolle, nämlich bei Fuß, und daß ich ihr gar nicht sagen könne, wie demütigend und beleidigend ich es fände von ihr zu hören, wie sehr sie mich geliebt habe, mir aber gleichzeitig so wenig vertraut habe, daß sie diese Treue dreißig Jahre lang mit Hilfe von Tests, Anreizen, Versuchen und diesem lächerlichen, krankhaften, grausamen Provozieren auf die Probe gestellt habe. Daß ich immer gedacht hätte, es sei eine moralische Taktik von ihr, die zu hoch für mich sei, als daß ich sie durchschauen oder erfassen könne, daß ich dafür schlichtweg zu schlecht sei, und daß alles, was sie mir antue, daraus hervorgehe, daß sie erhaben und gut sei und meine Schwächen, meine Schlechtigkeit, meine Sündhaftigkeit und Unechtheit durchblicke. Daß ich immer, wenn sie mich auf Distanz halte oder über mich lache, ohne daß ich begreifen würde, warum, daß ich dann immer dächte, es käme daher, daß sie mich völlig durchschaue und mir als einziger Mensch auf der Welt nicht auf den Leim gehe, wie es all diese Schleimer täten, die ich naturgemäß verachten müsse, weil sie mich nicht so gut kennen würden wie sie, Ara, mich kenne, und daß sie deswegen überlegen sei, jemand, der sich nicht von mir täuschen lasse und der, trotz meiner sprunghaften Vertrauenswürdigkeit, mehr von mir halte als sonst irgendwer auf der Welt. Und mich vor allem auf bessere Art liebe, moralisch besser. Und daß ich auch noch darauf reingefallen sei, daß ich eine Logik, eine Moral hinter ihrer strategischen Grausamkeit vermutet, diese unbekannte Logik für Liebe und die Grausamkeit für eine Folge dieser Liebe gehalten habe. Dumm. Unendlich dumm. All diese Tests. Dieses unberechenbare Wegstoßen und dann wieder Streicheln, Treten und Füttern. Kusch, Hund, bei Fuß! Und immer schön meine Treue und Liebe in Zweifel ziehen, dreißig Jahre lang, was allerdings nicht der Logik entbehre, wenn man bedenke, daß sie ja fortwährend damit beschäftigt gewesen sei, diese Liebe und Treue mit üblen Tricks, mit Vorbedacht bei mir zu organisieren. Wie habe sie sich um Himmels willen selbst derart betrügen können? Warum habe sie nicht durchschaut, daß, wenn man jemanden ständig dazu verführen zu müssen meine, einen zu lieben, und diese Liebe mit aller Macht drillen zu müssen meine, daß man dann nur das bekomme, was man selbst ausgelöst habe, das Ergebnis von etwas, was man selbst organisiert habe. Und daß man dann eben gerade nicht das bekomme, was man sich ersehne? Kein Wunder, daß sie mir nicht vertraue. Mein ganzes Verhalten sei ja das perfekte Resultat ihrer eigenen Taktik und habe demnach nichts mit mir, sondern lediglich mit ihr selbst zu tun, mit dem Ergebnis einer Berechnung, einer Methode.

Etwas ruhiger wurde ich erst, als ich sagte, daß ich es ganz plötzlich begriffen hätte, im Bett, mit Thomas, als ich mich wie sie gefühlt hätte, Ara, die so gelassen, schamlos und ungerührt streicheln könne und einem Körper Genuß zu verschaffen wisse, ohne Angst und Vorbehalte, so, daß es sich wie echte Liebe anfühle, wie etwas, das man zu geben habe. Daß ich im Laufe der Zeit, durch die Beziehung zu Thomas, erkannt hätte, daß tatsächlich sehr viel Liebe nötig sei, um das tun zu können, diese Liebe sich jedoch von dem Moment an, da ich mir wie sie vorgekommen sei, als Macht entpuppt habe, Macht über den anderen, daß man sich selbst unverletzlich fühle, wenn man die Wirkung des eigenen Streichelns registriere, fühle, wie weich und wehrlos der Körper des anderen unter den eigenen Händen werde, unter dem eigenen Mund, im Mund, unter dem eigenen Körper, wenn man sehe, daß man den anderen soweit bekommen habe, daß man sich nur in den Hüften zu wiegen brauche, um ihn nach einem weiteren Mal lechzen zu lassen, danach, niemals mehr ohne das auskommen zu müssen, ohne deinen Körper, deine Berührungen, und daß es unerhört simpel sei, so ein Spiel, so ein Machtspiel. Daß ich mich gefragt hätte, weshalb ich mir wie sie vorgekommen sei, und dies der Grund sei, dieses Vermögen, einen anderen nach sich lechzen zu lassen, und daß ich seither auch nicht mehr wolle, daß das Umgekehrte eintrete, daß Thomas oder wer auch immer mich jemals wieder so nach sich würde lechzen lassen können, daß das jemals wieder würde geschehen können, auf dieselbe Art und Weise, mit derselben Macht, mit derselben Dramatik, dadurch, daß man systematisch mein Vertrauen anzweifele und mich mal wohl und mal doch nicht wolle, jahraus, jahrein, daß ich dieses Drama endgültig satt hätte und bis in alle Einzelheiten aufdröseln würde, damit ich es in Zukunft schon auf hundert Kilometer Entfernung riechen, mich abwenden und somit vermeiden könne, daß dieser hinterhältige Plot auch nur ansatzweise noch einmal den Lauf meiner Geschichte würde bestimmen können.

Ara hatte mich ununterbrochen angesehen und ununterbrochen geweint. Jetzt setzte sie sich auf, zog die Nase hoch und schlug sich mit beiden Händen auf die Schenkel.

Ich wollte noch etwas sagen, etwas Gutes.

»Weißt du«, sagte ich, um ihre Aufmerksamkeit noch für einen Moment festzuhalten, »mir ist auch zum erstenmal klargeworden, wie sehr du mich liebst, auch das. Das Schlimmste kommt natürlich noch. Ich muß noch herausfinden, wieso du recht hattest, wieso dies die ideale Weise war, mich zu lieben und von mir geliebt zu werden. Bis hierhin war es leicht. Aber daß man womöglich genau das bekommt, was man verdient, gesteht man sich nicht so gern ein.«

Sie lächelte.

»Warum konntest du mich nicht lieben, ohne mir zu mißtrauen?« fragte ich.

»Weil du mich dann nicht geliebt hättest, Tierchen«, sagte sie.

7

Liebste Ara,

wie ich es anpacken soll, weiß ich noch nicht genau, ich muß noch den rechten Ton finden. Dieser Ton soll sich von dem, was sonst in wissenschaftlichen Essays gängig ist, unterscheiden, denn der dort gebräuchliche Ton gefällt mir nicht mehr. Was ich untersuche, geht meiner Meinung nach jeden etwas an, und ich finde es gräßlich, Artikel zu schreiben, die meine Mutter nicht lesen kann, wo ich doch so vieles anspreche, was sie interessiert. Diese zähen, stumpfen Textwülste, die von niemand außer einer Handvoll zäher, stumpfer Herren und Damen gelesen werden, die gehen mir mittlerweile gehörig gegen den Strich.

Schreiben heißt, seinem Geist einen anderen Körper geben.

Der Körper, mit dem ich mich behelfen muß, der aus Fleisch und Blut, den stelle ich offenbar nicht gern zur Schau, und deshalb schaffe ich mir einen Körper aus Worten, aus bedrucktem Papier.

Den schicke ich nach draußen, in die Welt hinein, und diesen Körper dürfen die anderen beurteilen. Das stört mich nicht. Ich lasse mich sogar gern prüfen, nur nicht in meinem Beisein. Indem ich auf eine solche Art und Weise nach draußen gehe, schütze ich mich vor allzuviel Angst, Scham, Unsicherheit und Verrat.

Nichts finde ich so unecht wie Körper, so verlogen, falsch und künstlich, das gilt auch für meinen eigenen. Draußen haftet mir die Lüge mehr an als drinnen. Selbst wenn ich beim Bäcker ein Brot kaufe, beschleicht mich dabei ein Gefühl von Theatralik, Unehrlichkeit und Verrat. Es fällt mir schwer zu verdeutlichen, was ich damit meine oder wie diese Empfindung geartet ist, durch was sie hervorgerufen wird, ob sie pathologisch ist oder nicht, aber ich habe sie nun einmal. Ich nehme auch sehr deutlich wahr, wenn sie ausbleibt, wenn ich mich von diesem elementaren Unbehagen befreit fühle, und diesen Zustand habe ich Intimität genannt.

Mit Dir bin ich intim.

Bei Dir stimme ich mit mir selbst überein. Keinen Blick ertrage ich besser als den Deinen, und er hat mich glücklich gemacht. Es ist schön und beruhigend, wenn Du mich ansiehst und ich den Eindruck habe, Du steckst voller Kenntnisse, über mich.

Ich versuche, es nicht allzu feige von mir zu finden, daß ich mich für das Leben entschieden habe, das ich jetzt führe. Gott empfangen wir schließlich auch nur in Form von einem Stückchen Brot, einem Schluck Wein und ein paar Worten. Wir nennen das Seine Zeichen der Liebe, und daß wir die annehmen und konsumieren, das ist unser Zeichen der Liebe.

Ich fühle mich unter Menschen nun mal nicht wohl. Es ist vielleicht albern, aber ich wundere mich immer noch darüber, daß Filmstars keine Scheu haben, sich so lange so nah gegenüberzustehen, miteinander zu reden, die Münder dicht beieinander, und dabei den Atem des anderen zu riechen. Und bei diesen Leuten ist das auch noch rein beruflich, die spielen nur, daß sie intim miteinander sind.

Bis jetzt habe ich der Wissenschaft brav gehorcht und mich damit abgefunden, daß sie ihre Diener mehr oder weniger zwingt, sich durch ihre Schriften einen unansehnlichen Körper zu schaffen, der noch dazu für immer und ewig in grauen Zeitschriften wohnen muß. Es geht auch anders. Ich will unbedingt, daß der Körper, den ich schaffe, anmutig ist und in einem gastfreundlichen Hause wohnt.

Es gab Zeiten, da gehörten das Schöne, das Gute und das Wahre noch wirklich zusammen.

Bis jetzt habe ich erst zwei Stile ernsthaft in Erwägung gezogen. Zum einen die Erörterung schwieriger Fragen im *Libelle*-Plauderton, zum anderen die Form eines Briefes an Dich. Was in der Literatur und in der Wissenschaft Genre genannt wird, das ist eigentlich das Geschlecht des Textes. Damit wird vorgeschrieben, wie ein Text sich zu verhalten hat, als ob er ein Schicksal und einen Körper hätte und ehernen Naturgesetzen gehorchen müßte.

Das braucht er nicht.

Genres kann man verändern, indem man auch mal andere Texte schreibt.

Einen Essay in die Form eines Briefes zu gießen, ist gar nicht so ohne, scheint mir, aber jedesmal wenn es mir gelingt, Dir zu erklären, womit ich mich gerade befasse, und ich sehe, daß Du es begreifst, bereue ich das anschließend fast ein bißchen, weil mir so ist, als hätte ich den Stoff beim Sprechen verschenkt und könnte das, was ich zu Dir gesagt habe, niemals mehr so aufschreiben, wie ich es Dir, dieses eine Mal, erzählt habe. Für mich bleibt dann nichts als Dein Glück. Und das ist zuwenig.

Vielleicht warst Du ja auch deswegen gekränkt. Wenn ich in der Weise schreibe, in der ich gern schreiben möchte, gebe ich damit eigentlich auch zu verstehen, daß Dein Glück mir nicht genügt und ich andere als nur Dich glücklich machen möchte, auf dieselbe Art und Weise.

»Damit machst du mich inklusive«, hast Du gesagt.

Herrlich!

Ich verstehe Deine Angst sehr gut, Deine Angst vor meinem plötzlichen Umschwenken, wie Du es nennst, aber ganz so plötzlich, wie Du tust, kommt das doch nicht. Du hast gelegentlich zu mir gesagt, daß Dein einziger Rivale mein Notizbuch sei, und in gewisser Hinsicht stimmt das auch.

Wenn es bei mir Veränderungen gab, war das immer ein Horror für Dich, aber ich muß mich verändern, es geht nicht anders.

Denken heißt, die Beschaffenheit seiner Gedanken verändern. Mehr nicht.

Es ist ähnlich wie beim Kochen. Aus den rohen Zutaten machst Du etwas Verdauliches, und das so gut wie möglich, so daß es schmeckt.

Früher hast Du mitunter von meiner geistigen Nahrung gesprochen, und das war schön ausgedrückt, fand ich. Gedanken sind geistige Nahrung, und sie haben dieselbe Funktion wie richtige Nahrung. Man denkt nach, um überleben zu können, um Schmerz besser ertragen zu können und um glücklicher zu sein. Man fühlt sich gleich ganz anders, wenn man mal die Beschaffenheit seiner Gedanken verändern kann und den eigenen Gefühlen eine andere Bedeutung beimißt.

Es ist ja wohl ein Unding, daß Du mich einerseits wegen meiner Gedanken bewunderst und mir andererseits verbietest nachzudenken.

Du sagst, Du willst nicht, daß ich über Dich, über uns schreibe, daß Du nicht mit mir befreundet seist, um als Gegenstand einer Untersuchung zu dienen oder Adressatin eines Briefes zu sein, der an jedermann gerichtet sei.

Ich weiß, es verletzt Dich, wenn ich Dir sage, daß Du wie jedermann bist, wenn ich von Sucht schreibe. Ich wage das so zu sagen, weil ich mich selbst auch in keinerlei Weise als einzigartig hinstelle oder mir eine Sonderstellung einräume, die mir nicht gebührt.

Wenn ich zuviel trinke, bin ich wie jeder andere, der zuviel trinkt, und wenn Du zuviel ißt, bist Du wie jeder andere, der zuviel ißt.

Sucht hat mit dem Maß zu tun. Jemand, der maßlos nachdenkt, hat wahrscheinlich größere Angst vor dem Leben als andere. Der Schutz, den die geistige Nahrung bieten muß, ist lebensnotwendig. Du ißt maßlos. Du hast aus Deinem Körper einen überproportionalen Körper gemacht, um besser gegen die Welt gewappnet zu sein. Auch Dir macht sie nämlich angst, mehr als ich je geahnt habe.

Tut mir leid, daß ich das nicht schon eher erkannt habe, meine liebste Ara. Erst seit ich mich von Thomas getrennt habe, sehe ich, was wir waren: drei kranke, ängstliche Menschen. Wahrscheinlich unterschätzen wir immer die Angst anderer und hätten gern, daß sie weniger ängstlich sind als wir selbst.

Erinnerst Du Dich noch, daß ich Dir als Erklärung dafür, wie die Philosophie funktioniert, erzählte, es gebe eigentlich nur zwei Arten, wie Philosophen die Welt, sich selbst und alle anderen außer sich selbst (einschließlich Gott) betrachteten?

Ich sagte Dir, daß für die einen die Welt in ihrem Kopf sei und für die anderen außerhalb ihres Kopfes.

Was ich als Kind im Magen fühlte, weil ich keine Worte hatte, mit denen ich dieses Schwindelgefühl als das bezeichnen konnte, was es war, nämlich eine Art Erkenntnis, habe ich später als das Gespür für ebendiesen Unterschied zwischen Dir und mir gedeutet, dafür, daß Du die Welt als etwas betrachtetest, was außerhalb von Dir war, und ich die Welt in meinem Kopf hatte.

Du und ich verkehren Ursache und Folge.

Neulich hast Du mich gefragt, warum Schuld und Unschuld mich so beschäftigen. Genau deswegen. Von meiner Warte aus bin ich immer schuldig oder zumindest mitschuldig. Ich finde es unerträglich, immer wieder feststellen zu müssen, daß andere das so gut wie gar nicht kümmert.

Im Gegensatz zu Dir unternehme ich nicht den geringsten Versuch, die Welt zu verändern. Ich richte keine Hunde ab und beschütze sie auch nicht, Blinde übersehe ich, Bauern, die ihr Vieh schlecht behandeln, klage ich nicht an, und für den Erhalt der Natur habe ich noch nie einen Finger gerührt.

Ich jäte keine Gärten.

Ich könnte Dir keinerlei Ratschläge geben, wie Du Deine Beziehung zu Bing am besten gestalten solltest.

Aber was ich ständig verändere, ist die Grundlage meiner Gedanken.

Das schon.

Es ist noch nicht mal Bescheidenheit von mir, wenn ich denke, daß ich das einzige bin, was wirklich in meiner Macht liegt. Was für mich gilt, gilt nämlich auch für alle anderen. Von den anderen glaube ich auch, daß sie das einzige sind, was wirklich in ihrer Macht liegt. Es sind die Bereiche der Machtlosigkeit, der Unschuld und der Abhängigkeit, die das Leben meiner Meinung nach so schwer machen, und die interessieren mich genauso wie der Bereich der Schuld. Was ich bei der Sucht sehe, ist, daß diese Bereiche dort miteinander verkoppelt werden, daß Schuld und Unschuld dort eine Komplexität erhalten, wie ich sie liebe.

Sucht ist eine Freundschaft ohne Freund.

Ich möchte es gern richtig verstehen. Ich möchte es Dir auch gern richtig erklären.

So bin ich wohl, daß ich am liebsten unterrichten würde, daß ich jemand werden möchte, der andere lehrt, die Grundlage ihrer Gedanken zu verändern. Denken kann man bis zu einem gewissen Grad lernen, und darauf würde ich gern Einfluß nehmen, das Material dafür liefern, aber das Material bin nicht ich selbst, das werden Bücher sein.

Nach Thomas weiß ich es genau: Ich will nicht als Therapeutin arbeiten, ich will keinen Beruf, der mich nötigt, unter Menschen zu sein. Ich will viel allein sein, in einem Raum, und ich will Bücher hinausschicken anstelle von mir selbst. Und wie jeder Philosoph habe ich mir, sieht man mal von dieser ganzen Ohnmacht ab, auch ein nobles Motiv zugeschrieben und behaupte, daß ich das alles anstrebe, weil ich andere glücklicher machen möchte, unter anderem.

Für mich ist nur schwer vorstellbar, daß es Menschen gibt, die ihren Körper als ein Instrument für das Glück betrachten. Worte, Ideen und Geschichten bestimmen, was wir sehen und wie wir etwas erfahren, denke ich, auch wie wir den Körper sehen und erfahren.

Du hast Deinen Körper zu etwas Außergewöhnlichem gemacht, zu etwas, wodurch Du Dich von anderen unterscheidest. Weißt Du noch, daß Du Dich so reduziert fühltest, als Du abgenommen hattest?

»Jetzt bin ich zuwenig ich«, sagtest Du.

Später begriff ich, daß das nichts mit Fleisch zu tun hat, sondern mit Bedeutung. Du begannst wie ein ganz normaler Mensch auszusehen, brachtest weniger Gewicht auf die Waagschale und warst dadurch weniger außergewöhnlich. Was reduziert war, war Deine Sprache. Du hast Deinen Körper immer wie ein Sprechwerkzeug behandelt, etwas, womit Du Dich artikulieren und Dich von anderen unterscheiden konntest.

Dicke Menschen tun das.

Genau wie Thomas willst Du, daß jeder auf Anhieb sieht, Du bist anders als andere. Durch Dein Fleisch gibst Du zu verstehen, daß Du fürchtest, übersehen und nicht anerkannt zu werden. Fragt sich, für was Du Anerkennung suchst. Und diese Frage ist zu schmerzlich, als daß Du sie Dir selbst stellen würdest.

Für was suchst Du Anerkennung, Ara?

Von zuviel Essen wird man dick.

Von zuviel Trinken wird man betrunken.

Denken heißt, etwas auf seinen einfachsten Zustand zurückführen. Sucht kann man anhand dessen erfassen, was der Betreffende durch das Konsumieren von etwas an oder in sich selbst verändert. Wer zuviel ißt, verändert sein Äußeres, die Außenseite, das Dingliche, den Körper. Wer zuviel trinkt, verändert sein Inneres, die Innenseite, die Worte, den Geist.

Was denkst Du, vereinfache ich zu stark mit diesem Gerede von innen und außen?

Mitunter fürchte ich das selbst.

Es geht mir manchmal ganz schön auf den Keks, daß immer solche krassen Gegenüberstellungen nötig sind, um etwas begreifen zu können – Schicksal und freie Wahl, Körper und Geist, Gefühl und Verstand, und diese ganzen Dinge. Jedesmal stellt sich dann wieder heraus, daß man die beiden Seiten gerade miteinander in Zusammenhang bringen muß, um wirklich dahinterzukommen, wo es denn nun hakt, was das Ganze so schwierig macht. Das habe ich erst durch die Vorlesungen bei den Physikern, über Einstein, so richtig verstanden. Kurz gesagt läuft es darauf hinaus, daß die Erklärung einer sehr komplexen Erscheinung, Licht zum Beispiel, die Heranziehung zweier sich widersprechender Vorstellungen, die unmöglich miteinander zu verknüpfen sind, erforderlich macht.

Als ich das kapierte, war ich wieder mal total erregt.

Licht ist nicht zu verstehen, wenn man an nur einer Erklärung festhält. Man braucht zwei dazu.

Schön, nicht?

Man könnte sagen, daß Verbindungen unserem Leben Sinn geben und daß es zugleich diese Verbindungen sind, die uns das Leben so schwer machen.

Grob zusammengefaßt verhält es sich, denke ich, folgendermaßen: Menschen unterscheiden sich von Tieren durch ihre Beziehungen. Menschen müssen mehr Beziehungen herstellen als Tiere, und alles, was in diesem Mehr steckt, erschwert das Leben der Menschen. Dieser Mehrwert ist abstrakt, sprachlich, dem Reich der Bedeutungen zugehörig.

Kein Tier hat eine Beziehung zu Gott, dem Selbst, dem Tod oder dem Namen des Vaters. Menschen wohl. Menschen wissen um sich selbst und den Tod, und es ist nicht so einfach, mit dieser Idee gut zu leben.

Genau wie die Familie ist der Tod Schicksal.

Man kann nichts dagegen machen. Beide sind unausweichlich. Sie sind die Voraussetzungen für das Leben. Bei jeder Geburt wird auch ein Tod vergeben.

Beinahe täglich lasse ich mir die Wörter auf der Zunge zergehen, aus denen sich dieser Wust zusammensetzt, lasse noch einmal jedes für sich erklingen und verspreche Dir dann, sie so hübsch miteinander zu verbinden, daß eine Bedeutung daraus erwächst.

Die Familie, der Körper, der Tod und das Schicksal gehören zusammen, und ihr Spiegelbild bilden die Freundschaft, der Geist, das Leben und die freie Wahl. Sie scheinen sich gegenseitig auszuschließen, aber um begreifen zu können, was ich begreifen will, müssen sie zusammengebracht werden, genau wie das Innen und Außen der Philosophen.

Ich werde versuchen, Dir das richtig zu erklären.

Ich weiß doch, wie sehr Du das magst.

Die Wörter der Literatur und der Philosophie besitzen für mich größere Anmut als die der Psychologie. Mit Begriffen wie Frustration, Abwehr, Übertragung, Verdrängung und Projektion habe ich derartige Schwierigkeiten, daß ich mich manchmal frage, wie ich dieses Studium jemals zu Ende bringen konnte.

Emotion nicht.

Emotion war für mich immer ein gutes Wort. Da steckt zumindest Bewegung drin. E-movere, das heißt etwas hinausschaffen.

Wahrscheinlich habe ich von Anfang an nichts anderes getan als das, was ich las, in eine mir sympathische Sprache zu übersetzen und dann eine Geschichte daraus zu machen, die ich Dir überbringen konnte.

Ich bin Dir dankbar, daß Du meine erste Leserin warst, lange bevor ich schrieb.

»Durch dich bekomme ich die Bücher intus«, sagtest Du.

Du betrachtest Dich selbst als wortlahm, aber ich fand immer, daß Du gut ausdrücken konntest, was Du meintest. Sogar im Hinblick auf die Sprache habe ich Dir in all den Jahren eine Reinheit zugeschrieben, die ich nicht besaß. Du hattest natürliche Weisheit, instinktives Wissen, einen tierhaften, nicht durch Theorien korrumpierten Geist, einen Wortschatz ganz eigener Machart. Du hattest keinen Plan, keinen Vorsatz, keine Angst, keine anderen als nur gute Absichten.

Jetzt denke ich das nicht mehr, wie Du weißt.

Das bedaure ich gelegentlich, meistens aber nicht. Es hat mich zu sehr verändert, als daß es mir nur leid tun könnte.

Wenn Du mich nicht verläßt, werde ich Dich auch nicht verlassen, aber ich werde niemals mehr zulassen, daß Du so viel Macht über mich hast. Ja, Macht, das ist das Wort.

Es gibt Tage, an denen ich mich frage, warum ich mich so gut fühle, so unantastbar, und dann erinnere ich mich daran, daß ich ja einen Coup gelandet habe.

Ich kann Dir Deine liebevolle Gewalt nur vergeben, wenn ich mir vor Augen halte, daß wir aus demselben Holz geschnitzt sind.

Von Kindesbeinen an habe ich mich oft erschrocken gefragt, weshalb ich wohl, denn so kam es mir vor, die einzige auf der Welt war, die so furchtbar gern ihr Herz an jemanden hängen wollte. Jetzt verstehe ich, daß das heftige Verlangen, sich an jemanden zu binden, noch nicht bedeutet, daß man das auch kann, und daß jeder, der einen zurückweist und auf Distanz hält, allein deswegen nicht selbständiger, unabhängiger, weniger anhänglich ist als man selbst und nicht von einer Beziehung träumt, sondern selbst auch ganz einfach seine Probleme damit hat.

Du kannst es auch nicht so, wie Du es gerne wolltest, wie Du es Dir erträumt hast.

Bei uns war dieser Traum sehr stark. Du und ich, wir haben gemeinsam etwas Besonderes gewollt. Es ist geglückt, doch genug ist es nie. Gefühle sind auch Ideale.

Seit diese Vermutung in mir aufgekommen ist, habe ich aufgehört zu denken, ich hätte Wünsche, die aus der Mode sind.

Ich finde, daß es oft lange dauert, ehe ich etwas kapiere.

Weshalb ich regelmäßig so wütend werde, ist mir noch nicht ganz klar, aber es ist Tatsache. Wie immer richtet sich meine Wut nicht in erster Linie gegen Dich, Thomas, meine Familie oder Gott, sondern ich rege mich über einen anderen Betrüger auf, über diesen namenlosen Streuner, der nirgendwo wohnt und überall ist und dem es wieder einmal gelungen ist, sich hinterrücks in einen Traum zu schleichen, der eine Sehnsucht nach dem Bestehen von etwas weckt, was nicht besteht. Nicht so wie in dem Traum.

Getäuscht zu werden, kann ich ganz schlecht ertragen.

Du hast mich so oft Kamikazefrau genannt, aber das einzige, was ich ausradieren möchte, sind ein paar Träume, Mythen, Wörter, Bilder und eine ganze Reihe trügerischer, krankmachender, allzu vielversprechender Geschi-chten.

Wenn Sucht tatsächlich eine innerliche oder äußerliche Deformierung zur Folge hat, dann wird diese zweifellos mit solchen Idealen und Geschichten zu tun haben und wahrscheinlich sogar damit, wie sie erzählt oder, noch globaler, ausgedrückt, nach außen getragen werden, mit dem also, was ich Sprache nenne.

Über die Sprache streben wir nach Bedeutung, denn die Sprache ist uns von Geburt an mitgegeben.

Ich glaube, daß wir uns selbst verstümmeln, weil wir uns für eine Sehnsucht, für ein Ideal, für eine Geschichte unbrauchbar machen wollen. Wir versagen uns das Recht und nehmen uns von vornherein die Chance auf ein verheißenes Glück, von dem wir denken, daß es uns nicht gebührt. Indem wir uns lahmlegen, helfen wir dem Schicksal auf die Sprünge und nehmen es hin. Wir machen uns lieber eigenhändig unansehnlich, als die Beurteilung unserer Anziehungskraft, unseres Werts und unserer Bedeutung anderen zu überlassen. Wir werden lieber dick, betrunken, untreu und unglücklich, als dieses beängstigende Große in Angriff zu nehmen, ein von uns gehegtes Ideal wahrzumachen und dafür die Anerkennung der anderen zu suchen.

Ich glaube, daß Du mit Deinem Körper eine ganz unmittelbare Anerkennung erzwingst, weil Du Dich nicht traust, diese auf einem geistigen Gebiet einzufordern.

Das hieße, daß ich trinke, weil ich allerlei Träume, die mit körperlichen Sehnsüchten zu tun haben, nicht zu verwirklichen wage. Sichtbar zu sein, bereitet mir Unbehagen.

Süchte binden uns an das, woran es uns mangelt, und das macht sie so tragisch. Es handelt sich um eine Freundschaft mit den eigenen Defiziten.

Wenn Thomas und ich uns liebten, erwartete ich eine Naturgewalt, einen überwältigenden Genuß, der ihn und mich vollkommen wehrlos machen würde, aber Lieben ist Macht, Kunst, Kultur, eine verfeinerte Arbeit, in der man Meisterschaft entwickeln kann oder nicht. Daß Intimität allein mit Natur und Sex zu tun habe, war der Mythos, den ich begraben mußte. Über nichts wird so viel gelogen wie über Sex und Genuß, von Männern und Frauen. Das weiß ich jetzt.

Gleichzeitig ist Sucht auch Anarchie, Aufbegehren gegen dieses Ideal, gegen die Defizite und gegen die Abhängigkeit vom Urteil anderer.

Die ersten Gläser Wein bescheren mir unweigerlich ein seliges Gefühl von Unabhängigkeit, mich packt eine angenehme, geradezu heitere Zerstörungswut, die Lust, mir zu erlauben, dieses Leben selbst in die Hand zu nehmen, es zu zerstören, mit ihm zu machen, was ich will, ohne daß es irgend jemanden etwas angeht.

Aber das ist eine fehlgeleitete Anarchie. Anstelle von sich selbst kann man nämlich auch die Geschichte, die die Sehnsucht geweckt hat, zerstören. Seit ich dem Mythos von der Intimität und der Lüge über die Geschlechtlichkeit auf der Spur bin, kann ich beim Trinken besser maßhalten.

Das Aufspüren, Analysieren und Deformieren im Umlauf befindlicher Geschichten habe ich zu meinem Beruf gemacht, Ara.

Thomas war zentnerschwer, und Du bist es auch. Ich mag das. Ich glaube, ich bewundere es, wenn jemand sich traut, den Augen anderer so viel Körper preiszugeben und so viel Raum einzunehmen, weil ich das nicht kann.

Um etwas Kompliziertes zu begreifen, muß man es auf etwas zurückführen, was einfach ist. In meinem Buch will ich die verschiedenen Formen der Sucht auf ein Verhalten zurückführen, auf ein Objekt und einen Effekt. Das, was allen Süchten gemeinsam ist, nenne ich Hunger.

Jedes obsessive und süchtige Verhalten ist eine Form maßlosen Konsumverhaltens. Konsumieren heißt, etwas von außen nach innen holen, etwas zu sich nehmen und verbrauchen. Das, was man verbraucht, nenne ich Nahrung.

Konsumiert werden können Alkohol, Drogen, Geld, Zigaretten, Frauen oder Männer, doch bei mir heißt das alles Nahrung.

Sonst ist es nicht zu verstehen.

Es geht mir vor allem um diese Bewegung von außen nach innen. Die ist genau gegenläufig zur Emotion, zum Sichäußern, zum Erzählen, also zu dem Von-innen-nach-außen-Bringen. Und genauso verhält es sich mit der Sucht. Sie zielt darauf ab, Emotion, Wissen und wahren Sinn zu zerstören.

Was ich Hunger nenne, ist der Wunsch, etwas zum Ausdruck zu bringen, und das geht daneben, man schafft es nicht, sich auszudrücken, nicht in dem Bereich, auf den es ankommt.

Dein Körper ist Fleisch gewordene Sprache, die verbotene Sprache Deines Kummers oder anderer Emotionen. Was ein Wort hätte sein können, ist Fleisch geworden.

Beim Trinken passiert dasselbe, aber in umgekehrter Richtung. Trinkern gelingt es nicht, mit ihrem Körper ehrlich zum Ausdruck zu bringen, was sie bewegt, und sie berauben sich ihres hervorragendsten Ausdrucksmittels, der gesprochenen Sprache.

Sie fangen an zu lallen. Sie können Worte und Körper

nicht ohne ein Gefühl des Verrats zur Deckung bringen, genau wie dickleibige Menschen. Meine verbotene Sprache ist die meines Körpers. Ich will nicht, daß mir etwas anzusehen ist. Eigentlich halte ich es schon für eine Schande, überhaupt gesehen zu werden.

Süchtige empfinden sich als doppelzüngig und spüren, daß sie immer eine Seite von sich selbst verraten, daß sie insgeheim eine Geschichte vor der Welt verborgen halten, die wirkliche Geschichte, die Wahrheit.

Leider.

Wären wir doch nur, was wir sind – einfach, gewissermaßen. Ohne Körper kein Geist, und kein Geist ohne Körper.

Die Freundschaft zwischen Körper und Geist liegt mir am Herzen. Ich wünschte mir, Du und ich, wir blieben immer beisammen, solange wir leben.

Die Geschichte, mit der ich mich herumgequält und der ich als Ideal nachgejagt bin, ist eine Geschichte über eine körperliche Verbundenheit, eine Intimität, die so groß ist, daß man seinen Geist dafür opfern kann.

Die Geschichte, die Dich quält und der Du als Ideal nachjagst, ist eine Geschichte über eine geistige Verbundenheit, eine Intimität, die so groß ist, daß man seinen Körper dafür opfern kann.

Die eigene Sucht zeigt untrüglich, welches Opfer man sich abverlangt, denn genau das verleugnet man in seinem Suchtverhalten.

Du verrätst den Hunger Deines Geistes, und ich verrate den Hunger meines Körpers.

Was stets dabei im Spiel ist, ist das Verlangen nach Bedeutung, nach Wahrheit meinetwegen. Für mich läßt sich das noch am besten mit einem gelungenen Satz vergleichen und mit dem Glücksgefühl, das er auslöst. Ein guter Satz ist wahr. Damit ist es einem endlich gelungen, die einzig richtige Verbindung zwischen den so körperlichen Worten und der unsichtbaren, geistgemäßen Bedeutung herzustellen. Man hat etwas zum Ausdruck bringen können, ohne das Gefühl von Verrat, ohne Scham.

Ich weiß, wie glücklich das machen kann.

Ein bißchen Wahrheit macht schon ganz schön glücklich, Ara. Dann spielt es auch keine Rolle, wenn es nur kurze Zeit anhält. Das reine Glück verkraftet man sowieso nicht.

Den Effekt einer Sucht teile ich auf in den Gewinn und in den Tribut, auch wenn sich beides auf sonderbare Weise zu überlappen scheint. Der Tribut, den man für seine Sucht zahlt, wird als Gewinn betrachtet.

Es wird mir nicht sonderlich schwerfallen, die Sucht auf eine philosophische Ebene zu heben und als ein Problem zu betrachten, das mit dem Paradoxon, der freien Wahl und anderen Verstandesdingen, die einem gelingen können oder an denen man scheitern kann, zu tun hat.

Wenn Denken Genuß bereiten kann, kann es auch Kummer und Probleme hervorrufen. Am liebsten sehe ich das tierisch. Ich möchte wetten, daß man krank und unglücklich werden kann, wenn man das Denken sein läßt, keine eigene Wahl trifft und sich vor Entscheidungen drückt.

Die Familie und den Tod nenne ich Schicksal, weil es sich um Bindungen und damit Bedeutungen handelt, die man gratis bekommt. Man braucht nichts dafür zu tun. Es sind Bedeutungen, die man sich nicht zu erwerben braucht. Du wirst als Tochter dieses einen Vaters und dieser einen Mutter geboren, bist die Schwester dieser Geschwister, und du bist sterblich. Das alles steht fest, und das alles ist bedeutungsvoll. Das sind Bindungen, die sich nicht lösen lassen.

Die Familie währt ewig.

Nicht jeder sieht das so, aber darin liegt ihre größte Schönheit und ihr höchster Wert.

Du kannst niemals keine Tochter oder Schwester sein oder keinen sterblichen Körper haben.

Bis zu einem gewissen Grad ist das ein komfortables und leichtes Schicksal, genau wie das Opfersein. Was unumgänglich ist, entzieht sich der eigenen Verantwortung. Es unterlag nicht der eigenen Entscheidung, daß man geboren wurde, und daran anschließend hat man sich auch nicht aussuchen können, in welcher Art und Weise einem in den ersten Lebensjahren Liebe entgegengebracht wird. Liebe kann die Form von Pommes frites mit Knackwürsten und von einer Tracht Prügel haben, ein Kind nimmt es, wie es kommt.

Früher schlich mein Vater leise die Treppe hinauf, wenn er spät von der Arbeit nach Hause kam und meine Brüder und ich schon seit Stunden im Bett lagen. Aber auch sein Schleichen weckte mich, denn ich schlief nicht fest und wartete auf ihn. Er öffnete die Tür zu meinem Zimmer und flüsterte besorgt, daß es schon sehr spät sei und ich längst tief schlafen müßte.

»Na, komm«, sagte er, »ich bau dir schnell ein kuscheliges Haus.«

Ohne mein Gesicht zu berühren, faßte er die Ränder meines Kissens und drückte sie so hoch, daß sie sich an meine Ohren schmiegten.

»So, jetzt kannst du schön schlafen«, sagte er.

Aber das konnte ich nun gerade nicht mehr.

Ich hatte solche Angst, ich könnte das Haus kaputtmachen, das er mir so liebevoll gebaut hatte, daß ich die ganze nächste Stunde wachlag, weil ich den Kopf nicht zu bewegen wagte und einen ganz verkrampften Nacken bekam.

Ich glaube, daß Süchte sich sowohl auf der Seite des Schicksals als auch auf der anderen Seite, auf der des freien Willens, befinden können und daß sie sich darin unterscheiden.

Was ich »mit dem Körper schreiben« nenne, gehört auf die Seite von Familie und Tod. Es handelt sich um eine erhaltende Sucht. Sie verspricht körperliche, sinnliche Freuden; Essen, Sex, Riechen, Fühlen, Sättigung, dick oder dünn werden, Tätowierungen, Frisur und Kleidung, Verführung, das sind alles Versuche, am Schicksal von Familie und Tod zu drehen. Erhaltende Süchte sind, meiner Meinung nach, immer eine Botschaft an die eigene Familie.

Freundschaft, das Nähren des Geistes, die Art und Weise, wie man sein Leben gestaltet, liegen auf der anderen Seite. Es sind gewählte Verbindungen und daher gewählte Bedeutungen. Man ist nicht weniger abhängig davon, aber diese Abhängigkeit ist einer anderen Bedrohung ausgesetzt als die Abhängigkeit, der man durch das Schicksal von Familie und Tod unterworfen ist.

Die Süchte, die sich im Bereich des freien Willens befinden, sind destruktiv und geistig, und sie versprechen eine Einflußnahme auf das Denken. Destruktive Süchte sind eine Botschaft an die geliebten Menschen, die man sich ausgewählt hat.

Eltern können Kinder mißhandeln und im Stich lassen, aber damit können sie dir weder den Körper nehmen, den du mitbekommen hast, noch die Bedeutung, die damit verknüpft ist: Du bist und bleibst die Tochter dieses einen Vaters und dieser einen Mutter.

Im Bereich des freien Willens ist man dieser gräßlichen Gefahr wohl ausgesetzt: Wenn Du mich verläßt, verliere ich an Bedeutung, dann bin ich nicht mehr die Freundin von Ara Callenbach.

Aus diesem Grund bezeichne ich Verbindungen als das Drama der Abhängigkeit.

Eigentlich will niemand das.

Wir haben ein tierisches Verlangen nach Autonomie, aber wenn man wie ein Mensch leben will, trägt man zwangsläufig den Wunsch nach Bindung und Bedeutung in sich. Es ist der Wunsch, menschlich zu sein.

Nur Tiere sind autonom, Menschen nicht.

Jetzt fürchte ich, daß Du abschaltest, daß es ein zu langer Brief geworden ist, einer, für den ich Deine Aufmerksamkeit nicht verdiene, der Dich nicht in dem Maße berührt, daß Du mir weiterhin folgen wolltest. Soll ich Dich verwöhnen und Dir etwas Schönes über Dich erzählen, das nur für Dich allein bestimmt ist?

Am Abend nach meiner Rückkehr aus New York, als ich mich von Thomas getrennt hatte, bin ich doch zu Dir gekommen und bei Dir ins Bett gekrochen.

Ich konnte nicht weinen.

Ganz langsam schlich sich das Gefühl ein, das ich nur als Todesgefühl umschreiben kann. Es war, als ob der Tod an mir hochkroch, sich an mich schmiegte und mich dazu verführte, Liebe mit ihm zu machen. Ich fühlte es vor allem mit der Haut, als ein Prickeln, das immer schlimmer wurde, schlimmer und beängstigend spannungsgeladen.

Das andere Gefühl war in meinem Kopf, eine eisige Kälte in meinem Hirn. Auch das war nicht mal unangenehm, aber genau wie das Prickeln fast zu spannungsgeladen.

Du sagtest, ich sei mit einem Mal so hohläugig, als ob ich authentistisch werden würde. Ich hörte nicht mal, daß Du Dir das Wort wieder mal zurechtgebogen hattest. Ich habe Dir dann gesagt, daß ich dächte, ich würde sterben. Und daß ich meinen Körper nicht mehr bewegen könne. Du hast mich daraufhin in die Arme genommen. Ich fühle es noch genau. Erst als Du mich aufgerichtet, an mir gezerrt und mich auf Deinen Schoß gezogen hast, spürte ich, wie willenlos mein Körper war, als wäre er schon an einen anderen Ort mitgenommen worden und gehörte nicht mehr zu mir. Du hast mich dann stundenlang gewiegt und meinen Namen gemurmelt, Catherina, Kit, und Du sagtest auch Schätzchen, Liebling, Kleine, Tierchen. Du sagtest, bleib bei mir, geh nicht weg, Du darfst nie sterben.

Damals noch nicht, Ara, aber jetzt gehört das zum

Schönsten, an das ich mich erinnere, von meinem ganzen Leben.

Ich habe in einem Restaurant in der 24sten Straße mit Thomas Schluß gemacht. Wir aßen Steak mit Pommes frites. Thomas starrte ununterbrochen auf seinen Teller und mied meinen Blick. Er aß gierig, als sei er total ausgehungert. Sein Teller leerte sich schnell, und plötzlich sah ich, daß er nur noch damit beschäftigt war, diese wachsende Leere zu kontrollieren und daß sie ihn in Panik versetzte, daß ihm vor dem Moment graute, da nichts mehr auf seinem Teller liegen würde und er sich nicht mehr mit dem Essen würde beschäftigen können. Ich sah, wie groß seine Angst vor dem Anbrechen dieses unvermeidlichen Zeitpunktes war, da alles aufgegessen sein, ihm diese Sicherheit und Geborgenheit genommen und kein Fluchtweg mehr bleiben würde, um zu entkommen, mir zu entkommen.

Ohne mich anzusehen, richtete er sich auf, rief den Ober herbei und bestellte sich noch einmal dasselbe. Noch bevor der gefüllte Teller gebracht wurde, teilte ich ihm mit, daß ich diese Beziehung nicht mehr wollte, mit ihm, daß ich nicht mit ihm zusammenleben wollte.

Alle Süchte sind Versuche, die Sehnsucht nach Freundschaft aus eigener Kraft zu stillen, das heißt ohne dabei von jemand anders abhängig zu sein. Sucht ist Hunger nach Sinn, jedoch ohne dafür die Rolle im Drama der Abhängigkeit von einem anderen lebenden Wesen übernehmen und unter der schrecklichen Angst leiden zu müssen, daß diese Verbindung gelöst werden könnte.

Wer zuviel ißt oder trinkt, macht sich abhängig von etwas, das immer greifbar ist und ihn nicht im Stich lassen kann. Es ist eine bewußt gewählte Gesellschaft mit dem Versprechen auf Ewigkeit. In einer Sucht verbirgt sich die Sehnsucht nach dem Schicksal der Familie, danach, der Aufgabe zu entrinnen, vor die man durch ein Leben in Freiheit gestellt ist.

Ein Süchtiger will das Unmögliche, nämlich Bindung und Unabhängigkeit zugleich, und das Verrückte ist, daß ihm das auch noch gelingt.

Es kostet nur etwas.

Und es bringt nichts ein, an Wahrheit, an Bedeutung, an Liebe. Ja, noch schlimmer, all das setzt man nun gerade der Gefahr des befürchteten Verlustes, dem Tod, aus.

An dem Tag, als ich aus unserem Dorf wegging, hatte ich nur einen einzigen Wunsch: mich so weit wie möglich von dem Punkt zu entfernen, an dem mein Leben damals angelangt war. Weg, von dem Punkt wegkommen und niemals zurückkehren. Am selben Tag wurde wahrscheinlich auch der andere Wunsch geboren, nämlich dasselbe noch einmal mitzumachen, um irgendwann aufs neue in demselben Durcheinander aus grenzenloser Güte und Irrsinn zu landen, um noch einmal, dann jedoch freiwillig, mein Schicksal mit dem Glück eines anderen zu verknüpfen, wieder so unendlich mit jemandem mitzuempfinden und ihn mit einer solchen Machtlosigkeit zu lieben, wie ich meine Eltern und meine Brüder liebe, unter Inkaufnahme aller damit verbundenen Risiken.

Freundschaft schließen, heiraten, das heißt aus freiem

Willen Familie werden. Und darauf muß man sein Wort geben.

Jungsein fand ich mühsam, Erwachsensein nicht. Der einzige Halt, den das Leben im unüberschaubaren Reich der Freiheit bietet, liegt darin, daß man sich bindet, indem man sein Wort gibt und auf das Wissen vertraut, daß gute Menschen sich an ihr Wort halten. Sich an sein Wort zu halten, ist die einzige Weise, ein menschliches und gutes Leben zu führen.

Das Kapitel über den Tribut wird der gewagteste Teil meiner Dissertation.

Für eine Sucht bezahlt man einen Preis. Dabei geht es mir noch am wenigsten um Geld, darum, was eine Sucht buchstäblich kostet. Der schwerste Tribut, der gezahlt wird, wiegt natürlich wieder einmal nichts. Wie soll ich nachweisen, daß es um den Verlust von etwas so schwer Festzumachendem wie Bedeutung, Wert, Sinn und Glück geht?

Wie soll ich nachweisen, daß Sucht sozusagen das Verlangen nach Wahrheit ist, nach der Auflösung eines Paradoxons oder eines Zwiespalts, und daß die Art und Weise, wie dieses Verlangen gestillt wird, nichts als Paradoxe, Doppeldeutigkeiten, Lügen und Kummer mit sich bringt?

Und wie soll ich erzählen, daß das, was durch eine Sucht zerstört wird, gerade der Bereich ist, in dem die größten Träume angesiedelt sind, daß jeder Süchtige sein eigenes Medium der Verführung schädigt, weil er selbst sich dadurch hat verführen lassen?

Was du aufißt, ist nicht mehr vorhanden. Es kann keine Macht mehr über dich ausüben und dich nicht mehr verführen, aber du kannst es auch nicht mehr lieben.

Das ist alles schwer zu Papier zu bringen.

Ein Süchtiger vertut sich im Produkt. Er will sich selbst etwas verabreichen, was man sich nicht selbst verabreichen kann. Man kann weder ein Verhältnis mit sich selbst noch Liebe, Respekt, Bewunderung, Bedeutung für sich selbst haben. Manche – die menschlichsten – Dinge spielen sich nur zwischen Menschen ab, nicht innerhalb eines Menschen. Liebe, Respekt, Bewunderung, Bedeutung haben nur in einem Zwischenraum Platz, in dem unsichtbaren Etwas, das durch eine Verbindung geschaffen wird. Anderswo gibt es sie nicht.

Das Allermenschlichste kann man nur geben und empfangen.

Genau wie den Kurs des Geldes bestimmen andere den Kurs dessen, was du wert bist, für sie.

Der größte Tribut, den man für die Sucht bezahlen muß, ist, daß man diesen bedeutungsvollen Verbindungen untreu wird, wann immer man sich in diesen Autonomiewahn verliert.

Ich bin noch lange nicht soweit, aber ich weiß genau, daß ich in den kommenden Jahren nichts Besseres tun kann, als das alles aufzuschreiben und abzuwarten, ob die werten Profs es schlucken werden. Ist mir eigentlich auch ziemlich egal. Hauptsache, Du hast was davon.

Was mein Buch betrifft, würde ich mir wünschen, daß Du Deine Meinung änderst. Ich kann Dir nichts nehmen, was Du nicht besitzt. *Meine* Geschichte über uns gehört Dir nicht. Das ist genauso wie mit den Briefen, die ich Dir geschickt habe: Die vielen Bögen Papier gehören Dir, der Inhalt bleibt mein Eigentum. Über diese wundersamen Verbindungen will ich schreiben, mehr nicht.

Es ist wieder spät geworden.

Ich geh schlafen, Ara.

Ich liebe Dich.

Ohne Dich bin ich weniger wert.

Wenn ich jetzt meinen Zeigefinger hochhalte, tust Du das da drüben bei Dir dann auch?

Connie Palmen
Die Gesetze

Roman. Aus dem Niederländischen von
Barbara Heller

In sieben Jahren begegnet die Ich-Erzählerin, eine junge Studentin, sieben Männern: dem Astrologen, dem Epileptiker, dem Philosophen, dem Priester, dem Physiker, dem Künstler und dem Psychiater. Sie begehrt an diesen Männern vor allem das Wissen, das sie befähigt, die Welt zu verstehen und zu beurteilen. Sie versucht die Gesetze, die sie sich für ihr Leben gewählt haben, zu ergründen, sucht nach dem, was Halt in einer unsicheren Welt geben kann.

»Ein ernstes, gedankenvolles Buch, eine leidenschaftliche Suche nach Wahrheit und Glück. Und ein sehr gescheites und humorvolles Buch, lakonisch im Stil, elegant in der Argumentation.« *Trouw, Amsterdam*

»Ein fulminantes, erstaunliches Romandebut von philosophischer Tiefe und erquickender Frische.«
Brigitte Ulmer/annabelle, Zürich

»Ein Wunder – das Wunder eines gelungenen modernen Entwicklungsromans – ist, daß bei so viel Konzept, bei so viel Klugheit und Überblick das Erzählen nicht zu kurz kommt. Daß Tiefsinn und Selbstironie, Gedanke und Einfachheit, distanzierte Subjektivität und lakonische Feinheit der szenischen Beschreibung miteinander bestehen können. Daß die großen Themen – Sprache und Lüge, Liebe und Projektion – so leicht und dennoch eng verwoben daherkommen. Und nicht zuletzt: daß das Buch der Suche ein Findebuch ist, temporeich, lakonisch, voll Überraschungen.« *Dorothea Dieckmann/Die Zeit, Hamburg*

»Sehr lebendig und ebenso philosophisch erzählt. Ein Bestseller der Extraklasse.«
Rolf Grimminger/Süddeutsche Zeitung, München

Leon de Winter im Diogenes Verlag

»Leon de Winter gehört in die Reihe der bedeutenden Gegenwartsautoren wie John Updike, Philip Roth oder Harry Mulisch.«
Ellen Pomikalko / Brigitte, Hamburg

»Ein neuer europäischer Romancier von Rang: Leon de Winter beweist, wie man E und U spielerisch verbindet.«
Abendzeitung, München

»Leon de Winter hat etwas zu erzählen, und er tut es so gut, daß man nicht genug davon bekommen kann.«
Rolf Brockschmidt / Der Tagesspiegel, Berlin

Hoffmans Hunger
Roman. Aus dem Niederländischen
von Sibylle Mulot

SuperTex
Roman. Deutsch von
Sibylle Mulot

Serenade
Roman. Deutsch von
Hanni Ehlers